カラダからはじめる溺愛結婚
～婚約破棄されたら極上スパダリに捕まりました～

結祈みのり
Minori Yuuki

Eternity

EB
エタニティ文庫

目次

カラダからはじめる溺愛結婚

～婚約破棄されたら
極上スパダリに捕まりました～

プロローグ

一条美弦《いちじょうみつる》、二十八歳。

彼女は今、生まれて初めての経験に動揺していた。

高級ホテルと見紛うほどの洗練された寝室の中、ひときわ存在感を放つキングサイズのベッドの上で、バスローブ姿で目覚めた自分。

隣には、かろうじてシーツで下半身が隠れているだけの裸の男が静かな寝息を立てている。しかもその顔立ちは、どこの媒体から飛び出してきたのかと疑うほど端整だ。

わずかに乱れた焦茶色の髪。扇形の眉の下の目は、長いまつ毛に縁取られていて、鼻筋はすっと通っている。薄くて形のいい唇といい、完璧な造作だ。

男性が並外れた美形であることは、瞼《まぶた》を閉じていてもわかった。

「……待って、何これどういうこと」

「──誰？」

男を起こさないように静かに体を起こす。だがすぐに、あまりの頭痛に顔をしかめて片手でこめかみを押さえた。この痛みの原因は――二日酔い。

昨夜、美弦は行きつけの居酒屋で一人酒を呷《あお》っていた。とあることが原因で、日付が変わるまでやけ酒をしていたのははっきりと覚えている。

（その後は……どうしたっけ）

そうだ。美弦があまりにハイペースで飲むものだから、マスターが「そろそろ終わりにした方がいい」と心配してくれた。

そんな時、店に入ってきた男性客と話をした気がする。しかし、どんな会話をしたのか、男性がなんと言ったのか、まるで思い出せない。

――じゃあ、この人があの時の……？

自分は初めて会った男と一夜を共にしたというのか。

今現在恋人がいないとはいえ、過去の交際経験が一人だけの自分がこんなイケメンと？

部屋の雰囲気を見る限り、おそらくここはホテルではない。となると、一番可能性が高いのは男性の自宅マンションだろうか。

（……本当にしちゃった、の？）

この状況を考えれば「そう」としか思えない。けれど、もしかしたらそうじゃないかも……と淡い期待を抱いた美弦は、自分の体を見下ろしてハッとする。

——胸元にある小さな痣《あざ》。

まさか、とバスローブの紐《ひも》を解いてみれば、それは体中、至るところにあった。

胸元はもちろん、太ももの付け根にまでくっきりと刻まれたそれは、昨夜の情事の激しさを表しているようだ。

キスマークというこれ以上ない状況証拠に、一瞬、記憶がフラッシュバックする。

『俺を見て。俺を感じて——俺に夢中になって』

呼吸する間もないほど激しく降り注《そそ》ぐキス。自分に覆《おお》い被さった男が放つ眩暈《めまい》がするほど強烈な色気——

「っ……！」

覚えているのは断片的なことばかりだが、彼に触れられたことは間違いない。

(何してるのよ、私は)

いくら心が弱っていたとはいえ、一夜限りの関係を持つなんてどうかしている。少なくとも普段の自分ならばありえない行動だ。

「……避妊、したっけ」

そんな重要なことすら覚えていないのがなんとも情けない。

「まずは産婦人科に行って……その後は、仕事が溜まってるから会社に行かないと」

ベッドサイドのデジタル時計に視線を向ける。現在、土曜日の午前九時十五分。

一度自宅に戻って身支度を整えて、休日も開いている産婦人科に駆け込んでピルを処方してもらおう。その後は、出勤して溜まった仕事を片付けなければ。

動揺する気持ちを落ち着かせようと、頭の中で今日一日のスケジュールを立てる。そして床に散らばった服を集めようと、ベッドからそっと足を床につけようとした時だった。

「どこに行くつもり？」

「え……きゃあ！」

「まさか、このまま『さよなら』なんてことはしないよな」

背後から艶《つや》のある声が聞こえたと思った瞬間、腕を引かれてベッドの上に戻される。

「おはよう。昨日はよく眠れた？」

ぽん、とベッドに仰向けになった美弦に覆《おお》い被さるのはもちろん裸の男。

「寝てたんじゃないの？」

「さっきまではな。でも、起きるなり『産婦人科と仕事に行かなきゃ』って、意外と冷静で驚いた」

「全部聞いてたんじゃない……」

「そうとも言う。君の表情がコロコロ変わるのが可愛くて、声をかけるタイミングを逃した。ごめんな」

にこりと微笑む笑顔の破壊力が凄《すさ》まじい。

予想通り、瞼《まぶた》を開けた男はとんでもないイケメンだった。

瞳の色は濃い茶色。どこか人懐《なつ》っこい甘い顔立ちの男に見下ろされて、美弦はたまらず視線を逸らす。下着こそ履いているものの、眼前に晒《さら》された体躯はあまりに見事で目の毒だ。

「あの、この体勢はっ！」

お願いだから離れてほしい。こんな状態ではドキドキしすぎて、とてもじゃないがまともな会話なんてできそうにない。けれど男は自分の下で慌てる美弦に、どこか嬉しそうに唇の端を上げると、そっと美弦の耳元に顔を寄せた。

「恥ずかしいの？　――昨日は、もっとすごいことをしたのに」

色気の塊《かたまり》のような囁《ささや》きに今度こそ顔が真っ赤になる。視覚に加えて聴覚まで刺激されて、寝起きの頭はパンク寸前だ。

「もう、お願いだから離れてっ……！」

泣きそうな声で懇願する。すると、ぽん、と大きな手のひらが美弦の頭を軽く撫で、ゆっくりと体が離れていった。

「ごめん。君が可愛すぎてからかいたくなった」

こちらを見つめる瞳はとろけるように甘く、美弦はますます何も言えなくなる。男は美弦の乱れたバスローブをさっと直すと、ベッドから下りて散らばった服を集めて手渡した。

「君も動揺してるようだし、リビングで話そう。そうだ、食べられないものやアレルギーはある？」

「ないけど……」

「オーケー。それじゃあ俺は先に行ってる。シャワーを使いたいならあそこのドアの奥がそうだ。タオルやアメニティもあるから自由にどうぞ。リビングは部屋を出て廊下の突き当たり。急がなくていいからゆっくりおいで」

男はもう一度美弦の頭を優しく撫でると部屋から出て行った。パタン、とドアが閉まるなり、美弦はぽすんとベッドに沈み込む。

——なんだ、あれは。

甘い。甘すぎる。男の美弦への態度はまるで愛する恋人に対するそれのようで、とても一夜限りの相手にするものとは思えない。

混乱したまま、美弦は彼の言葉に甘えてシャワーを借りることにする。

二日酔いもあり、ぬるめのお湯でさっと汗を流すとだいぶさっぱりした。

昨日と同じ服を着て教えられたリビングに向かう。

扉を開けると香ばしい香りが鼻をくすぐる。見れば、男がダイニングテーブルに何かをセッティングしているところだった。

男は美弦に気づくなり目尻を下げる。

「シャワーの使い方はわかった？」

「え、ええ」

「じゃあまずは朝食にしよう。今ちょうどトーストが焼き上がったところなんだ。さあ、どうぞ」

男は美弦の手を引きダイニングチェアへ誘う。あまりにスマートなエスコートに流されるように着席すると、目の前にはとても美味《おい》しそうな料理が並んでいた。

焼きたてのトースト、ベーコンにレタスとトマトのサラダ、オニオンスープ。他にも瑞々《みずみず》しいいちごやキウイフルーツまである。

ここはホテルかと錯覚するような朝食に、ごくりと喉が鳴った。

「お腹が空《す》いてるだろうと思って作ってみた。何か苦手なものでもあった？」

「ないけど……これ、私のために？」

ぽかんとする美弦に、対面に座った男は「他に誰がいる」とおかしそうに笑う。

「話は食べてからにしよう。腹が減ってはなんとかって言うしな」

自分たちは食後に戦《いくさ》をするのか……？

そんなくだらないことを考えてしまうくらい意外な展開だった。

本当は今すぐ昨夜から今に至るまでの顛末《てんまつ》を聞きたい。けれど、せっかく作ってくれたのに食べないなんてもったいない。

「いただきます」

戸惑いながら食べた朝食は、感動の連続だった。

（なにこのパン、ふわっふわ！）

表面はカリッと焼かれていて中はとても柔らかい。ほどよい甘味といい、目が覚めるような美味《おい》しさだ。サラダのドレッシングも最高で、思わずどこで売っているのか尋ねたら、なんと手作りだという。

（なんだか、すっごく幸せ）

普段、こうして人に食事を作ってもらうことなんてないため、やけに胸に染みる。

フルーツも美味《おい》しくて、結局美弦は全てをぺろりと平らげた。

「ごちそうさまでした。全部美味《おい》しくてびっくりしちゃった」

「あり合わせで作ったものだけど、そう言ってもらえると嬉しいな。――待ってて、今コーヒーを淹れる」

「あっ、お構いなく！」

席を立とうとする美弦を男は笑顔で止めた。

「俺も飲みたいからついでだよ。適当にそこのソファに座って待ってて」

「……ありがとう」

言われるままソファに移動して腰を下ろすと、すぐにマグカップを二つ持った男が戻ってきて、ソファ前のローテーブルに一つ置いた。

男は立ったまま壁に背中を預けてカップの縁に口を付ける。そんな些細《ささい》な仕草さえ絵になって、自然と視線が釘付けになった。

そんな自分に気づき、美弦は慌てて視線を手元に戻して、ほのかに湯気の立つコーヒーを飲む。「昨日のことだけど」と男が切り出したのは、一口飲み終えるのと同時だった。

「避妊はした。というか、最後まではしていない。だから心配しなくても大丈夫」

それを聞いて「よかった」と素直に思う。

子供は好きだ。けれど、今の自分は母親になる覚悟も自信も持てない。

「あの……」

「ん？」

躊躇《ためら》ったのち、美弦は切り出した。

「正直、昨日のことはほとんど覚えてないの。自分がここにいる理由も、あなたの名前も」

素直に告げると男は目を丸くする。

「確かにかなり酔ってはいたけど、さすがに結婚の約束をしたのは覚えてるよな？」

「――今、なんて」

空耳が聞こえた。だが男はもう一度、今度ははっきりと言った。

「だから、結婚」

けっこん、ケッコン――結婚!?

「だ、誰が?」

「俺と君が。……まさか、それも?」

あまりの衝撃に返事もできない。目が覚めて見知らぬ裸の男が隣にいることにも驚いたが、今はそれ以上だった。その動揺は言うまでもなく男にも伝わったのだろう。

男は再度大きく目を見開くと、小さくため息をついて、チェストの引き出しからスマホと何やら一枚の紙を取り出して差し出してきた。それを受け取った美弦は息を呑む。

――記入済みの婚姻届。

「妻になる人」の部分は間違いなく美弦の自筆。その隣の「夫になる人」を見て、美弦は今度こそ絶句したのだった。

1

「寝る間も惜しんで仕事を頑張って、お給料を稼いで、自分の好きなことにお金を使って何が悪いの！」

三月下旬の金曜日、午前一時過ぎ。居酒屋『善《ぜん》』の店内に大声が響き渡る。

美弦が生ビールの入ったジョッキをカウンターに叩きつけると、その弾みで溢《あふ》れた泡が手の甲を濡らす。すかさずマスターがおしぼりを手元に置いてくれるけれど、既に目が据わるほど酔っている美弦は気づかない。

（私の何が悪かったのよ）

美弦は現在、御影《みかげ》ホテル株式会社本社のフランチャイズ事業部で営業をしている。

日頃から日付が変わるまで残業することもざらにあるなかなかの多忙ぶりだが、美弦自身は概《おおむ》ねこの生活に満足していた。仕事で結果を出せば、その分給与に反映される。おかげで年収は同世代の平均と比較して抜群に高い。

そんな美弦にとって、多忙な生活を支えてくれる人の存在は何より大きかった。

二歳年上の銀行員である恋人にプロポーズされたのは、三ヶ月前のクリスマスイブのこと。

『僕と結婚してくれますか？』

夜景の見えるレストランで恋人の鈴木浩介《すずきこうすけ》から結婚を申し込まれた時、美弦は涙が出るほど嬉しかった。答えはもちろんイエス。付き合って四年になる恋人とはいつかそうなるだろうと思っていたからこそ、返事に迷いはなかった。

多忙ながらもやりがいのある仕事。

そんな自分を理解し、支えてくれる優しい婚約者。

美弦は確かに幸せだった。一ヶ月前、婚約者に突然別れを告げられるその時までは。

「月一でヘアサロンとネイルサロンに行ったくらいでどうして責められるの。ブランドもののバッグを買ったからってどうして引かれなきゃいけないの。九センチのヒールを履いたら『見下されてる気分になる』って何よそれ、そんなの知らないわよ！　全部私が汗水垂らして稼いだお金でやっていることよ、それなのに文句を言われる筋合いなんてない！」

美弦は残りのビールを一気に飲み干すと、腹の底に溜め込んでいた鬱憤《うっぷん》を一気にぶちまけた。

「マスター、ビールもういっぱいください！」

カウンター越しに空《から》になったジョッキを突き出すと、受け取ったマスターはため息まじりに「美弦ちゃん」と窘《たしな》めてきた。

「もうそろそろやめておきなって。元々お酒はあんまり強くないんだから」

「いーんです！　こんなの飲まなきゃやってられないわ」

「はあ……じゃあもうこれで最後だよ。これを飲んだらまっすぐ家に帰ること。いい？」

子供に言い聞かせる父親のようなマスターの言葉に美弦は素直に頷く。その様子にマスターは「本当に最後だよ」と再度念押しした上で、ビールジョッキをそっと目の前に置いてくれた。

駅から少し離れた高架線下にひっそりと佇《たたず》むこの店は、カウンター席が六席あるだけの小さな居酒屋だ。

古びた外観はお世辞にも洒落《しゃれ》ているとは言えないが、還暦《かんれき》を迎えたばかりのマスターが作る料理はどれも絶品で、知る人ぞ知る優良店である。

普段の美弦は、ほとんど外食をしない。毎日飲んでいたら酒代が馬鹿にならないから、飲酒をするのはもっぱら仕事の付き合いの時だけで、基本的には自炊を心がけている。

とはいえ美味《おい》しい食事もお酒も大好きな美弦の一番の楽しみが、月に一度の給料日に『善』に飲みにくることだった。

美弦が初めて『善』を訪れたのは、新入社員になってしばらく経った頃。

仕事に行き詰まって、ふと入ったのがこの店だった。

就職で上京した美弦は、密かにマスターを「第二の父」と呼ぶほど慕っている。そんなマスターの前で美弦はいつだって上機嫌だった。しかしこの店に通ってかれこれ六年、美弦は初めて荒れていた。

もう何杯飲んだかわからない。けれど二十八年間の人生で一番飲んでいるのは確かだ。

おかげで頭はガンガンするし、心臓は全速力で走り終えた時のように激しく脈打っている。だがそうまでしても、美弦の心は一向に晴れなかった。

「でも、美弦ちゃんがうちの店に来てくれるようになってだいぶ経つけど、こんなに荒れているのは初めて見た。よっぽど彼のことが好きだったんだね」

「……好きじゃなきゃ、四年も付き合わないわ」

「そりゃそうだ」

マスターはそう言って肩をすくめると、口を閉ざして洗い物を始める。

美弦に気を遣ってくれたのだろう。

話したい時は聞いてくれるし、静かに飲みたい時はそっと離れる。

そんなマスターが営んでいるからこそ、美弦はこの居酒屋が大好きだった。

「こんばんは」

その時、店の扉がガラリと開いた。

「いらっしゃいませ！」

「まだ開いてますか？」

一人しんみりと飲んでいた美弦は見もしないが、どうやら男性客のようだ。

「はい！　……あっ、ちょっとお待ちくださいね」

マスターが気遣うように美弦をちらりと見る。それは「他の客がいてもいいか」と尋ねているようで、美弦はすぐに「私は大丈夫だから」とマスターにだけ聞こえるように小さい声で伝えた。

自分のせいで他のお客さんを断るなんて、そんなことさせてはいけない。

ベロベロに酔っていてもそれくらいの分別はある。

「お待たせしました。さ、お好きな席にどうぞ！」

「ありがとうございます」

男性客が座ったのは、美弦の隣。

（わざわざそこに座る？）

客は美弦と男性の二人だけなのだから、せめて席を一つ空《あ》けてくれればいいのに。

そんなことを思いながら引き続き酒を飲む美弦の横で、男性は愛想良くオーダーをする。彼がまず頼んだのはビールと牛すじ煮込み。いずれも美弦が大好きなメニューで、ほんの少しだけ親近感が生まれる。

「この牛すじ煮込み、美味《おい》しいですね」

感心した様子の男性に「そうでしょう」と心の中で同意する。美弦が作ったわけでもないのに、自分の好きなものを褒《ほ》められるとなんだかやけに嬉しい。

「他に何かおすすめのものを適当にいただけますか？」

「はいよー！」

二人の何気ないやりとりを聞きながら美弦はそっと瞼《まぶた》を伏せた。

（……浩介は、こんな風にマスターと話したりしなかったな）

付き合い始めてすぐの頃、美弦は浩介をこの店に連れて来たことがある。

自分の大好きな店を恋人に紹介したい。

そんなつもりで一緒に訪れたのだが、彼はこの店が肌に合わなかったらしい。「もう少し綺麗な店の方がいいな」と言われたのが、自分でも驚くくらいショックだった。

あの後も、美弦が『善』に通っていることを浩介は知らないだろう。

いいや、きっとそれ以外にも互いに知らないことはたくさんあった。

婚約者が自分以外の女性に心を奪われていたことに、美弦がまるで気づかなかったように。

（四年も一緒にいたのに）

一ヶ月前。美弦が久しぶりのデートに心を弾ませて待ち合わせ場所に行くと、見知らぬ女性が一緒にいた。そして突然別れを告げられたのだ。

青天《せいてん》の霹靂《へきれき》とはまさにあの時のことを言うのだろう。

少なくとも美弦にとっては寝耳に水だった。

『……本当にごめん、美弦』

こちらの顔を見もせず俯《うつむ》く浩介と、その隣で勝ち誇ったように微笑む女。

その時の光景を思い出すたび、胸が引き裂かれそうに痛む。

あの瞬間、視界は真っ黒に塗り潰され、絶望的な気持ちになった。

それは一ヶ月経った今も変わらない。

泣きたくないのに目に涙が滲《にじ》み、虚しくて切なくてたまらなくなる。

それが少しでも和《やわ》らぐようにビールをごくんと呷《あお》る。そんなことをしても胸の痛みが収まらなくて、込み上げてきた涙で視界が滲《にじ》んだ、その時。

「大丈夫？」

不意に隣からかけられた声に視線を向けると、こちらを見ていた男性と視線が重なった。その顔立ちに美弦は思わず目を見張る。

濃い茶色の髪、扇形の眉に縁取られたアーモンド型の目。すっと通った鼻筋に形のいい唇。滅多にお目にかかれないような端整な顔立ちだったのだ。

（あれ、でもこの人……）

なんだか見覚えがある。けれど酔っ払ってぼうっとしているせいか思い出せない。

いったいどこで見かけたのだろう――酔いでうまく回らない頭でぼんやり考えていると、男性は心配そうにハンカチを差し出した。

甘いマスクについ見惚れていた美弦は、はっと我に返る。

「え……あっ！」

直後、手が滑った。ジョッキが転がり、こぼれた中身がカウンターに広がる。

のではないだろう。


「やだ、ごめんなさい！」

慌てておしぼりでカウンターを拭き始める。幸い被害は美弦の手元だけで、男性の方までは広がっていない。とはいえ、来店早々目の前でビールをこぼされたらたまったものではないだろう。

「……すみません」

「俺にはかかってないから大丈夫」

男性は手にしていたハンカチをそっと美弦の膝に置く。

「それよりスカートを拭いた方がいい」

指摘されて気づいた。ビールがカウンターから滴《したた》り落ちて膝上に染みを作っている。

「あ、それなら自分のもので拭くので大丈――」

言いながらバッグに手を伸ばしたがハンカチが見当たらない。

そういえば退社前に化粧室に寄って、手を洗ってすぐに後輩の女性社員に声をかけられて……多分、その場に置いてきてしまった。

――最悪だ。

いい年をした大人が一人やけ酒をしてマスターに絡んだ挙句、お酒をこぼして他の客に迷惑をかけるなんて。酔いも手伝って泣きたい気分になってくる。

「……お借りします」

「どうぞ」

平謝りの美弦に男性は柔らかく笑む。

彼の醸《かも》し出す柔らかな雰囲気に少しだけ慰《なぐさ》められながらスカートを拭くと、改めて感謝を伝えて新品で返したい旨を伝える。けれど男性は「そのままでいいよ」と、さっと濡れたハンカチを美弦の手から抜き取った。

「それより、さっき俺を見た時に何か言いたげだったけど、気のせいかな？」

あなたがカッコよすぎて見惚れていたんです、とはさすがに言いにくい。

「あなたを見ていたのは……その、以前どこかで見たことがあるような気がして」

男性は驚いたように目を見張ったかと思うと、目を細めて唇の端を上げる。甘いマスクに突如浮かんだ色気に美弦はたまらず息を呑んだ。

「それは口説かれてると思っていいのかな？」

「え⁉」

「嬉しいな。君みたいな美人にナンパされるなんて、男名利《おとこみょうり》に尽きる」

「違っ、そんなつもりじゃ……本当にそう思ったから言っただけです！」

全くそんな意図のなかった美弦が真面目に言い返すと、すぐに「冗談だよ」と肩をすくめられた。

「もう……」

からかわれたことに少しだけ立腹する美弦に、男性は「でもよかった」と目尻を下げる。

「綺麗な女性が一人で泣いているから心配していたんだ。でも今の姿を見て少しだけ安心した」

その時の笑顔があまりに優しくて、カッコよくて。何よりさらりと「綺麗」と褒《ほ》めてくるスマートさに美弦が戸惑っていると、男性は重ねて優しい言葉を口にした。

「俺でよければ話を聞くよ」

「……聞いても何も面白くないと思いますよ。それに、名前も知らない相手に話すようなことじゃないですし」

「恭平《きょうへい》」

「え？」

「俺の名前。『うやうやしい』の恭に、『たいら』の平。君は」

「あ……一条美弦です。漢字は、『美しい弦』」

「綺麗な名前だな。君にぴったりだ」

「っ……ありがとうございます」

またもやさらりと褒《ほ》められて、恥ずかしいやら嬉しいやらでうまく答えられない。そんな美弦に恭平は「これで『名前を知らない相手』ではなくなったね」と柔らかく笑む。

こちらを見つめる眼差しはとても優しくて、美弦は思わず見惚れた。

「それに、他人だからこそ話せることもあると思うけど、どうかな」

――正直、誰かに聞いてほしい気持ちはある。

だから美弦は、彼の言葉に甘えることにした。

婚約破棄から今日まで、怒りも悲しみも喪失感も……ありとあらゆる感情を自分一人で抱え込むのは、もう限界だったのだ。

◇

『明日の金曜日の夜、時間を取れるかな？　レストランを予約したんだ。どうしても君に会いたい』

婚約者の鈴木浩介から連絡が来たのは、二月下旬のこと。

この時、美弦は十日間の長期出張を終えて東京に戻る新幹線の中にいた。

（浩介には会いたいけど、どうしよう）

明日のスケジュールはこれでもかというほどぎっしり詰まっている。

出張の報告書も仕上げなければならないし、会社を空《あ》けていた期間に溜まった事務仕事もしたい。優雅にディナーを楽しんでいる余裕などないのが実情だ。

フランチャイズ部門の営業職として東京を拠点に日々全国を飛び回っている美弦は、

月の三分の一は地方で過ごしていると言っても過言ではなく、自宅には寝に帰るような生活を送っていた。

主《おも》な仕事は、地方ホテルのオーナーに御影ホテルへのフランチャイズ加盟を提案、契約することだ。

御影ホテルはビジネスホテルの運営を主《しゅ》としており、その数は国内で八百、北米に五十と国内外に幅広く展開している。それ以外にもマンションやリゾートの都市開発や不動産など、事業内容は多岐にわたり、親会社である御影ホールディングスを筆頭に、国内外に数十の関連会社を持つ大企業である。

国内には個人経営のホテルが数多《あまた》存在するが、経営に苦しむオーナーは少なくない。その原因は、立地を活かせていなかったり、集客方法に悩んでいたり……とホテルによって様々だ。美弦はそうしたホテルのオーナーに、「御影ホテルとフランチャイズ契約することで、それらを改善しませんか」と提案している。

契約することで御影ホテルは自社の名前やブランド力、運営マニュアルをオーナーに提供する。対してオーナーはそれらを利用して集客アップを目指し、決まったロイヤリティを御影ホテルに支払うのだ。

そして美弦の仕事は「契約して終わり」ではなく、契約したホテルの開業に一から立ち合うこともある。

営業部に配属されるまでの二年間は、ホテルで接客業にあたっていた。

その時の経験や御影ホテルで学んだ運営のノウハウをもとに、フランチャイズ先のホテルの事業がうまくいくようサポートしている。

難しい仕事ではあるが、頑張った結果がそのまま給与に反映されるので、やりがいはあった。

なぜなら、自分には稼がなければならない理由がある。弟の亮太《りようた》の学費のためだ。

美弦に父親はいない。小学生の頃、他に女を作って出て行ったのだ。

その結果、両親は離婚し、看護師の母が美弦と十歳年下の亮太を女手一つで育ててくれた。

亮太は現在高校三年生で、これから進学などでお金がかかってくる年齢である。

母もまだまだ現役で働いているけれど、若い頃に苦労した分、これからは自分の生活を大切にしてほしい。それもあり、美弦は給料の大半を実家に仕送りしていた。

自炊で節約しているのもそのためだ。全ては女手一つで美弦を大学まで行かせてくれた母への感謝の気持ちと弟の学費のため。

仕送り分以外の給与は家賃や生活費、美容代、そして月に一度の飲み代でほぼ消える。

おかげで貯蓄に回す余裕はほとんどないものの、お金は弟の卒業後に貯め始めればいい。

そんな切り詰めた生活の中でも、美容にお金を使うのは仕事のためでもある。

辛くて泣きそうになった時、鏡に映った自分の姿が美しいと「もう少し頑張ろう」と思える。ふとした瞬間に整ったネイルが視界に入ると気分が上がる。

前向きな気持ちになればもっと頑張ろうと思えるし、巡《めぐ》り巡《めぐ》って結局は自分のためになる。

美弦は家族や自分のために仕事を頑張り、綺麗でいようとする自分が好きだ。

しかし、世の中にはそんな美弦を面白く思わない人がいるらしい。

背中まで伸ばした黒髪をふんわりと巻いて、下品にならない程度に体の線が綺麗に出る服を着る。ヒールは最低でも七センチ以上。

それが本社に出勤する時の美弦の基本スタイルだ。

けれど、社内の人間――特に女性社員の目には「お高く止まっている」と見えるようで、陰口を叩かれることも少なくない。百六十七センチの身長や、どちらかというときつい顔立ちが余計にそう見せているのかもしれない。

でも美弦は構わなかった。好かれるに越したことはないけれど、会社にはお友達を作りに行っているわけではない。美弦を信頼して仕事を任せてくれる上司もいるし、親しい同僚もいる。

何より浩介の存在が大きかった。

最近は美弦が多忙だったこともあり、この半年は月に一度会えればいいくらい。

それでも浩介は怒るどころか文句一つ言わず、「仕事を頑張る美弦が好きなんだ」と、応援して、プロポーズまでしてくれた。

——そんな浩介が「会いたい」と言っている。

もしかしたら口に出さなかっただけで、寂しい思いをしていたのかもしれない。

(もう一ヶ月以上会っていないし、そろそろ両家の顔合わせの相談もしないと。浩介の話もそのことかな?)

恋人から婚約者になって嬉しかったことは大きく二つある。

一つは、将来を共にする存在ができたこと。

もう一つは、母に結婚の報告ができたことだ。

母は、父と離婚したことを後ろめたく思っている節がある。

美弦はそんなこと全く思っていないし、不倫する父親なんて必要ないと本気で思っているけれど、母はそうではなかったらしい。

だからこそ美弦が「結婚を考えている人がいる」と話した時、母はとても喜んでくれた。

『お母さんは結婚に失敗しちゃったけど、美弦は幸せになってね』

そう言って電話口で泣きながら祝福してくれた。

そんな母に、少しだけ親孝行ができた気がして嬉しかったのだ。

(それも浩介のおかげよね)

悩んだ末、美弦は婚約者の誘いを受け入れた。休日出勤になるのは間違いないけれど、それでも浩介に会いたい気持ちの方が大きかったから。

しかし、当日待ち合わせしたレストランに行くと、浩介の隣には見知らぬ女がいた。年齢は多分二十歳くらい。焦茶色の髪をふんわりと巻いた素朴な顔立ちの女の子だ。まだあどけなさの残るその顔は、どう見ても美弦よりずっと年下だ。

（大学生？　それとも浩介の後輩とか……？）

初めはそう思ったが、近くで見てすぐにその可能性は消えた。

彼女の身につけているもの全てがハイブランド品だったのだ。

後輩というより、むしろ取引先の社長令嬢と言われた方がよほどしっくりくる。

いずれにせよ、久しぶりのデートに見知らぬ他人を同席させるなんて……しかも隣に座らせるなんて感心しない。

「浩介」

美弦は戸惑いながら恋人のもとに向かい、対面の席に腰を下ろした。

「はじめまして、一条美弦さん。私は園田《そのだ》桜子《さくらこ》と言います」

真っ先に口を開いたのは桜子と名乗った見知らぬ女。いきなりそうくるとは思わず面食らう美弦に、彼女は続けて言い放つ。

「突然のことで驚かれるとは思いますが、浩介さんと別れてくださいませんか？　彼は今、私とお付き合いしているんです」

「……どういうこと？」

突然すぎる申し出に唖然とする美弦に、桜子はにこりと笑う。

「そのままの意味です。何も難しいことは言ってませんが、もしかして日本語が不自由とか？　そうとは知らずに失礼しました」

完全にこちらを小馬鹿にした言い方に、美弦は無言で眉を寄せる。

(勘弁してよ)

頭が痛い。話を聞かなくとも面倒なことになりそうな予感がひしひしとする。美弦は対面で俯《うつむ》いている恋人に視線を向けた。

「……浩介。どういうことなのか説明してくれる？」

「ですから、今私がお話ししたように――」

「桜子さんと言ったわね。私は今、浩介と話しているの。あなたには聞いていないわ」

桜子が口を挟もうとするのをぴしゃりと遮《さえぎ》る。

冷たく厳しい物言いに桜子は反論しようと口を開きかけたが、美弦はそれを視線で黙らせた。幼い頃から『目力が強い』と言われる美弦の眼力に、桜子は怯《おび》えたように肩をすくませると「怖い」と浩介の肩に身を寄せる。

「っ……！」

──浩介から離れて。

言いかけた言葉を呑み込んだのは、今ここで明らかに年下の桜子相手に怒鳴ったら、周囲の目に自分がどう映るか予想がついたから。

事実はどうあれ、長身の美弦と小柄で華奢《きゃしゃ》な桜子とでは、どうしたって美弦が弱い者いじめをしているように見えるに違いない。

(浩介もどうして振り払わないの)

鼓動が一気に速くなって胸が痛い。けれどそんな内心に気づかれないよう、美弦は深呼吸して無理矢理気持ちを落ち着かせると、今一度恋人に問いかけた。

「浩介。黙っていたらわからないわ」

先ほどより語気を強めて呼ぶと、浩介は俯《うつむ》いたままか細い声で答えた。

「ごめん、美弦。僕と桜子さんは先月から付き合ってる。……結婚を前提に」

「は……？」

(結婚？)

──意味がわからなかった。

頭から冷水をかけられたような感覚に陥《おちい》る。怒りよりも悲しみよりも、浩介の言ったことが理解できず、混乱して思考が止まる。

「……何を言ってるの。だって、私たち婚約してるのよ。クリスマスイブにプロポーズしてくれたわよね？　お互いの親と顔合わせをしようって話もしたじゃない」

「それは……ごめん。なかったことにしてほしい」

「突然そんなこと言われて『はいそうですか』なんて言えるわけないでしょ⁉　どういうことなのかちゃんと説明して！」

「ですから、浩介さんがお話した通りです！　私たち、結婚するんです。もうお互いの両親には紹介済みですし、式場のリストアップも始めています。ちなみに私の父は、浩介さんの勤め先であるA銀行の頭取です。私とあなた、どちらと結婚すれば彼の未来が明るいのか、言わなくてもわかりますよね」

先ほど黙らされたのが悔しかったのか、またも桜子が口を挟む。けれど今度は、美弦はそれを止めなかった。衝撃が強すぎたのだ。

美弦が黙ったのを好機と捉《とら》えたのか、桜子は自分と浩介の出会いを饒舌《じょうぜつ》に語り始めた。

二人が出会ったのは、年が明けてすぐ。つまり、浩介が美弦にプロポーズして間もない頃だ。

当時大学四年生の桜子は、初めて参加した合コンで浩介と出会い、その人柄に惹かれた。初めは「恋人がいるから」と振られたけれど、どうしても浩介のことを諦めきれずに想いを伝え続けた結果、結ばれた――

「初めは浩介さんとの結婚を反対していた父も、『浩介さん以外の男の人とは一生結婚するつもりはない』と言ったら認めてくれました。それくらい、私は彼のことを愛しているんです」

自分がいかに浩介を想っているのか、聞いてもいないのに桜子は揚々《ようよう》と語る。

それを聞けば聞くほど、美弦の心は冷えていった。

(合コンって、何よ)

自分という婚約者がいながら、なぜそんな場に行くのか。

突っ込みどころがあまりに多すぎて言葉が出ない。

「浩介さんは、あなたと一緒にいると息が詰まるんですって。『美弦といると劣等感を感じてしまう』と話していました。初めは意味がわからなかったけど、今日あなたに会ってその意味がわかりました。一条美弦さん。あなた、完璧すぎるんです」

「……完璧？」

だってそうでしょ、と桜子は吐き捨てる。

「美人で、モデルみたいにスタイルがよくて、髪もサラサラ、ネイルもバッチリ。勤め先は一流企業の御影ホテルなんて、絵に描いたようなキャリアウーマンだわ。収入だって同世代の男性よりも多いですよね？　ここまで揃うと一緒にいる男の人はどうしたって自分と比較します。あなたという存在がいるだけで浩介さんを苦しめているんです。

実際、あなたたち、もうずっとセックスしていないそうじゃないですか」

「――っ！」

「でも、私は違う。……意味は、言わなくてもわかりますよね？」

(聞きたくない)

もう黙って、静かにして。

――今すぐ耳を塞いで、この場から逃げ出したい。

浩介とセックスレス状態が続いていたのは、事実だった。

だがどうしてそれを赤の他人に指摘されなければならないのか。

無神経な桜子と、そんなことを第三者に話した浩介への怒りで指先が震える。

「浩介」

美弦は声を荒らげそうになる自分をなんとか抑えると、俯《うつむ》いたままの恋人を今一度見据えた。

「今の話は本当なの？」

「ごめん」

「謝罪じゃなくて説明をして。今日私に話したかったことって、別れ話？」

「……本当にごめん、美弦」

そう言ったきり、また彼は黙り込んだ。その姿に美弦の怒りは極限に達した。

「――いい加減、顔を上げたらどうなの」

自分でも信じられないくらい冷たい声だった。それに驚いたのか、浩介は弾《はじ》かれたように顔を上げる。今日初めて正面から見たその顔はひどく青ざめていて、どちらが被害者だかわからない。

（どうしてあなたがそんな顔をするの）

彼がこちらを見たのは一瞬で、すぐにまた下を向く。それがいっそう美弦を苛立たせた。

「自分よりずっと年下の女の子に全て言わせて、自分は黙り込んでるなんて情けない。三十歳の男の行動にはとても思えないわ」

冷ややかに言い捨てる。これに浩介は悲しそうな顔をするが、やはり何も言い返さない。その姿に改めて心の底から情けなく思った。

『美弦以外に好きな人ができた。だから別れよう』

本人の口からはっきり言われたのなら、怒ることも悲しむこともできる。でもこんな風に浮気相手に――しかも自分よりずっと年下の、愛されている自信に満ち溢《あふ》れた女に言われては、皮肉を返すくらいしかできない。

本当にこれで全てを終わらせるつもりなのか。自分は殻《から》に閉じこもって、他人に全てを語らせて。

浩介にとって、美弦と過ごした四年間はそんなにも簡単なものだったのか。

（せめて私の顔を見なさいよっ……！）

たまらず拳《こぶし》を強く握って浩介を睨《にら》む。けれどこれに反応したのは桜子だった。

「ですから！　あなたのそういう性格が浩介さんを追い詰めたんじゃないんですか⁉」

彼女は自分が責められたとばかりに眉を吊り上げ、怒りを露《あら》わにする。こちらを責める姿はまるで毛を逆立てた猫のようだ。

他人の性事情をあけすけに話したり、非難したり、かと思えば怒鳴り散らすなんて、どこまで非常識な子だろう。

こんなに失礼な人間には会ったことがない。

けれど、桜子の純粋なほどまっすぐな怒りに美弦は悟った。

――この子は、本当に浩介のことが好きなんだ。

大手銀行の頭取の娘。ならば桜子は正真正銘のお嬢様だ。ハイブランドばかり身につけているのも納得がいく。一会社員である浩介との立場の差はあるが、それを父親に認めさせるほど浩介を愛していると言い切った桜子。

（じゃあ、私は？）

恋人を奪われた屈辱や怒りはある。けれど今ここで、「浩介の恋人は私だ」「彼は渡さない」なんて言い返すほどの強い気持ちは……既に美弦にはなかった。

ここにきてもなお、俯《うつむ》いて黙ったままの浩介の姿を見ればなおさらだ。

（……なんだ。もうとっくに私たちは終わっていたんだ）

そうわかっても、やはり四年付き合った恋人に裏切られたのは……辛くて悲しい。本当は大声を上げて泣きたい。私の四年間を返してと浩介を責めて、詰《なじ》りたい。

でもそんなことはしない。少なくとも桜子の前でそんな惨《みじ》めな姿なんて絶対に見せたくなかった。

「──もういいわ」

だから、美弦は笑った。

「最後まで女性の陰に隠れて何も言えないような意気地のない男、私の方から願い下げよ。お望み通り婚約破棄してあげる。慰謝料はいらないわ。そのかわり金輪際《こんりんざい》、私に連絡してこないで」

『美弦の笑った顔、好きだな。自信に満ちていてすごく綺麗だ』

かつて浩介がそう褒《ほ》めてくれた時と同じように、口角を上げる。そして自分が最も美しく見える笑みを湛《たた》えて二人を正面から見据えた。

「腑抜《ふぬ》け男と略奪女。あなたたち、とってもお似合いよ」

どうぞお幸せに。

そう言って立ち上がり背を向けた時だった。

「美弦っ……！」

背中に届いたのは、まるで引き止めるみたいな浩介の声。

耳に馴染んだ元恋人の声に胸を掴まれるような気がしたけれど、美弦は振り返らなかった。今はただ、一秒でも早く二人の前から立ち去りたい。

——絶対に、涙なんか見せたくなかったから。

◇

「それから今日まではもう散々。私を面白く思っていない子たちには、あることないこと陰口を言われたり、男性社員にもやけにじろじろ見られるし」

婚約破棄直後で凹《へこ》んでいる時、営業事務の女の子に「どうしたんですか？」と聞かれ、つい婚約破棄されたことを話してしまった。それがいけなかった。

次の日には社内中に噂が駆け巡《めぐ》り、一ヶ月経った今では話したこともない社員から同情や好奇の視線を向けられる始末だ。しかも、噂の種類は多岐にわたる。

怒った美弦が婚約者をボコボコに殴ったというものがあれば、「別れたくない」と泣いてすがったというものもある。『婚約破棄された惨《みじ》めなアラサー女』と悪意を持って陰口を叩く人がいるのも耳に入ってきている。

「針の筵《むしろ》って、こういうことを言うのね」

「それはどうだろう。針の筵《むしろ》って言うより、期待の表れじゃないか？　男連中はきっと、フリーになった君を狙っているはずだ。いつも以上に見られている気がするのは、そのせいだと思うけど」

「……そんなことないわ。私を好きになってくれる人なんて、いるはずない」

今の美弦はかつてなく自信を喪失している。

自分と真逆のタイプの、ずっと年下の女の子に婚約者を奪われて、自信なんか持てるはずがない。けれど返ってきたのは、またも意外な言葉だった。

「君は十分すぎるくらい魅力的だ」

ストレートな褒《ほ》め言葉、そして真摯《しんし》にこちらを見据える瞳に心を貫かれる。

「っ……あ、ありがとう」

不覚にも胸が高鳴った。酔いとは違う意味で鼓動が速まる。

「魅力的」と言った時の声の響きがとても真剣だったからだ。

今の今まで元婚約者を想って凹《へこ》んでいたのに、別の男性相手にときめくなんて。けれどこれは不可抗力だと思う。目の前の男ほどの美丈夫《びじょうふ》かつ美声の持ち主からこんな風に自身を肯定され、褒《ほ》められて、心が揺れないはずがないのだ。

でもこれは、浩介に対して抱いていた感情とは全くの別物だ。

憧れていた芸能人に遭遇してドキドキしているのと変わらない。

――もしかしたら自分は、死ぬまで独身かもしれない。

本気でそんなことを考える。

「……私のことを好きじゃなくてもいいから、誰か結婚してくれないかしら」

自虐まじりにそうこぼす。

「相手を問わないくらい結婚に憧れているのか？」

「そういうわけじゃないけど……ただ、母を悲しませたくないの」

母の離婚理由は夫の不倫。それに傷つき、「娘には幸せになってほしい」と願う彼女に「自分も同じ理由で婚約破棄になった」なんて口が裂けても言えない。

正直に話したら母は美弦を慰《なぐさ》め、励《はげ》ましてくれるだろう。

しかし、態度には出さなくとも、ガッカリさせてしまうのは間違いない。

不幸中の幸いは、「結婚を考えている人がいる」と伝えただけであること。名前を伝えたり、実際に会わせていたりしたら、母の落胆は増していただろうから。

「ちなみに、今の君が結婚相手に求める条件は？」

「……私を裏切らないこと」

意外だったのか恭平が目を見開く。その気持ちはわかるけれど、これが本音だ。

二股された挙句に振られるなんて経験は、もう二度としたくない。

「仕事やプライベートに干渉されるのも困るわ」

これではただの同居人だ。しかし浩介は違った。彼となら一緒に歩んでいけると思ったのに。

「……何がいけなかったのかな」

そう小さくこぼした美弦は残ったビールを飲む。

「節約していること？　仕事に熱中しすぎたこと？　それとも派手に着飾ったり、美容にお金をかけていること？」

仕方ないじゃない、と美弦は囁《ささや》くように口にする。

「全部含めて、私なんだから」

恭平に話し始める前は「私は悪くない！」と息巻いていた。けれど、改めて振られた事実を言葉にすると、惨《みじ》めでたまらなくなる。

（……話すんじゃなかった）

恭平の優しさについ甘えてしまったけれど、酔っ払い女の失恋話なんて面白いはずがない。

（きっとこの人も呆れてるに決まってる）

そう思うと彼の反応が怖くて顔を上げられない。

仕事モードで気を張っている時は我慢できる。でも心が緩んでいる今、同情や好奇の目で見られたら、今度こそ泣いてしまう気がした。

「頑張ったな」

そんな美弦に返ってきたのは、薄っぺらい慰《なぐさ》めや励《はげ》ましではない、自分を肯定する言葉。驚いた美弦は弾《はじ》かれたように恭平を見て、驚いた。

穏やかな茶色の瞳にあるのは同情ではなく、見守るような優しさだったのだ。

「頑張ったって……私が？」

違う。そんなことない。

だって自分は、勝ち誇る桜子に対して虚勢を張ることしかできなかった惨《みじ》めな負け犬だ。けれど恭平は、そんな美弦の考えを根本から吹き飛ばす。

「一生懸命働いて、実家に仕送りをして、綺麗でいようと努力する。君はこれ以上ないほど頑張ってるよ。それに倹約家なんて素敵じゃないか。無駄遣いするよりずっといい。使うべきところに使って締めるところは締める。お金の使い方が上手な証拠だ」

桜子が欠点と指摘したことを、恭平は全て美点だと言ってくれた。

まさかこんな言葉をかけてもらえるとは思わず、不意に涙が溢《あふ》れる。

「っ……やだ、ごめんなさい」

酔って絡んだ挙句に泣くなんて、迷惑この上ない。すぐに泣きやまなければと思うのに、高ぶった感情はそう簡単に治まらなかった。

——だって、嬉しかったのだ。

「頑張った」なんて言ってくれたのは、恭平だけだったから。

婚約破棄以降、美弦はずっと気を張り詰めていた。

浩介のことを思い出さないよう仕事に打ち込んだ。けれど完全に忘れるなんてもちろん無理で、ミスをしたり、あることないこと噂されたりした。

そんな心身共に限界だった美弦にとって、恭平の言葉はまるで乾いた砂漠に不意に降った慈雨《じう》のように優しく染み渡る。

「我慢しなくていい。自分の気持ちを無理に抑え込まなくていいんだ。恋人に裏切られて何も思わない人間なんていない。悔しい、辛い、悲しい……そう思うのは当然の感情だ」

「あ……」

目尻から溢《あふ》れる涙を恭平の指が優しく拭う。

「だから今は思う存分泣いて、怒ればいい。美味《おい》しいものをたくさん食べて、たくさん眠って。そうすればいつか彼のことを忘れられる日がきっとくる。その時の君は、今以上に素敵な女性になっているはずだ」

そう言って微笑む彼はとろけるように優しい顔をしていて、不意に美弦は思った。

「……あなたみたいな人と結婚する女性は、きっと幸せね」

出会ったばかりの、下の名前しか知らない他人。それでもわかる。

恭平は優しい人だ。見目麗《うるわ》しくて、誠実で、優しい。

彼のような男性はどんな女性を愛するのだろう。

素直で、可愛くて、可憐な子だろうか。少なくとも、酒の力を借りないと涙も流せない意地っ張りな自分のような女性ではないはずだ。

「じゃあ、俺とする？」

「するって、何を？」

目を見張る美弦の耳元に恭平が顔を寄せる。

「――結婚」

背筋が震えるほどの色気を纏《まと》った声で、恭平は囁《ささや》いた。

熱い吐息が耳にかかり、美弦は反射的に立ち上がる。だが酔った体がそれについていけず、脚がもつれて視界がぐらりと揺らぐ。けれど倒れる前に、さっと恭平の腕が腰に回り、美弦を椅子に座らせてくれた。

「あのっ……！」

大きな手のひらが腰に添えられている。その感触をやけに熱く感じて、甘い痺《しび》れが背中を駆け抜けた。

恭平の雰囲気はまるで別人のようだった。

先ほどまでの穏やかな眼差しが妖《あや》しく獰猛《どうもう》なものに変わり、表情は変わらず優しいのに瞳の奥が笑っていない。まるで獲物を前にした肉食獣のような雰囲気に動けなくなる。

「一条美弦さん。俺と結婚しませんか？」

チョコレート色の瞳がゆっくりと近づいてきて――美弦の記憶は、そこで途切れた。

都内の夜景が一望できるマンションの一室。室内を照らしているのは窓からぼんやりと差し込む月明かりだけ。

そんな中、キングサイズのベッドの上に二つの人影が浮かび上がる。

周囲には脱ぎ捨てられた衣類が散らばっていた。静かな室内に溶けるのは、唾液を絡め合う音と荒々しい吐息、そしてシーツがずれる音だけだ。

裸で仰向けになる美弦に覆《おお》い被さっているのは、同じく素肌を晒《さら》した恭平。

彼は左手で美弦の両手を頭の上で一つにすると、右手で彼女の頬を優しく撫でる。

けれど優しい手つきに反してキスは荒々しい。

「んっ……ふぁ……」

「もっと口を開けて。君の可愛い口の中を感じたい」

熱い舌が強引に美弦の唇を割って侵入する。反射的に引っ込めた舌はすぐに絡め取られ、強く吸われた。そのまま歯列をなぞり、内壁を舐《な》められる。息をする間もない激しい口付けに、美弦はされるがままだ。くちゅくちゅと唾液の絡まる音がなんともいやらしい。

――知り合ったばかりの男と体を重ねている。

この四年間、浩介一筋だった美弦は、自分の身に起きている初めての経験に心も体もついていけない。酔ってうまく回らない頭で「どうしてこうなった」と息を乱しながら考えるが、思考はまとまらなかった。

恭平のマンションに到着して玄関のドアが閉まるなり、二人は貪《むさぼ》るようなキスをした。激しい口付けの後、恭平は美弦を横抱きにして寝室に向かう。そこで彼女の衣服を一気にはぎ取ると、自らもまた裸になったのだ。

「今、何を考えてた?」

嵐のような口付けの合間に、恭平は背中がぞくりとするほど色香の滲《にじ》んだ声で問う。

「考え事をするなんて随分と余裕だな」

「違っ……!」

「キスだけじゃ君を夢中にさせられないなら――もっと、俺を感じてもらわないと」

言うなり恭平は美弦の耳殻《じかく》をなぞるように舐《な》める。

先ほどまで口の中を蹂躙《じゅうりん》していた舌を耳に這《は》わせて、食《は》んで、息を吹きかけて。

そのたびに美弦は、意識が飛びそうな快感に襲われて、本能的に腰を揺らす。

「美弦」

低くて心地よい声に名前を呼ばれる。

「俺を見て。俺を感じて――俺に夢中になって」

今は体だけでいいから、と見惚れるほどうっとりした顔で恭平は微笑む。

「すぐに婚約者を忘れろとは言わない。でも今こうして君に触れているのは、俺だよ」

だから。

「今は、俺以外のことなんて考えるな」

物腰の穏やかな紳士が、美弦を求める雄になる。

「待って……あっ！」

呼びかけた言葉は甘い嬌声《きょうせい》に変わった。恭平に乳首をピンと弾《はじ》かれたのだ。

「それ、だめぇ……！」

「『いい』の間違いだろ？　だって――ほら。君のここはこんなに赤く色づいてる」

言いながら彼はぷっくりと膨らむ先端をいじり始めた。

甘い痛みに美弦は思わず身をよじって腰をくねらせる。その反応に気を良くしたのか、恭平は顔を胸に近づけて、ぱくんと口に含んだ。

その瞬間、美弦の体は大きく跳ねた。けれど恭平は止まらない。

屹立《きつりつ》した乳首を舌でこねくり回し、ちゅっと吸ってやんわりと食《は》む。その間も彼の両手は美弦を攻め続けた。

豊満なバストを下から掬《すく》い上げ、緩急をつけて揉みしだく。彼の思うままに形を変える双丘の先端を指先でつまんで、弾《はじ》いて、押し潰す。

「おかしくなっちゃっ……！」

その直後、目の前が真っ白になって、頭の中で何かが弾《はじ》ける。

口と手で攻められ続けた美弦は達した。そんな美弦を恭平は甘い瞳で見下ろす。

「……本当に眩暈《めまい》がするほど綺麗だな」

細い首に形のいいデコルテ。仰向けになってもなお形の崩れない豊満なバストに、きゅっとくびれた腰から続くふっくらとした尻。引き締まった両脚。華奢《きゃしゃ》ながら女性らしいまろやかさのある体を、熱を帯びた視線が舐《な》め回す。

ただ見られているだけなのに、子宮の奥がずくんと疼《うず》く。

中に触れられたわけでもないのに体の芯は切ないくらいに熱を持ち、その証《あかし》に内側から溢《あふ》れたとろりとしたものが太ももの付け根を濡らした。

（やだ、なんで……！）

反射的に太ももを擦り合わせる。するとくちゅ、と粘着音が静かな室内に溶けた。

これに恭平が気づかないはずがなかった。

「――見られただけで感じた？」

図星を指された美弦は羞恥心《しゅうちしん》でいたたまれなくなる。

美弦は知らなかった。

恥ずかしそうに頬をピンク色に染めて、脚を擦り合わせる姿がどれほど男の劣情を誘うのか。

事実、艶《なま》めかしく横たわる美弦の姿に、恭平の喉仏がごくんと上下した。

「最高にエロいな。可愛くて、色っぽくて、たまらない」

——エロいなんて。

「……初めて言われたわ」

息を乱しながら呟くと、恭平はありえないとばかりに大きく目を見開いた。その表情から驚きようが伝わってくるけれど、残念ながら本当のことだ。

派手な外見から「男関係が激しそう」と誤解されがちな美弦だが、実際は違う。過去に恋人と呼べる相手は浩介だけだった。

告白されたことはあるけれど、中学生の頃は弟の世話をするのが一番だったし、高校と大学は「少しでも母を経済的に助けたい」「せめて学費くらいは自分で出したい」と勉強とバイトに忙しく、恋をする暇なんてなかった。

就職してからもそれは同じで、初めの二年間は仕事に慣れるのに必死だった。ようやく仕事に楽しみを見出した頃にできた初めての恋人が、浩介なのだ。

手を繋ぐのも、キスも、セックスも、美弦の初めては全て浩介に捧げた。

そんな彼とのセックスは……よく言えば丁寧、悪く言えば機械的だった。

軽く触れ合うようなキスをして、互いに触れ合って、挿入して、あちらが果てたら終わり。

美弦も達したことはあるし、気持ちよかったけれど、こんな風に――恭平とキスした時のように、頭がぼうっとする感覚も、触れられた場所から切ないほどの熱を感じたのも初めてだ。

そして、恭平に触れられて初めて気づいたことがある。

こんなこと、普段の美弦なら絶対に言わなかっただろう。けれど、酔いと達したばかりの高揚感から、つい口に出してしまった。

「……私、激しくされるのが好きみたい」

その、直後。

「んっ――!!」

噛み付くようなキスをされた。

「なんでっ……ああんっ！」

先ほどまで胸を弄《もてあそ》んでいた両手が太ももを掴んで、大きく開く。そして唇から顔を離した恭平が、ぞくりとするほど妖艶《ようえん》な笑みを浮かべて美弦を見下ろした。

シーツに染みを作るほど濡れそぼった秘部が恭平の眼前に晒《さら》される。

恭平に見惚れていた美弦は羞恥心《しゅうちしん》から脚を閉じようとする。けれど恭平は自らの体を脚の間に割り込ませることで、それを封じた。

「待っ……」

「なんで？」

制止を求める声を遮《さえぎ》り、恭平は先ほど言いかけた美弦の言葉を繰り返す。

「『激しくされるのが好き』なんて言われて、煽《あお》られないわけがないだろう？」

その時、美弦の視線に信じられないものが映る。

こういったものは他人と比べるものではないと思うし、そもそも美弦は比較対象を一人しか知らなかった。それでも断言できる。

天井《てんじょう》を仰ぐほど屹立《きつりつ》したそれは、恐ろしく大きい。表面には幾筋もの血管が浮かび上がり、まるで生き物のようだ。そのあまりの迫力に慄《おのの》く美弦の前で、恭平は手早く避妊具を装着する。

「最後まではしない。それは酔っていない時にしよう」

「あっ……！」

「でも、このまま終わるなんてありえない。お望み通り、激しく攻めてやる」

直後、恭平は先端を膣口に押し当てた。

「ああっ……！」

薄い膜越しでもわかるほど熱い塊《かたまり》を感じた瞬間、むず痒《がゆ》いほどの快感が背筋を駆け抜けた。

思わず腰を浮かす美弦に、恭平は「可愛い声」と甘く囁《ささや》き、ゆっくりと腰を上下し始める。その動きが次第に速くなっていった。

美弦から溢《あふ》れた愛液が潤滑油《じゅんかつゆ》となって、くちゅくちゅといやらしい音を奏でる。

「あっ、こんなの、知らない……！」

「っ……素股は初めて？」

恭平も感じているのだろうか。わずかに息を乱しながらも笑顔で問われた美弦は、甘い声を上げながら必死に頷く。

挿入されているわけでもないのに、あまりの快感にどうにかなってしまいそうだ。

体の中心が疼《うず》いて、もどかしくて、たまらない。

堪《こら》えきれずに両手を恭平の背中に回してしがみつくと、自然と頭を彼の胸に埋《うず》めることになる。すると、性急に腰を揺らしながら、右手の指を舐《な》めて湿らせた恭平が——美弦の陰核をつぷん、と押した。

「あっ……それ、だめぇ……おかしく、なっちゃうっ……！」

蜜口を攻められつつ、陰核をこねくり回される。激しい律動に呼応するように硬く立ち上がった乳首が恭平の胸板に擦られた。

「美弦」

とろけるような甘い声で名前を呼ばれ、陰核をやんわりとつままれた、その瞬間。

「俺でおかしくなって」

強烈な快楽に呑み込まれ、美弦は意識を手放した。

◇

——思い出した。

全てではないけれど、目覚めた直後はおぼろげだった記憶が、一つのきっかけ——婚姻届の「夫になる人」に記された名前を見たことで次々と浮かび上がってくる。

彼の名前は御影恭平。現在三十二歳。

苗字が示す通り御影ホテルの創業者一族の一人だ。しかも美弦の記憶が正しければ、恭平は社長の御影雄一《ゆういち》の次男で、長男である副社長、斗真《とうま》の弟だ。

何より、彼はここ最近、社内で話題の人物である。

恭平は大学院を卒業して御影ホテルに入社した。それからすぐにニューヨークの海外事業部北米開発室に配属となり、着実に営業実積を重ねていった。

ここ数年、海外事業部でナンバーワンの営業成績を連発しており、まさに家柄と実力を兼ね備えたエリート御曹司である。

見覚えがあるような気がしたのは、以前社内報で写真を見たことがあったから。その時も「何このイケメン」と驚いたが、当時はまだ浩介という恋人がいたし、仕事が忙しいこともあって、あっという間に記憶の外に追いやられていた。

そんな彼は半年前の九月に帰国し、現在は東京本社のホテル事業本部長の職についている。

帰国した御曹司が、東京本社に来る——女性社員は色めきたった。

中には本気で「御曹司と恋に落ちる」ことに憧れている女の子がいるくらいだ。

しかし、美弦が好きなのは浩介だったし、彼と別れてからの一ヶ月は「私は仕事に生きる！」と本気で思っていたから気にも留めなかった。

もしも美弦が他の女性社員同様、彼に興味を持っていたら、『善』で会うなり恭平の正体に気づいただろう。しかし、実際は「見たことあるかも」程度でまるでわからなかったのだ。

——だからといって自社の御曹司に絡み酒をした挙句、体を重ねるなんて。

恥ずかしくて、情けなくて、恐れ多くて。

なんとも形容し難い感情に襲われた。

「私がこんなことを言えた立場ではないのはわかっています——けど、何をしてるんですか、御影本部長……」

がっくりしながら呟くと、恭平は面白くなさそうに眉を寄せる。

「その話し方は好きじゃないな。呼び方も。今はあくまでプライベートの時間。だから敬語も役職も必要ない」

優しいけれど有無《うむ》を言わさぬ雰囲気に、反射的に頷く。すると恭平は満足そうに唇の端を上げた。

「さっきの質問だけど、『何をしてる』も何も、ここに婚姻届があるように君と結婚を約束して熱い一夜を過ごした。オーケー？」

「オーケー、じゃなくてっ！　だいたい、どうして婚姻届があるの……？」

恭平は「そこからか」と苦笑すると、なぜかスマホでどこかに電話をかけ始める。すぐに繋がったようで、彼は「マスターだよ」と美弦にスマホを手渡した。

「話は通してあるから、婚姻届記入の経緯は彼に聞いて。俺が話すよりも第三者に聞いた方が真実味があるだろうし」

確かにそうかもしれない。美弦は戸惑いながらもスマホを受け取った。

『美弦ちゃん、具合はどう？』

「大丈夫です。昨日は酔っ払って迷惑をかけてしまったようでごめんなさい。それでその……昨日何があったのか教えてもらえますか？」

『本当に覚えてないの？　確かにかなり飲んでたからなぁ』

マスターから聞いた話は、美弦の想像を遥《はる》かに超えていた。

昨夜、恭平からの突然のプロポーズに固まった美弦は、残りの酒を一気に呷《あお》った。

そしてしばらく黙った後、「わかったわ」と答えたという。

その後はむしろ美弦の方が乗り気で、なんと恭平に「結婚するなら今すぐしたい！」と結婚情報誌をコンビニに買いに行かせた。

そして彼が戻るなり付録の婚姻届に意気揚々《いきようよう》と記入して、恭平にもそれを求めると、マスターに証人欄に署名するよう求めた。

（私が婚姻届を買いに行かせた……？）

唖然とする美弦にマスターはなおも衝撃の事実を口にする。

『結婚はそんな簡単に決めるもんじゃないよって言っても、美弦ちゃん、「今書いてくれないと私は一生独り身だ、だったら今結婚してもいいじゃない！」「お母さんに婚約者を紹介するって言っちゃったの！」って荒れに荒れて。俺が書かないと収拾がつかない状況だったから、仕方なく署名したんだよ』

「……マスター、迷惑をかけて本当にごめんなさい。あとでお詫びに伺います」

『気にしなくていいよ。それじゃあ、また店で待ってるよ』

電話が切れる。が、とてもじゃないが恭平の顔が見られない。

――なんていうことをしたのだ、昨夜の自分は。

マスターはもちろんだが、恭平に対して迷惑をかけすぎではないか。

今まで、プライベートでも仕事でもお酒の失敗なんて一度もしたことがなかったのに。初めての失敗がこれなんて、あまりに酷すぎる。とにもかくにも、まずは謝らなければ。

「ごめんなさい。お酒の席の冗談を本気にして結婚を迫るなんて――」

「冗談じゃない。俺は本気だ」

深く頭を下げようとする美弦の前に恭平が跪《ひざまず》く。

「酒の勢いでもふざけてもいない。俺は君と結婚したいんだ」

ぽかんと呆《ほう》ける美弦の両手を、恭平の手が包み込む。まるで騎士が主人に忠誠を誓うような姿勢でこちらを見据えるまっすぐな瞳に貫かれる。

「一条美弦さん。俺と結婚しませんか？」

その眼差しに、声に、言葉に、昨夜の記憶が蘇《よみがえ》る。

「昨日も同じことを言ってくれた……？」

「思い出してくれた？」

どこか嬉しそうな声色に美弦は頷く。

そうだ。彼は美弦の生い立ちや失恋話を面倒な顔一つ見せず、最後まで聞いてくれた。そして桜子に否定された美弦の内面を全て受け止め、肯定してくれたのだ。

本当に嬉しかった。温かくて、涙が止まらないほど感激して――

（この人と結婚する人は幸せだろうなって、思った）

そんな美弦に、恭平は「結婚しよう」と言ってくれたのだ。

その後のことは、マスターに聞いた通りだろう。

「返事を聞かせてもらっても？」

「……本気で言ってるの？」

「冗談でこんなことは言わない。君は昨日『誰でもいいから結婚したい』と言った。もしそれが本心なら、相手が俺でもいいんじゃないか？」

自分で言うのもなんだけど、俺はなかなかの優良物件だよ、と悪戯《いたずら》っぽく笑む。

「高学歴・高収入・高身長。俗に言う三高は全部揃ってる。犯罪歴はもちろんないし、タバコもギャンブルも興味はない。『御曹司』なんて言われてるけど金遣いは荒くないつもりだ。一人暮らしが長いから家事は得意だし、料理は趣味だ。俺と結婚すれば、家にいる時はいつでも俺が料理をするよ。君の好きなものをなんでも作ってあげる」

「あの――」

「両親や親族付き合いは最低限でいい。両親は息子の私生活にあまり口を出すタイプではないから嫁姑《しゅうとめ》問題はないと思うけど、もしそうなったら俺は百パーセント妻の味方をする。仕事は続けてもいいし、辞めてもいい。辞めた場合はもちろん生活の保証はする。それ以外にも君の希望があれば最大限叶えるよ。文書にしてもいい」

「ちょっ、ちょっと待って！」

ここぞとばかりに自分を売り込む恭平に呆気に取られて、たまらず止めた。頭がついていかない。

「――おかしいわ」

「俺だと母親に紹介できない？」

「そうじゃなくて！　……私とあなたじゃ釣り合わないもの」

四年も付き合った恋人にあっさり振られた女と、大企業のエリート御曹司。

釣り合うわけがない。

「それに私たちは知り合ったばかりで、お互いのことなんて何も知らないのに、結婚なんて」

婚姻届への記入を迫っておきながら説得力のかけらもないが、少なくとも素面《しらふ》の美弦にはとても理解できない。だが恭平は真面目な顔で美弦を見据えた。

「俺は君の名前も家族構成も、一生懸命働く理由や、なぜ節約しているのかも知ってる。全部、昨日君が話してくれたからね。俺のことは結婚してからおいおい知ってもらえればいい。君は母親に婚約者を紹介できないことを嘆いてたけど、それも俺と結婚すれば解決する」

「それはそうだけど……仮に私と結婚しても、あなたにはメリットが何もないわ」

「それは違う。君と結婚して、むしろ助かるのは俺の方だ」

「どういうこと？」

「女よけになる」

キッパリと恭平は言った。

「どうやら俺は、人より目立つ見た目らしくてね。帰国してから言い寄ってくる女性が絶えなくて困ってる。特に女性社員の声が気になって仕方ない。仕事の話ならともかく、やれ恋人はいるのか、好みのタイプはどうだ……なんてあちこちで聞かれてうんざりしてる。そういった意味でも、今の俺には『妻』という存在が必要なんだ」

眩《まぶ》しいほどの笑顔だが、その主張はなかなか辛辣《しんらつ》かつ失礼だ。

美弦のことは好きでもなんでもないが、自分の目的のために結婚してほしい。

つまりは、そういうことだ。

（……なんだ）

美弦のことが好きだから、なんて理由を期待したわけではない。けれどあまりに熱心にアプローチしてくるものだから、彼の結婚したい理由を聞いて拍子《ひょうし》抜けしたのは否《いな》めない。

「あなたが結婚したいわけはわかったわ。でも、相手が私じゃなきゃいけない理由はないように思うけど」

「理由はある。君は美人だ」

「はい？」

予想の斜め上をいく答えにぽかんとする美弦に恭平は続ける。

「どうせ妻にするなら綺麗な女性がいい。その点、君は最高に俺好みだ」

今の話を要約すると、つまり――

(私の顔と体が好みだから、女よけと体裁のために結婚したいってこと……？)

彼の醸《かも》し出す雰囲気は砂糖菓子のように甘いのに、話している内容はどこまでもビジネスライクだ。けれど、だからこそその言葉は信用できた。

もしも結婚したい理由が「好きだから」とか「一目惚れ」なんて言われたら、信じられなかっただろう。手酷い失恋をしたばかりの今、「恋」や「愛」ほど信用できないものはない。

それに、この結婚は悪い話ではないのかもしれない。

美弦は、母を悲しませないため。

恭平は、周囲の煩《わずら》わしい声を封じるため。

互いにメリットがある結婚は、言い換えれば契約のようなもの。

それに、実際、結婚相手として彼はこれ以上ないほどの優良物件だ。

イケメン・ハイスペック・料理上手。恭平も美弦の外見が好みだと言ってくれている。

――断る理由が見つからない。

だから。

「わかったわ。あなたと結婚します」

次の瞬間、美弦は痛いくらいに抱きしめられる。

「あのっ、ちょっと……!?」

「言い忘れてたけど、俺は紙切れ上だけの結婚をするつもりはないよ。君がセックスをしていいのは、俺だけだ。浮気は許さない」

「なっ……!」

耳まで真っ赤に染める美弦の顔を恭平は覗き込む。

「もちろん俺が抱くのも君だけだ」

大切にするよ、と。

悩ましいほどの色気を纏《まと》わせ、恭平は微笑んだ。


結婚に際して美弦と恭平はいくつかの決まり事を持った。

知り合ったばかりの二人が夫婦になるのだから最低限のルールは必要だ、と主張したのは美弦だ。

恭平はあっさり同意すると、「どうせなら契約書を作成しよう」とその場で懇意にしている弁護士に電話をして、会う約束を取り付けたのだ。

これらは全て『善』で出会った翌日の出来事である。

さすがは社内でも名の知れたエリート社員、段取りも仕事もとても早い。

その日の午後には弁護士立ち合いのもと、結婚契約書が交わされた。

契約内容をざっくり言えば、「財産管理はそれぞれ、家事は分担、不貞行為は禁止」だ。

お金に関しては美弦も仕事を続けるつもりだから、彼の給与には頼らない。

家事は気づいた方がやればいいし、ハウスキーパーを頼んでもいい。

ちなみに結婚したことを公表するのは恭平のみで、美弦は明かさず旧姓で通すことにした。

婚約破棄でただでさえ不必要な注目を浴びているのに、この上、現在女性社員の注目度ナンバーワンの恭平と結婚したと知られて妬《ねた》まれるのはごめんだ。

とはいえ、事務の手続き上、会社の誰にも知られないようにするのは難しい。

これぱかりは恭平の創業者一族としての力を借りて、総務部に手を回してもらった。

そのため社内で二人の結婚を知るのは、彼の父と兄である社長と副社長、総務部のごく一部の社員だけ。恭平にも「結婚した」ことは公表しても、「相手が美弦である」ことは明かさないと約束してもらう。

これに関して恭平は不満そうではあったものの、「女よけにはなるのだから」と納得してもらった。

それ以外には、「新居は恭平のマンションにすること」「食事はできるかぎり一緒に取ること」「同じベッドで眠ること」等々、契約内容は新婚夫婦としては、至って普通のことばかりだ。

しかし、実際に結婚生活を送るうちに改善点が出てくるかもしれない。その時は、都度、契約を更新して柔軟に対応するということで二人の意見は一致した。

——ただ一点を除いては。

『不貞行為が発覚した場合、即離婚』

この項目だけは、今後何があっても変更はしない。

婚姻中、もしも他に好きな異性ができたらその時点で正直に話すこと。

隠れて不貞行為を行《おこな》った場合は例外なく即離婚すること。

そう求めたのは、美弦だ。

夫婦とはいえ他人同士なのだから、時に言えないことや隠し事もあるかもしれない。

それは仕方がない。しかし、相手を裏切るような嘘だけはどうしても許容できないし、許せない。

恭平は不機嫌な顔一つ見せず、それを受け入れてくれた。

『もちろん構わない。今後、俺が君以外の女性に興味を持つなんてありえないから』

知り合ったばかりの自分に対して、どうしてこんな風に断言できるだろう。それくらい、美弦は彼の「好み」の外見をしているのだろうか。

不思議に思ったものの、彼を疑う気にはならなかった。

『俺は、君を振るような見る目のない男とは違う。君を裏切らないし、嘘もつかない。夫として、これから時間をかけてそれを証明していくよ』

そう答える恭平は、思わず見惚れるほど優しい表情をしていたから。

照れと恥ずかしさで視線を逸らす美弦を、恭平はやはり柔らかい眼差しで見つめていた。

◇

『まずは入籍前に君のお母様にご挨拶《あいさつ》がしたい。日程はできる限り合わせるから、お母様の予定を確認してくれるかな。それ以外にも、引っ越しや入籍日をどうするか……決めることはたくさんあるけど、二人で話し合って決めていこう。幸い明日は日曜日だ。君も疲れたろうしゆっくり休んで。また連絡する』

昨日、新しい婚約者もとい恭平と別れた美弦は、帰宅後シャワーを浴びるなりベッドに倒れ込んだ。あまりの急展開の連続に疲れきっていたのだ。

翌日は昼過ぎまで泥のように眠り、体の疲れはすっかり取れた。

けれど気持ちの方は、そうはいかない。ふわふわしているような、地に足がついていないような、一夜明けた今も夢見心地が続いている。

普段の日曜日の過ごし方といえば、家の片付けや日用品の買い出し、ヘアサロンやネイルサロンに行くことがほとんど。

仕事柄、月の三分の一は出張等で家を空けるからこそ自宅で過ごせる週末は貴重で、「ゆっくり休む」ことはほとんどなかった。しかし今日ばかりはそうせざるを得ない。なにせ、寝ても覚めても恭平のことが頭から離れない。

気づけば彼のことを考えている。胸元には今もキスマークがはっきりと残っているし、目を閉じれば裸でベッドに横たわる恭平の姿がありありと浮かんでくるのだ。

頭を仕事モードに切り替えれば気持ちも切り替わるだろうかと、試しにダイニングテーブルでタブレットパソコンを開いてみるが、無駄だった。

どうしたって、何をしていたって、恭平の存在がちらつく。

過去を遡《さかのぼ》っても、一人の男性で頭の中がいっぱいになったのなんてこれが初めてだ。

(浩介の時はこんなことなかったのに)

ならば自分はそれほど浩介を好きではなかったのだろうか。

(違う)

一瞬、頭に浮かんだ疑問を否定する。

もしもそうだとしたら、彼との別れはこんなに辛くなかったはずだ。

今もそう。浩介のことを考えた瞬間、ふわふわと浮かれていた気分が一気に暗くなる。他の女性に恋人を奪われた悔しさと、女性としての自尊心をズタズタにされたことを思い出すのだ。

「……電話？」

その時、沈みかけた美弦の意識を一本の電話が引き上げた。かけてきたのは母の一条恵《めぐみ》。

「もしもし、お母さん？」

『美弦、今電話しても大丈夫？』

「大丈夫だよ。でも、お母さんから電話をくれるなんて珍しいね。何かあった？」

『たまには娘の声が聞きたいと思っただけ。美弦ったら、お正月に電話をかけてきただけで、一年以上帰ってこないんだもの』

「あ……ごめん、仕事が忙しくて」

最後の電話は「結婚したい人がいる」という報告だった。

そのたった数ヶ月後に婚約破棄することになったなんてとても言えなくて、今に至る。

『仕事が忙しいのもわかるけど、体には気をつけないとだめよ。何度も言ってるけど、仕送りも無理しなくていいの。私はまだまだ働くつもりだし、亮太の学費だってなんとかなるんだから。美弦は知らないかもしれないけど、お母さん、それなりに稼いでるのよ？』

「知ってる。お母さん、この春からは大学病院の看護師長さんだもんね」

『そういうこと。順調に出世してるから、美弦が心配することは何もないの』

「うん。でもこれは、私が好きでしてることだから」

娘が引かないことがわかったのか、恵は「わかったわ」と苦笑する。

『ねえ、美弦。本当に忙しいだけで、体調が悪いとかじゃないのよね？』

「元気だけど、どうして？」

いつも通り話していたつもりなのに、恵は見逃さなかった。

『声が沈んでる。お付き合いしている方と何かあったの？』

さすがは母親。ストレートな指摘に一瞬、答えに詰まる。

何かあったかと聞かれれば、確かにあった。とはいえ、正直に伝えるつもりはない。

隠し事をするようで心苦しくはあるが、美弦は恵に心配をかけたくなかった。

「――何もないよ」

だから美弦ははっきり否定した。納得がいかなかったのか、恵が訝《いぶか》しんでいるのがスマホ越しにもわかったけれど、これ以上追及されないように話題を逸らす。

「そうだ、四月か五月の週末で仕事が休みの日はある？　その……彼が結婚の挨拶《あいさつ》に行きたいって言ってくれてるの」

　すると『やっと会えるのね！』と喜ぶ声が聞こえてくる。

『四月は――休日のお休みは二週間後の土日だけね。五月のシフトが出るのはこれからだけど、できればゴールデンウィークは出勤したくて。小さいお子さんがいる同僚が多いから、できるだけ私は平日休みにしているの』

　恭平からは「なるべく早く挨拶《あいさつ》したい」と言われているが、二週間後とは随分と急だ。しかしそれを逃すと、次の機会は一ヶ月以上先になる。これればかりは恭平の都合を聞かないと判断できない。

「わかった、確認してまた連絡するね」

『待ってるわ。それで、お相手のお名前は？』

　娘の婚約者に会えるのがよほど嬉しいのか、やけにテンションが高い。それに少しだけ驚きながらも恭平の名前を伝えると、恵が息を呑むのがわかった。

『御影恭平さん……ってまさか、御影ホテルの……？』

「そのまさか」

　社長令息だと伝えると、今度こそ恵は言葉を失ったのだった。

2

週明け、四月第一週の月曜日。

新年度のスタートであるこの日、美弦はいつも通り身だしなみをばっちり整えて出社した。

緩く巻いた髪の毛はハーフアップに。服はオーダーメイドのホワイトのパンツスーツで、インナーは春らしい黄色のトップス。パンプスはもちろん九センチヒールだ。

慣れるまでは靴擦れをしたり筋肉痛になったりと苦労したが、今では足首がきゅっと引き締まるこれが一番しっくりくる。

仕事もお洒落も日々の努力の積み重ねが大切だ。

たとえ一部の女性社員に「お高く止まっている」と言われようと、この姿もまた美弦の努力の結果なのだ。

普段なら、そんな美弦に――浩介に振られたこの一ヶ月は特に――何かと厳しい目を向ける女性社員たちだが、なぜか今日はその視線を感じない。

（なんだか浮ついているような……）

女性社員の化粧がやけに気合が入っているような気がする。髪をこれでもか！　と巻いていたり、香水の匂いが強かったり、ばっちりメイクだったり。

まるで「これから合コンです！」と言わんばかりの装《よそお》いに唖然としながら自分のデスクにつくと、「おはよう」と対面の席の男性社員が話しかけてくる。

「おはようございます、田原《たはら》さん」

田原裕二《ゆうじ》。現在三十二歳の彼は、同じフランチャイズ事業部に所属する先輩社員で、美弦に仕事の基礎から叩き込んでくれた恩人だ。

入社一年目に配属された御影ホテル六本木の時の支配人でもあり、仕事上の付き合いは最も長い。信頼する先輩社員である彼とはよく飲みに行くし、浩介を紹介したこともあった。婚約破棄の詳細を知る数少ない人物でもある。

「これ、何事ですか？」

「ああ、これから御影本部長が来るらしい」

目を丸くする美弦に田原は肩をすくめた。

「なんでもうちの部長に話があるんだと。年度始めだし、挨拶《あいさつ》かなんかだろ」

「なるほど……」

「同じ部署でもないのにすげえ人気だよなあ。まあ、あれだけイケメンで仕事もできる御曹司、しかも独身とくれば、気持ちもわからなくはないけど」

苦笑する田原に、美弦は「そうですね」と無難な答えを返して着席した。

普段はどちらかというとピリピリした雰囲気のオフィスが、あっという間にピンク色だ。他の女性社員が恭平の話題で盛り上がっていた間、婚約破棄でそれどころではなかった美弦は、改めて彼の注目の高さを思い知る。

——そんな彼と結婚する予定だなんて知られたら、いったいどうなるのか。

考えただけでも恐ろしい。

もし恭平との結婚が明らかになった場合、女性社員たちの矛先《ほこさき》は一気に美弦に向くだろう。女性の嫉妬は怖い。結婚が原因で仕事に支障が出るなんて絶対に困る。

(結婚は公表しないって契約書に盛り込んでおいてよかった)

小さく息をつくと、ディスプレイに社内チャットのメッセージが届く。

送信者は田原。対面にいるのだから口頭でいいのにと思いながら開く。

『お前、この週末で何かあった?』

唐突かつ確信を突いた問いにドキッとする。

『いきなり何ですか?』

『先週までは眉間に皺《しわ》を寄せてピリついてたのに、今日は顔つきが全然違うから。新しい彼氏でもできたか?』

正確には、できたのは彼氏ではなく結婚相手だ。だが表情だけでそこまで気づくなんて、さすが新卒の頃から美弦を知っているだけある。けれど馬鹿正直に答えられるはずもなく、美弦は平静を装《よそお》いつつ返信する。

『田原さん、アウト。今のはセクハラですよ』

「はあ!?」

送信してすぐ声が上がる。すっとんきょうな声に他の社員の視線が田原に集中すると、恨めしそうに睨《にら》まれた。

『今のどこがセクハラなんだよ!』

『冗談です。別に何もありませんよ、彼氏もいません』

結婚相手はできたけれど、と心の中で言い訳しながら送信すると、納得がいかなかったのか田原の眉が寄る。けれど美弦は、あえてそれに気づかないふりをした。

信頼する先輩社員とはいえ、話せないこともある。

(それに話したら最後、お母さん以上の質問攻めにあうに決まってるもの)

昨日、結婚相手が恭平と聞いた母の動揺は想像以上だった。

娘の相手が、まさか御影ホテルの御曹司とは思わなかったのだろう。

どこで知り合ったのか、恭平のどこが好きなのか、結婚について相手の両親はなんと言っているのか——質問の山に、「詳しいことは会った時に直接話す。まずは本人と会ってその目でどんな人か判断してほしい」と答えると、恵は戸惑いつつも「それもそうね」

と納得したようだった。

とはいえ、母が動揺するのも無理はない。美弦自身も、まだ実感がないくらいなのだ。

ちなみに恭平には「二週間後の土日はどうか」と伝えてある。

今日明日には返事がもらえるだろう。

(恭平さんと職場で会うなんて、不思議な感じ)

これから彼が来るのだと思うと、少しだけ落ち着かない。

(……と、仕事仕事)

ここは会社、今は就業時間。まずはメールの返信を済ませてしまおう。

そう気持ちを切り替えようとした時、不意に「ああ、わかった」と田原が口を開いたかと思うと、再びメッセージが届く。

『機嫌が治った原因、御影本部長だろ?』

今まさに頭に描いていた人物の名前に美弦は反射的に顔を上げる。すると田原は先ほどのセクハラ発言のお返しとばかりにニヤリと笑った。

『やっぱり。なるほど、そういうことか』

『おっしゃっている意味がわかりません』

『隠すなって』

なぜ、どうして、どこでバレた。

恭平との結婚を決めたのはたった二日前なのに。

『実は御影本部長が来るの知ってたんだろ？　一条も案外、ミーハーなところがあるんだな。まさか御影本部長に興味があるとは思わなかった』

なんだ、そういうことか。

田原は、美弦が他の女性社員同様、恭平が原因でそわそわしていると思ったらしい。あながち間違いではないが、結婚がバレたわけではないとわかってほっとする。

『でもまあ、振られてからずっと落ち込んでたから安心した。さすがに御影本部長は無理でも、他の男に目を向けるのはいいことだ。ちなみに俺なんてどうだ？』

励《はげ》ましとからかいの文章に美弦はクスリと微笑んだ。

『ありがとうございます。おかげさまで少しは元気になりました。でも、最後の一文は余計です。私を口説く暇があるなら仕事をしてください。雑談はこれで終わりです』

感謝の気持ちを述べつつしっかり釘を刺すと、田原は面白くなさそうに眉を寄せる。けれどこんな軽口は日常茶飯事だし、本気で気分を害したわけではないと長い付き合いから把握済みだ。

さあ、今度こそ仕事に集中しなければ……そう思った矢先、突然「きゃーっ！」と女性社員の黄色い声がフロアに響く。

「本物登場」

田原に促《うなが》されて後ろを向くと、「本物」こと恭平が、突き刺さる熱い視線を気にも留めず、まっすぐ美弦の方に向かってくる。

（まさか、用があるのって私？）

話題の御曹司の突然の登場と迷いのない足取りに、他の社員は話しかけることもできずに見つめるばかり。

その堂々たる態度といい、抜群のルックスといい、デスクの間を歩く姿はまるでレッドカーペットを歩くハリウッドスターのようだ。

そんな恭平は美弦の前に来て――あっさり、通り過ぎた。

ぽかんと彼の方向を見れば、美弦の直属の上司であるフランチャイズ事業部長の三谷《みたに》と握手をして挨拶《あいさつ》を交わしている。単に挨拶《あいさつ》に来ただけで美弦が目的ではないようだ。

（……そうよね、勘違いしちゃった）

一瞬でも「自分に会いに来たのかも」と自惚《うぬぼ》れてしまったことが恥ずかしくて、美弦が視線を下げた、その時。

「一条美弦さん？」

体の芯に響くような美声が降ってきて、反射的に立ち上がる。

「はい！」

体育会系さながらの威勢のいい返事に、恭平は驚いたように目を見開いた。後ろからは田原の「ぶっ」と噴き出す声が聞こえたが、もちろん無視だ。

「はじめまして、ホテル事業本部長の御影です」

もちろん知ってます、なんて当然言わない。

美弦に話しかけた意図は不明だが、「はじめまして」の言葉にほっとしつつ「一条美弦です」と挨拶《あいさつ》を返すと、恭平は目を細めて――両手を美弦の背中に回してハグをした。

「なっ……！」

固まる美弦、悲鳴を上げる女性社員、唖然とする田原をはじめとした男性社員。

一瞬にしてざわめく空気の中、抱擁《ほうよう》を解いた恭平だけが、余裕たっぷりの穏和な笑みを湛《たた》えている。

「あなたの仕事ぶりは私の耳にも届いています。いつか一緒に仕事がしたいものですね」

これに部長の三谷が「引き抜きは困りますよ」なんて冗談っぽく返しているが、美弦はそれどころではない。背中に回された手のひらの感触がまだ残っている。

出会った夜にはもっと激しいことをしたにもかかわらず、心臓のドキドキは大きくなるばかり。そんな婚約者をよそに恭平は次いで田原のもとに向かうと、美弦の時と同じように軽いハグをした。田原は「おおっ!?」と素で驚いているが、恭平は気にした様子もなく微笑んだ。

「お久しぶりです、田原さん。以前、ホテル銀座《ぎんざ》のオープンセレモニーでお会いして以来ですね」

「覚えていらしたんですか？」

目を見開く田原に、恭平は「もちろん」と頷く。

「当時支配人だったあなたの采配は素晴らしかった。あの時から、いつか一緒に仕事をしたいと考えていました。事業本部はいつでも田原さんをお待ちしていますよ」

「あ、ありがとうございます」

声を上擦らせる田原に恭平はにこりと微笑むと、最後にもう一度三谷に挨拶《あいさつ》をして「それでは」と去っていく。

「俺にまでハグするか……？　てか、すごい色気だな。あれは、モテるわ」

まさか俺のことを覚えているとは思わなかった、とか。

御影本部長のハグはセクハラに入らないのか、とか。

そんな田原の声は、今ばかりは美弦の耳には届かなかった。

今、頭の中を占めるのはただ一つ。

『話がある。小会議室を押さえたから、昼休憩になったら来て』

抱き寄せられた際のほんの一瞬、耳元で囁《ささや》かれた言葉だけだった。

――話って、なんだろう。

昼休憩に入ると、美弦はすぐに指定された会議室に向かった。

部屋の前に着くと、周囲を見渡して誰もいないことを確認する。

悪いことをしているわけではないが、恭平の注目度を身をもって知った今、可能な限り、人目は避けたい。昼休憩のためだろう、幸いにも廊下に人はいなかった。

「――失礼します」

ドアノブに触れると同時に、内側からドアが開く。「あっ」と思った時には、手首を掴まれ室内に引き込まれていた。直後、温かな感触に包まれる。

先ほどのような軽いハグとはまるで違う力強い抱擁《ほうよう》。

「美弦」

甘くとろけるような声に美弦の鼓動は一気に跳ね上がった。

「恭平さん、ここは会社だから！」

「君に会えたのが嬉しくて、つい」

恭平は抱擁《ほうよう》を解くが、右手は腰に添えたままだ。

それどころか左手を美弦の頬に添えて、熱い眼差しでじっと見つめてくるからたまらない。まるで今にもキスをされそうな雰囲気に、美弦の頬に朱が走る。

「会えて嬉しいって……土曜日に会ったばかりなのに？」

恭平は当然だと言わんばかりに頷き、頬を緩める。

「俺はいつだって君に会いたいと思っているから」

まるで以前からの知り合いのような口ぶりに美弦はぽかんとする。と同時に、これは彼なりの軽口なのだと思い至る。

息をするように甘い言葉を紡《つむ》ぐ恭平と、軽いハグ一つに一喜一憂してしまう美弦。

これが恋愛偏差値の差というやつだろうか。

もしそうなら彼の行動に動揺するのは仕方のないことだ。そう思うと少しだけ気持ちが落ち着く。とはいえ、少し動けば唇が触れ合うほどの距離感にはまだ慣れそうにない。

「あの、近いから少し離れて」

両手でそっと胸を押すと、恭平は意外にもあっさり離れる。けれど依然としてその眼差しは美弦だけに注《そそ》がれていた。どうにもそれが気恥ずかしくて美弦は視線を逸らす。

「……さっきは驚いたわ」

照れもあり小言をこぼしたが、恭平の緩んだ表情を見る限り、悪いとは思っていないようだ。

「仕事中の美弦を見たかったんだ。三谷部長に挨拶《あいさつ》したかったのも嘘じゃない」

「そうだとしても、ハグはやりすぎよ。田原さんにもしていたからそこまで変には思われなかったけど……」

もしも自分だけなら何を言われていたかわからない。

ため息をつく美弦に、恭平は「田原？」と表情を変えた。

「恭平さんも知ってるのよね？」

「ああ。彼は優秀だから。同い年だし、何かと気になる社員の一人だ。美弦は田原さんとは親しいの？」

「入社した時からお世話になってる先輩だから。たまに飲みに行ったりもするし」

「……へえ」

なぜだろう。柔らかな表情をしているのに、先ほどまでとどこか違う。

作り物めいた笑みに見えるのは気のせいだろうか。

「恭平さん？」

戸惑う美弦に恭平の顔がゆっくりと近づいてくる。

このままではキスされる――！

美弦は反射的に顔を背《そむ》けた。

嫌だったのではない。ただ、なんとなく怖かったのだ。

「あのっ、話があるって言ってたけど……！」

顔を背《そむ》けたまま無理矢理話題を切り替える。すると恭平はキスを避けたことには言及することなく「そうだった」と答えた。

「二週間後の件だけど、調整はついた。ただ土曜日の午前にどうしても外せない用事があって、現地に着くのは昼過ぎになると思う。それでも構わないかな」

ちらりと視線を戻すと、恭平は柔らかな笑顔で美弦を見下ろしている。先ほどまでの妙な雰囲気はどこにもなく、美弦は内心ほっとしつつ「もちろん」と頷いた。

「それで大丈夫。急な日程だったのにありがとう」

「どういたしまして。宿は俺の方で手配しておくよ」

「宿？」

実家のある長野県松本市までは、新宿始発の特急で約二時間半。

今回の目的は観光ではなく顔合わせだから、午後に現地で待ち合わせても十分日帰りが可能だ。しかし恭平の考えは違ったらしい。

「日曜は特に予定もないし、せっかくだから一泊して帰ろう。それに俺は、これを新婚旅行だと思ってる。俺たちは結婚する仲だから、間違いではないだろ？」

「それは……確かに」

「なら決定。ああそれと、いつでも引っ越しができるように荷造りを進めておいて。結婚の許可を得られたら、すぐにでも俺の家に来られるように業者はこちらで手配しておくから。できればゴールデンウィークまでには一緒に住みたいし」

てきぱきと話を進める姿には無駄がない。

結婚契約書を作成した時にも思ったが、本当に行動が早い。

「美弦と暮らせる日が今から楽しみだ」

その言い方があまりに優しくて、なんだか落ち着かなくなっていると、恭平がなぜか申し訳なさそうに「それと」と付け足した。

「今日を含めた今週の予定を教えてくれるかな」

「今週は木曜日までは本社出勤だけど、金曜には出張が入ってるわ」

週末は群馬県伊香保町《いかほまち》に出張することが決まっている。

フランチャイズ契約先の老舗《しにせ》旅館のリニューアルオープンがあるため、担当者として手伝い兼視察に向かうのだ。それを伝えると恭平は「となると今夜しかないか」と考え込むように眉を寄せる。

「美弦、今日の仕事終わりに時間をくれないか？」

「それは大丈夫だけど……何かあったの？」

今日は定時で上がるつもりだったから問題ないが、それよりも恭平の難しい表情が気になる。すると彼は「驚くかもしれないけど」と前置きをしたのち、口を開いた。

「母が君に会いたがってる」

目を丸くする美弦に恭平は告げた。

昨日早々、恭平は両親に結婚することを伝えたという。

その相手が自社の社員と知った彼の母は、すぐに紹介するよう求めたらしい。下手《へた》をすると、直接社内の美弦を訪ねて来そうな勢いだったとか。

さすがにそれは、恭平が「美弦の都合も考えろ」「急に社長夫人が訪ねてきたら社員が驚く」とはっきり止めてくれたらしい。

それを聞いて心底ホッとする。

義理の母が社長夫人というだけでも恐れ多いのに、「はじめまして」が他の社員も大勢いる職場のフロアだなんて、想像するだけで怖すぎる。

「せっかちな親ですまない。ただ、両親共に普段からあちこちを飛び回っているから、なかなかまとまった時間を取るのは難しくて。今回、父は無理だけど、母は今夜なら時間が取れると今朝連絡があったんだ」

もちろん急な話だから断ってくれても構わないと恭平は言ったが、美弦は頷いた。

「わかったわ」

驚いたように恭平が目を見開く。

「……大丈夫か?」

正直言うと、全く大丈夫ではない。

突然すぎて驚いているし、心構えだってまるでできていない。

でも、恭平だって母に会ってくれる。

それに彼と結婚したら義理の母になる人だ。いずれ顔を合わせるのだから、早いか遅いかの違いだけで、今日であっても問題ないはずだ。

「でも、やっぱり緊張するから……フォローはしてね？」

不安を隠しきれないままお願いすると、なぜか恭平は目を見張る。そのまま呆れたような、堪《こら》えるような大きなため息を一つつくのを見て、美弦は目を瞬《またた》かせた。

「恭平さん？」

「……俺の奥さんが可愛すぎて眩暈《めまい》がする」

何を言っているのか。お願いしただけで可愛いことなんて言っていないし、そもそもまだ入籍していないから奥さんじゃないのに。

不思議がっている美弦に、恭平はもう一度大きなため息をつく。

「もちろんフォローはする。受け答えは俺がするから安心して」

その後、二人は昼休み全てを使い、彼の母への対応について話し合った。

美弦の簡単な経歴については既に話してあるらしい。肝心な馴《な》れ初《そ》めについても、恭平が違和感のないストーリーを作ってくれていた。

『帰国した恭平は、社内で偶然美弦を見かけて以来ずっと気になっていたが、当時の美弦には婚約者がいたため声をかけることはなかった。しかし一ヶ月前に行きつけの居酒屋で偶然美弦と出会う。そこで婚約破棄したことを知った恭平が美弦を口説いた』

というものだ。

確かに筋は通っているし、違和感はない。しかし、事実とはかけ離れている。恭平が美弦に片想いをしていたなんてことはないし、そもそも知り合ったのも半年前どころか先週なのだ。

けれど、単に「一ヶ月前に飲み屋で知り合って意気投合した」より、「半年前から想いを寄せていた女性と奇跡的に付き合えた」の方が、圧倒的に心証がいいのは美弦にもわかる。

それに、浩介という婚約者がいた事実は下手《へた》に隠さない方がいいのだろう。

彼の母が一社員の恋愛事情をいちいち把握しているとは思わないが、息子の結婚相手となれば話は別だ。調べればすぐにわかるようなことで嘘をつく必要はない。

しかし、これでは美弦にばかり都合がよくて、恭平にたくさん嘘をつかせることになる。

「それでも大丈夫?」

「もちろん、なんの問題もない」

心配する美弦に返ってきたのは、余裕の笑みだった。

仕事終わり、美弦は待ち合わせ場所であるフレンチレストランに一人で向かった。会社の人間に見られることがないように恭平とは別々だ。

彼は先に到着しているらしい。

（恭平さんがいてくれるから、大丈夫）

そう自分に言い聞かせて、店のスタッフに案内されて個室に向かったのだが――

「美弦さん！」

中に入った瞬間、目を見張るほどの美女が席を立ち、美弦に向かって来たのだ。慌てた様子の恭平が、すぐに「母さん！」と後に続くが、それより先に女性は美弦の前にやってくる。

「はじめまして、恭平の母の御影優子《ゆうこ》です」

美弦より頭一つ分小柄な彼女は、「会いたかったわ」とキラキラした瞳で美弦を見上げてくる。

それだけで美弦の不安と緊張は一気に吹き飛んだ。それくらい魅力的な笑顔だった。つられて美弦も笑う。営業用ではない心からの笑顔で。

「はじめまして。一条美弦と申します」

お会いできて嬉しいです、という言葉は自然と口から出た。すると優子は「まあ」と目を見開き、何を思ったのか美弦をきゅっと抱きしめる。

「……ああもう、本当に可愛い」

なぜか感極まった様子の優子の抱擁《ほうよう》を受け止めた美弦は、視線で恭平に助けを求める。

恭平は頷くと、ため息と共に容赦なくべりっと母親を引き剥《は》がした。

「母さん、美弦が困ってる」

恭平が二人の間に割って入ると、彼女は「あら」と苦笑する。

「こんなに可愛いお嬢さんが娘になると思ったら嬉しくて、つい」

「だからって、初対面で抱きつくなんて非常識だ。すまない、美弦」

「いえ、そんな……」

眉を下げる恭平と満面の笑みの優子。

表情こそ正反対だが、さすがは親子。その面差しはとてもよく似ている。

「驚かせてごめんなさい、美弦さん。こちらこそお会いできて嬉しいわ。本当なら夫も同席できればよかったけれど、どうしても都合がつかなくて。くれぐれもよろしく伝えるようにと言われています」

「恐れ入ります」

恐縮する美弦に、優子は「そんなに硬くならなくていいのよ」と微笑むがそうもいかない。

挨拶《あいさつ》を済ませた三人はそれぞれ、美弦の隣に恭平、対面に優子という位置で席につく。その後料理が運ばれてきて顔合わせのディナーが始まり、打ち合わせ通り、恭平を中心に会話は進んだ。

——それも、想像以上に順調に。

心配していた馴《な》れ初《そ》めについて話した時は、「美弦さんを振るなんて、見る目のない人ね」と浩介を一刀両断し、婚約破棄後一ヶ月で恭平との結婚を決めたことには、「人を好きになるのに時間は関係ないわ。美弦さんと結婚できるなんて恭平は運がいいわね」と言ってくれた。

今、この空間で最もテンションが高いのは間違いなく優子だ。

「息子と結婚できて運がいい」ならともかく、まさかその逆なんて。

反対されるならまだしも、両手を広げて歓迎してくれるとは思ってもみなかった。そんな母親の歓迎ぶりは恭平も予想外だったようで、終始苦笑している。

「うちは男兄弟で、二人ともまだ独身でしょう？　だから義理とはいえ、娘ができるのが本当に嬉しいの。美弦さん、恭平と結婚してくれてありがとう。私は嫁いびりなんてしないから安心してね。嫁姑《しゅうとめ》問題なんて自分の時だけでもう十分。口は出さないけどお金は出す、そんな姑《しゅうとめ》になるつもり。でも、できれば仲良くしてくれると嬉しいわ」

流れるような言葉の数々に美弦は圧倒された。

恭平と美弦の結婚に賛成で、歓迎していて、仲良くしたいと言ってくれている。

驚くことに、昼間抱いていた懸念は全て払拭《ふっしょく》されてしまった。

「美弦さんは結婚後も仕事を続けるの？」

食事の途中、そんなことを聞かれた。

「はい。そのつもりです」

優子は心配そうに眉を下げる。

「今はフランチャイズ事業部だったわよね？　あの部は出張も多いと聞いているし、大変ではないかしら。もし美弦さんが希望するなら、私から異動できるように口利きもできるけど……」

社長夫人の優子が動けばそれも可能だろう。

自分を気遣ってくれるその気持ちは嬉しい。だが美弦は断った。

忙しいのは確かだがやりがいも感じていること、信頼している先輩社員がいることを伝えると、優子は「ならいいけれど」と納得したようだった。

「入籍する日や結婚式については決まっているの？」

これには恭平が答える。

「婚姻届は美弦のお母様にご挨拶《あいさつ》してから提出する。結婚式については入籍後にどうするか決める予定。まずは美弦のお母様に結婚の許可をいただいて、入籍するのが最優先。とにかく今は美弦を早く俺の妻にしたいんだ」

美弦はぎょっとする。それでは恭平が心底美弦に惚れているようではないか。案の定、優子は「本当に美弦さんのことが好きなのね」とにこにこしている。

（設定上は確かにそうだけど！）

説得力を持たせるためとはいえ、母親を前にこんなに堂々と惚気《のろけ》るなんて。なんてことを言うのだ、と横目で恭平に訴えるが、彼は「何か問題でも？」とでも言いたげに飄々《ひょうひょう》としている。

「念願叶って美弦と結婚できるんだ。うかうかして他の男に取られたらたまらない」

「他の男なんて……そんなことありえないのに」

「わかってる。だからこれは、ただの俺のわがまま」

これは演技だ。それがわかっていても、こんな風に言われたら「本気なのでは」と思ってしまう。それくらい恭平の眼差しは優しかった。

なんだかそれが妙にくすぐったくて、美弦は「美味《おい》しそうですね」と運ばれてきた料理に視線を移す。わざとらしいと自覚はあったけれど、これ以上見つめ合うのは、なんだかとても恥ずかしかったのだ。

その後も和《なご》やかな雰囲気のまま食事は進んだ。

「――安心したわ」

優子がそう呟いたのは、会社からの電話を受けた恭平が席を外した時だった。

どういう意味だろうと彼女を見ると、恭平とよく似た瞳と視線が重なる。

「恭平から『結婚する』と聞かされた時は驚いたけれど、二人が並んでいるところを見て、すごくお似合いだと思ったの。あの子が選んだ相手があなたでよかったわ」

「奥様……」

「あら、できれば『お義母《かあ》さん』って呼んでほしいわ」

悪戯《いたずら》っぽく微笑む優子につられるように美弦の頬も緩む。

「……私は正直、驚きました」

反対されることも覚悟していたので、と素直に告げると、優子は意味がわからないというように目を瞬《またた》かせる。

「なぜ私が反対すると思ったの？」

「私と恭平さんとでは、あまりに立場が違いますから。……育った環境も」

美弦の言わんとすることが通じたのだろう、優子はピクリ、と眉を寄せる。

大企業の御曹司とただの会社員で片親の美弦。

父親がいないことを美弦自身はなんら恥じていない。不倫して家族を捨てるような父親なんて、いない方がよほどいい。しかし、皆が皆そう考えるわけではないと美弦は知っている。

けれど優子は「関係ないわ、そんなこと」と言い切った。

「恭平があなたを選んで、あなたも恭平を選んだ。結婚する理由なんてそれだけで十分でしょう？　それに、女手一つで二人の子供を立派に育てているあなたのお母様を、私は同じ女性として尊敬するわ。——美弦さん。至らない息子ですが、よろしくお願いしますね」

息子とよく似た優しくて温かい眼差しに、美弦はしっかりと頷いたのだった。

『今日はありがとう。また会えるのを楽しみにしてるわ』

あとは二人でゆっくり過ごして、と優子は先に帰宅していった。

優子がいなくなると途端に部屋の中は静かになる。それくらい存在感と華やかさのある女性だった。優子にとっては二人の結婚は青天《せいてん》の霹靂《へきれき》だったろうに、美弦の存在を受け入れ、その母のことも「尊敬する」と言ってくれた。

あの言葉がその場限りの嘘でないことは、彼女の笑顔を見れば明らかだ。

「素敵なお母様ね」

しみじみと呟くと、恭平は「変わった人なのは確かだな」と苦笑し、「お疲れ様」と美弦を労《ねぎら》ってくれた。

「恭平さんもね。明日も仕事だし、私たちも帰りましょうか」

「その前に聞きたいことがある。君が今の部署を離れたくないのは、田原裕二がいるからか？」

「え……？」

予想外の問いにすぐに答えられない。だがそれを恭平は肯定と捉《とら》えたらしい。

彼は面白くなさそうに眉を寄せると、美弦の頬に片手を這《は》わせてくる。突然触れられた美弦は反射的にびくっと肩をすくめるけれど、恭平の手は離れない。

「信頼している先輩って、彼のことだろ？」

「そう、だけど……」

頷くと、恭平はかすかに顔を歪《ゆが》めた。そして「彼が羨《うらや》ましいよ」と呟く。

「契約上、俺は結婚相手を公表できない。部署も違うから社内で気安く話すことも難しい。それなのに彼は、当たり前のように美弦と同じ空間にいられる」

「田原さんは信頼している先輩だけど、そういうんじゃないわよ？」

「わかってる。彼が有能な社員で、気さくな人柄なのも知ってる。ただ、今の美弦に一番近い男が俺じゃないのが面白くない」

そんなことを堂々と言われても、なんと答えたらいいのかわからない。

田原が先輩社員で席が近いのは、美弦にはどうすることもできない問題だからだ。

何よりも今の言い方は、まるで――

「……嫉妬？」

昼間の違和感が蘇《よみがえ》る。田原の名前を出した瞬間、恭平を取り巻く雰囲気が変わった。

あの時の作り笑顔や、突然キスをしようとした理由が嫉妬からだとしたら説明もつく。

（でも、そんなことあるわけない）

心の中で否定するが、恭平は当然とばかりに頷いた。

「そうだよ。俺は、ただの同僚や先輩社員相手に嫉妬してるんだ」

「どうして……？」

自分たちは結婚を約束した間柄だが、それは互いの利害が一致したからで、恋愛しているわけではない。けれど恭平は、「言っただろ？」と笑みを深めて身をかがめる。そして美弦の顎《あご》を上げると唇を寄せた。

「恭平さっ……!?」

制止する間もなく唇が塞がれる。不意打ちのそれは軽く触れ合うようなものではなく、まるで先日の情事を思い出させるような激しいものだった。

美弦はすぐに両手で逞《たくま》しい胸を押すが、びくともしない。それどころか恭平は左手を美弦の腰に、右手を後頭部に添えてますます口付けを深くする。

「んっ、ふぁ……だ、め……」

「美弦の唇は甘いな」

キスの合間に囁《ささや》かれた声の艶《つや》っぽさに背筋がぞくりと震える。

「全部、食べてやりたくなる」

恭平は美弦の歯列をなぞり、奥へ逃げようとする舌を絡め取る。

嵐のような激しいキスに美弦はきゅっと瞼《まぶた》を閉じた。

生理的に浮かんだ涙が目尻から溢《あふ》れて、一筋頬を伝った。すると恭平は口付けをやめ、その涙を舌で舐《な》め取る。

目尻を這《は》う温かな感触にぞくり、と体が震えた。

美弦がゆっくりと瞼《まぶた》を開けると、視線が重なる。恭平は美弦を今一度ぎゅっと強く抱きしめた。

「……どうしてこんなことするの？」

他の男に嫉妬して、キスをして、抱きしめる。

「これじゃあまるで、本当に私のことが好きみたいだわ」

「『みたい』じゃない。俺は、君が好きだ」

ストレートな物言いにまたも胸が大きく跳ねるが、美弦はすぐに「違う」と否定した。

「あなたが好きなのは、私の顔でしょ？」

恭平は大きく目を見開く。そして美弦をまじまじと見つめると、ため息をついた。

「そうだね。俺は君の顔が好きだ」

肩をすくめる恭平に、美弦は自身に言い聞かせる。

（自惚《うぬぼ》れないようにしないと）

息を吐くように甘い言葉を紡《つむ》ぐ恭平だが、彼の「好き」はライクであってラブではない。

今からそれをしっかり自覚しておかないと、心臓がいくつあっても足りなくなりそうだ。

とはいえ、彼にも気をつけてもらわないと。

こういうのは初めが肝心だ。言うなら今しかないと、美弦はじっと恭平を見つめた。

「恭平さん。この際だから言っておきたいことがあるの」

改まった物言いに恭平はかすかに身構える。

「何？」

「今はプライベートの時間だからいいけど、昼間みたいに会社で抱きしめたりはしないでほしいの。……ただでさえ、気づけばあなたのことばかり考えてるんだもの。会社であんなことされたら、仕事が手につかなくなっちゃうわ」

失恋を打ち消すために仕事に打ち込むならまだしも、恭平で頭がいっぱいで仕事が滞《とどこお》るなんてとんでもない。

「だから、キスとかそういうのはプライベートの時間で――って、恭平さん？」

見れば、恭平は片手を額に当てて何やら難しい顔をしていた。

美弦を見下ろす眼差しは、熱っぽいと同時にどこか戸惑っている。

「君のそれは、わざとか？」

「……なんのこと？」

「無自覚とか、たちが悪い」

恭平は今日一番の大きなため息をついた。

「そもそも、この外見で彼氏が一人しかいたことないのが奇跡なんだよな」

「何が言いたいの？」

美弦はむっと眉を寄せる。

「恋人が一人しかいたことないのは事実だけど、それを指摘されてもどうにもできないわ。……恋愛経験の少ない私じゃ、あなたには物足りないだろうけど――」

「違うよ、その逆だ」

美弦の言葉を遮《さえぎ》り、恭平は微笑む。

「美弦はそのままでいい。そんな君だからこそ、俺は結婚したいと思ったんだ」

息を呑む美弦に、恭平は優しく目尻を下げた。

「次に会えるのは二週間後か。旅行、楽しみにしてる」

◇

それからの二週間はまさに怒涛《どとう》の一言に尽きた。

美弦が現在担当する先に、群馬県伊香保町の老舗《しにせ》旅館がある。

伊香保温泉で知られるこの地には数多くの旅館やホテルが存在するが、そこは後継者不足で経営危機に陥《おちい》っていた。

美弦はフランチャイズを提案して契約し、オーナーや従業員と幾度も打ち合わせを重ね、この四月に記念すべきリニューアルオープンを迎えた。

担当者である美弦は早速週末伊香保に飛び、土日を忙しく過ごしながらも無事オープンを見守った。翌週は再び東京に戻ったが、今度は別の担当先に向かった。

この間、美弦が東京で過ごしたのはほんの数日。

その数日も、帰宅後は引っ越しの荷造りに追われていたおかげで、約束の日がくる頃にはすっかり疲れ切っていた。

そして、迎えた約束の日。

（実家に帰るのも久しぶり）

故郷に向かう特急の車中、窓際に座って静かにため息をつく。

これまでは、帰省する間の電車内でも美弦は何かと仕事をしていた。

社用タブレットは必需品だし、そうでなくても休み明けのスケジュールや、次はどこに営業をかけようか……と頭の中は常に仕事に関係することばかり。

それくらい、入社してから今日までの六年間、生活の中心は仕事だったのだ。しかし今回の帰省では、初めて社用タブレットを置いてきた。

昨夜、恭平に言われたからだ。

『忙しいのは悪いことじゃない。仕事を頑張る君も素敵だと思う。でもたまには仕事とプライベートをはっきり分けるのも必要だ』

自分では覚えていないが、どうやら初めて『善』で出会った時、酔った勢いで自分の仕事のやり方を彼に話していたらしい。

土日はもちろん帰省時まで仕事をしていることを恭平は知っていて、それ故に忠告したのだろうが、最初、美弦は素直に受け入れられなかった。

『でも、考えたいことはたくさんあるし……』

電話口でそう渋ると、恭平は『へえ』と声を低めてクスリと笑った。

『美弦は意外と要領が悪いんだな』

小馬鹿にしたような物言いに唖然とする。恭平はさらに追い討ちをかけた。

『休みを犠牲《ぎせい》にしないと仕事ができないなんて、つまりはそういうことだろ？』

『……知り合ったばかりなのに、知ったようなことを言わないで』

『知り合ったばかりでもわかることはある。忙しいイコール有能というわけではないからね。自分が無能じゃないというなら、今回の旅行くらいは仕事を忘れたら？』

これは新婚旅行だよ、と恭平は笑う。

『少なくとも俺は、今回の旅行に仕事を持ち込むことはない。――君のことで頭がいっぱいで、それどころじゃないからね』

きつい言葉で煽《あお》ったかと思えば、砂糖菓子みたいに甘やかしてくる。見事なまでの飴《あめ》と鞭《むち》にもはや言葉もない。

『明日は宿に泊まるし、少しでも親子水入らずの時間を過ごしておいで。それじゃあ、おやすみ』

電話越しでも一瞬息が止まりそうになるほどの優しい声に、どうしようもなくドキドキしたのは、美弦だけの秘密だ。

（……甘すぎて、どう反応したらいいか困る）

この二週間、恭平と顔を合わせたのは優子との食事会の日が最後。

彼が多忙なのはもちろんだが、美弦も何かと慌ただしかった。

そもそも都内にいる日の方が少なかったのだ。けれど彼は、『おはよう』から『おやすみ』まで朝晩の連絡を欠かさなかった。

『今日も君は最高に綺麗なんだろうな。直接顔が見たい』

『二週間後が待ちきれないよ』

本物の恋人同士でもこんなに甘くはないだろう。

それとも、先日のハグといい、彼が働いていたアメリカではこれが当たり前なのだろうか。

そんなことを真面目に考えてしまうくらいの甘い言葉の連続に、美弦はいまだに慣れることができないでいる。

電話越しでさえこれなのだ。結婚して一緒に暮らすようになったら、自分の心臓はいったいどうなってしまうのだろう。

（これに慣れる日がくるの？）

結局、恭平のことを考えているうちに二時間半はあっという間に過ぎていった。


「美弦！」

正午前、松本駅に到着して改札を出ると、大きな声で名前を呼ばれる。顔を向けると、一年以上会っていなかった母の恵が娘に向かって走り寄って来た。

「おかえりなさい」

「ただいま、お母さん。迎えに来てくれてありがとう」

「何言ってるの、そんなの当たり前でしょ」

そう言ってふわりと微笑む恵は、娘と違って小柄で艶《つや》のあるショートカットの黒髪が印象的だ。滑《なめ》らかな肌といいシャキッとした姿勢といい、とても三十路《みそじ》前の娘がいるようには見えない。

「お相手の方が来るのは三時頃だったわよね？」

「うん。タクシーで家まで来てくれるから、迎えは必要ないって言ってたわ」

自宅に向かう車内、運転席の恵はどこか落ち着かない様子だ。基本的におおらかで大抵のことは笑って済ませる彼女にしては珍しい。

「……掃除は念入りにしたし、お茶菓子も用意したけど大丈夫かしら。だって、御影ホテルのご子息なんでしょう？　うちとは立場が違うし、何か失礼があったりしたらと思うと心配で」

大企業の御曹司という肩書きに戸惑うのはわかる。自分がそうだったからだ。

けれど美弦は不安そうな恵に「大丈夫だよ」とはっきり言い切った。

「恭平さんは、そういうことは気にしないと思うから」

彼は紛《まご》うことなき上流階級に属する人間だ。しかし、知り合って間もない間柄ながら、彼は生まれや立場の違いで他人を見下すような人ではないと思っている。もしそうなら、いくら見た目が好みでも、美弦と結婚しようなどと考えないだろう。

それは美弦も同じだ。たとえ恵を安心させるためとはいえ、母の仕事を見下すような人間と結婚なんてありえない。

「立場が違うのは……その通りだと思う。でも、お母さんが卑屈《ひくつ》になる必要はないわ。私はお母さんのことを、母親としても女性としても尊敬してるから」

そうキッパリと伝えると、恵は「ありがとう」と照れたように小さく答える。

「でも、それは私も同じよ。私にとって、美弦は自慢の娘だもの」

まさかそんなことを言ってもらえるとは思わずに驚いていると、恵は「そういえば」

と明るい声で話題を変えた。

「御影恭平さんとはどうやって知り合ったの？」

——来た。

今日まで「詳しいことは会って話す」とごまかしてきたが、これ以上は難しい。

恭平と会った時に不審がられないよう、事前に打ち合わせていた馴《な》れ初《そ》めを伝える。

「私が行きつけにしてる居酒屋で、偶然隣に座ったのが恭平さん。その時の私、仕事で行き詰まって酷い酔い方をしてて……恭平さんはそんな私の話をじっと聞いて、慰《なぐさ》めてくれた。彼は初対面の私にもすごく優しくて……それから何度かお店で話すうちに親しくなって、付き合うことになったの」

事実をいくつか織り交ぜながら作った馴《な》れ初《そ》め話を、いかにも本当にあったことのように話す。

優子の時とは違い、婚約破棄については触れなかった。

嘘をつく罪悪感はあるものの、まさかありのままを話すわけにもいかない。

ドキドキしながら隣を窺うと、恵は特に不審がる様子もなく「優しい人なのね」と頬を緩めている。

「美弦は、恭平さんのそんなところが好きなのね」

恵の柔らかな声に、美弦は小さく頷いた。

「――はじめまして。御影恭平と申します。今日は突然のお願いにもかかわらず、お時間を作っていただきありがとうございました」

午後三時前。

約束の時刻より少し前に一条家を訪れた恭平は、玄関で出迎えた恵に腰から深く頭を下げる。思った以上に丁寧な挨拶《あいさつ》をされ、恵はもちろん美弦も驚いた。

そんな親子を前に恭平はゆっくりと頭を上げる。

ハッと我に返った恵は慌てたように挨拶《あいさつ》を返した。

「はじめまして。美弦の母の一条恵です。今日は遠くからようこそお越しくださいました。どうぞお上がりください」

「失礼します。その前に、よろしければこちらをどうぞ。お母様のお口に合えばいいのですが」

「ご、ご丁寧にありがとうございます」

差し出された手土産《みやげ》を受け取る恵の指先がかすかに震えている。

その視線は恭平に釘付けだ。

気持ちは痛いほどわかる。普通に生活をしていて、彼ほどの美丈夫《びじょうふ》にお目にかかることはまずない。それが娘の結婚相手として我が家に来るなんて、恵の驚きはどれほどのものか。

「美弦、恭平さんをご案内してさしあげて。お母さんはお茶の準備をしてくるわ」

「はい」

三人でリビングに向かうと恵がいったんキッチンへ消え、二人はソファに座る。

――実家に彼がいる。

それがなんだかとても不思議で、隣に座る恭平の横顔を見つめていると、なぜか感慨深そうな顔つきの彼と目が合った。

二人きりということもあるのだろう。恭平は先ほどよりも表情を和《やわ》らげて頬を緩める。

「久しぶり。会いたかったよ。二週間は長すぎるな」

「連絡は毎日してたでしょ?」

「美弦の顔が見たかったんだ」

今日も今日とて彼の甘さは絶好調だ。恵を待つ間、恭平はじっとリビングを見渡す。

「何か気になるものでもあった?」

恵の勤務先である大学病院にほど近い、築二十年、家賃七万円の2LDKのマンション。広さも価格も恭平のマンションとはレベルが違う。もしかしたら、自分の家との違いに驚いているのかもしれない。

「いや。ここが美弦の育った家かと思うとなんだか感慨深くてね」

来ることができてよかったと微笑む横顔は、どことなく嬉しそうに見える。

予想もしなかった言葉に驚いていると、ティーポットとカップ、お茶菓子を載せたトレイを手に恵が戻ってくる。

恵の淹れてくれた紅茶を飲みながら、最初はそれぞれの仕事の話から始まり、幼い頃の美弦はどんな子供だったのか、好きなものは何か――などと他愛のない会話を楽しんだ。その間、恵に対する恭平の応対は「さすが」の一言に尽きた。

柔らかな物腰に柔和な笑顔はもちろんのこと、会話の進め方がとても自然で、初めこそ「御影ホテルの御曹司」という肩書きに戸惑っていた恵も、気づけば和《なご》やかな雰囲気で会話を楽しんでいる。

その中で美弦だけは緊張していた。

――どのタイミングで結婚について切り出そう。

そんな美弦に気づいたのか、恭平がこちらを見た。その柔らかな眼差しにはっとする。

昨夜、恭平が言ってくれたことを思い出したのだ。

『ご挨拶《あいさつ》は俺に任せて。美弦は隣にいてくれるだけで心強いから』

その言葉の通り、会話が途切れたタイミングで、恭平が「お話があります」と切り出した。改めて姿勢を正す彼の隣で美弦もまた背筋を伸ばす。

「私と美弦さんとの結婚をお許しください」

「私からもお願いします」

揃って頭を下げると、すぐに恵が「顔を上げて」と言った。その通りにすると、笑顔の恵が二人を見つめている。

「許すも何もないわ。誰を選んでどう生きるかは美弦が決めることだもの。私が反対することはありません。私は、美弦が幸せならそれでいい」

「じゃあ――」

「だからこそ、恭平さんにお聞きしたいの」

口を開きかけた娘を制した恵は、一転して真剣な眼差しを恭平に向ける。

「あなたもご存じの通り、美弦は片親です。この子の父親は、不倫をして家族を捨てるような、ろくでもない男です。そのことについてあなたのご両親はなんとおっしゃってるの？」

意外な質問に息を呑む美弦を前に、恵は言葉を続ける。

「恭平さんのご実家とうちとでは当然、生活水準は違うと思うの。御影の人間になることで美弦が苦労することも出てくると思う。それ自体は美弦が自分で選んだ道なのだから、とやかく言うつもりはないわ。でも……『片親だ』という理由でこの子が苦しむようなことはあってほしくないの」

恵の母としての切実な思いに胸が詰まる。これに対する恭平の答えは明確だった。

「絶対にそんな苦労はさせません」

恭平は、両親がこの結婚に賛成していること、都合が付き次第、両家で食事をする機会を設《もう》けたいと話していたことを伝える。

「特に母は、この結婚をことのほか喜んでいます。うちが男兄弟だからか、『こんなに可愛い娘ができるなんて！』と、年甲斐《がい》もなくはしゃいでいたくらいです」

「……本当なの、美弦？」

戸惑う恵に美弦は頷いた。

「本当よ。すごく気さくな方だったわ」

恭平は美弦に続く。

「ご安心ください。両親は彼女を歓迎しています。それでも、もしもこの先、両親が美弦さんに辛くあたるようなことがあれば私が黙っていません。どんなことがあっても私が美弦さんを守ります」

「守るって……ご両親よりも美弦を選ぶというの？」

「もちろん。その覚悟があるからこそ、こうしてご挨拶《あいさつ》に伺いました」

力強い言葉、視線、態度。今の恭平を前に、これ以上の心配事は無用だと恵は悟ったようだった。

「恭平さん、娘をよろしくお願いいたします」

「はい」

しっかりと頷く恭平の姿に恵は表情を和《やわ》らげる。

(よかった)

緊張していた結婚の挨拶《あいさつ》も、恭平のおかげで綺麗にまとまった。

その後、美弦は持参した婚姻届の保証人欄に恵のサインをもらい、必須記入欄は全て埋まった。

これを提出すれば美弦と恭平は正真正銘の夫婦となる。安心した美弦がほっとした時、「そういえば」と、恵が切り出した。

「美弦は、恭平さんの優しいところが大好きなんですって」

「けほっ……ちょっと、お母さん⁉」

紅茶を口に含んだばかりの美弦は驚いてむせる。

油断していた。まさか車内での何気ない会話をこんな風にバラされるなんて。

慌てて隣を見れば、恭平は案の定「いいことを聞いた」とばかりに、悪戯《いたずら》っぽい笑みを浮かべている。

「嬉しいですね。美弦さんは普段、あまりそういうことを口にしてくれないので」

「ああ、この子は少し意地っ張りというか天邪鬼《あまのじゃく》なところがあるから。でも、恥ずかしくて言えないだけだと思うわ。ね、美弦」

同意を求められても困る。恵は照れる娘の姿が新鮮だったのか、今度は同じ問いを恭平にした。

「恭平さんは、美弦のどんなところを好きになってくださったの？」

「お母さん！」

どこが好き、なんて。

まさか馬鹿正直に「顔と体の相性です」とは言わないと思うが、だからこそ恭平の答えの想像がつかない。はらはらする美弦の隣で恭平はゆっくりと口を開いた。

「全部です」

それは、思いもしない答えだった。

目を瞬《またた》かせる恵と息を呑む美弦。そんな二人に、恭平の真摯《しんし》な視線が注《そそ》がれる。

「仕事に一生懸命なところ、家族思いなところ、お酒が好きなところ、美意識が高いところ、強がりで意地っ張りなところ」

耳を疑いながら美弦が恭平の横顔に釘付けになっていると、不意に彼がこちらを向く。

彼は太ももの上に置いた美弦の手に自らの手を重ねると、重ねて告げた。

「私は、そんな美弦さんの全てに惹かれているんです」

『恭平さん。ご両親にも、どうぞよろしくお伝えくださいね』

恵に笑顔で見送られた二人は、そのまま恭平の手配した宿に向かった。

到着したのは、浅間《あさま》温泉『松《まつ》の湯《ゆ》』。

浅間温泉に数ある宿のうち、最も長い歴史を持つ宿の一つである。

客室にはいずれも掛け流しの露天風呂が設置され、テラスから情緒溢《あふ》れる日本庭園が一望できる。名だたる政治家や芸能人など、著名人が訪れることも珍しくない、浅間温泉でも屈指の高級旅館だ。

この宿に泊まると知らされた時はかなり驚いた。

松の湯は、美弦が大学在学中の四年間、アルバイトをしていたところだからだ。

お客様への応対、礼儀作法や接客の基本はここで学んだ。それは御影ホテルに就職した後も活きている。恭平はそんなことは知らないはずだが、御影ホテルの御曹司の恭平がここを選ぶのも不思議はない。

「御影様。ようこそお越しくださいました」

エントランスの前でタクシーを降りると、着物姿の従業員が出迎えてくれる。いずれも見覚えのある懐《なつ》かしい顔ばかりだ。

「お世話になります」

恭平が笑顔で答えると、深く礼をしていた女将《おかみ》がゆっくりと顔を上げる。そして美弦に気づいた女将《おかみ》の表情に、驚きが浮かんだ。

「美弦ちゃん？」

「ご無沙汰しています、女将《おかみ》さん」

「じゃあ……美弦ちゃんが御影様の奥様？」

十代の頃から知っている人に指摘されると、なんだかとても気恥ずかしい。

「そういうことに、なりますね」

照れながらも頷くと、女将《おかみ》は今一度目を見張った後ふっと微笑むと表情を和《やわ》らげた。

その後、二人が案内されたのは、全部で十三ある客室のうち唯一独立した離れになっている、松の湯で最も格式高い客室だ。

中に入ると、どこか懐《なつ》かしいイグサの香りが鼻をくすぐった。

テーブルなどの調度品はもちろん、襖《ふすま》絵や障子など至るところに伝統工芸が組み込まれている。洋風ホテルのような華やかさはないが、品の良さは疑いようもない。バスルームも、内風呂、露天風呂、サウナを備えた特別室だ。

「素敵な部屋ですね」

仕事柄、目の肥えている恭平の目にもそう映ったらしい。感嘆した様子で室内を見渡す恭平に、女将《おかみ》は「恐縮です」と笑顔で答える。

「お食事の時間はいかがなさいますか？　ご希望のお時間に準備させていただきます」

時刻は午後六時前。夕食の時間には少し早いが、ほどよくお腹も空《す》いていることもあり、先に食事を取ることにした。

「ああ、そうだ。よければ食事の時、ここで働いていた頃の妻の話を聞かせていただけますか？」

「恭平さん⁉」

突然何を言い出すのか。

「妻」という響きに動揺する美弦と余裕の恭平。女将《おかみ》はそんな二人に目を瞬《またた》かせると、「承知しました」と柔らかく微笑み、退室していった。

「……どうしてあんなことを言ったの？　私の話を聞いても面白くないのに」

ごくごく普通に配膳や接客をしていただけだと主張する美弦に、恭平は笑みを深める。

「愛する妻がどんな学生だったのか聞きたいと思うのは、普通のことだと思うけど」

『愛する妻』

その響きに何も言えなくなる美弦とは対照的に、恭平は「どんな食事が出るのか楽しみだな」と、実にリラックスした様子である。彼の一挙一動に動揺する美弦とはえらい違いだ。

その後の食事はお世辞抜きに素晴らしいものだった。

山菜の天ぷらに少しだけ塩を振って食べて、松本市の地酒である冷酒をくいっと飲む。地元の旬の味と地酒との組み合わせは最高だ。しかも食事の後は松の湯自慢の温泉が待っている。

美味《おい》しい食事に源泉掛け流し温泉。なんて贅沢《ぜいたく》な組み合わせだろう。

新婚旅行というシチュエーションに初めこそ緊張していた美弦だが、美味《おい》しい食事とお酒を前に、気づけば心も体もリラックスしていた。

「美味《おい》しかった……」

米粒一つ残さず完食した美弦がしみじみ呟くと、対面に座る恭平がクスリと笑う。

「何？」

「いや、本当に美味《おい》しそうに食べるなと思ってね」

改めて指摘されると少し恥ずかしい。がっついていた自覚はないが、食事とお酒に夢中だったのは間違いない。

「いいな。美弦のそういう顔、すごく好きだ」

「え？」

「美味《おい》しそうに食事をする君は最高に可愛い。結婚したらそんな姿が当たり前に見られるなんて、考えただけで幸せな気持ちになる。一緒に暮らせる日がますます楽しみになった」

――油断していた。

まさか、ただ食事をしているだけの姿まで褒《ほ》められるなんて。

単純に食事を楽しんでいる間、恭平はそんなことを考えていたのだと思うと、美弦は途端に恥ずかしくなる。先ほどの『愛する妻』発言といい、今といい、彼はどうしてこんなにも美弦の心を揺さぶりにくるのか。

「……そんなに褒《ほ》めても何も出ないわよ？」

動揺を隠すように答えれば、恭平はにこにこしたまま「褒《ほ》めてるわけじゃない」と言ってくる。

「思ったことを言っているだけだからね。美弦は可愛い」

「だから、あなたはどうしてそんなことを簡単に言うの……」

言い返しても「本心だから仕方ない」とさらりと返ってくるのだからたまらない。

「美弦、顔が赤いけど？」

「お酒のせいです！」

ああもう。自分ばかりがあたふたしているのが悔しくて、恥ずかしい。

——それだけじゃない。

褒《ほ》めてもらって、「嬉しい」と思う自分がいる。

(こんなの、私じゃないみたい)

就職を機に上京して六年以上、ただがむしゃらに働いてきた。

その中で唯一恋仲になった浩介相手にさえ、こんな風に言葉一つで恥ずかしくなったり、むず痒《がゆ》いような気分を味わったりしたことはない。

それなのに恭平が相手だと途端におかしくなる。

自分が自分でないような、初めての感情の連続に心がついていかないのだ。

食事中は意識しなかったのに、個室に二人きりというシチュエーションに途端に緊張する。それに恭平は、これを「新婚旅行」と言っていた。

ならば夜は——そうなるのが自然な流れだろう。

恭平と触れ合ったのは、出会ったその夜の一度だけ。それにあの時は最後までしなかった。けれど今回は違うのだと思うと、胸の鼓動が一気に跳ね上がる。

心臓の音が耳のすぐ側で聞こえるようだ。

ドキドキと激しく脈打つそれが、酔いのせいだけでないのは間違いない。

「っ……私、大浴場に行ってくる」

どこか艶《つや》めいた雰囲気が居たたまれない。

「恭平さんはゆっくりしていて。えっと……そう、私の学生時代のことを知りたいのよね。この後女将《おかみ》さんがお茶を持ってきてくださると思うから、ちょうどいいわ」

さっと立ち上がった美弦は入浴準備をするため、背中を向ける。だがその直後、ふっと影が差した。

「美弦」

「きゃっ……！」

一瞬のうちに腰を攫《さら》われた美弦は畳の上に押し倒された。

右手は腰に、左手は顔の横についた態勢で、恭平が見下ろしている。突然の出来事に驚きで目を見開く美弦の上で、恭平はすっと目を細めた。

「さっき、君のお母様が言っていたことは本当？」

「え……？」

「俺の優しいところが好きって」

「それはっ……母に聞かれたから咄嗟《とっさ》にそう答えただけで」

「じゃあ、嘘？」

嬉しかったのに、と吐息まじりに溢《あふ》れた声は、あまりに艶《つや》やかで思わず視線を逸らす。

「別にそういうわけじゃ……それに嘘だっていうなら恭平さんの方でしょう？」

「俺？」

「……母に私のどこが好きかを聞かれた時、色々答えてたじゃない」

視線を逸らしたまま美弦は告げる。

『仕事に一生懸命なところ、家族思いなところ、お酒が好きなところ、美意識が高いところ、強がりで意地っ張りなところ。私は、そんな美弦さんの全てに惹かれているんです』

母の思いつきの質問に、まさかあんなにきちんと答えてくれるとは思わなかった。

しかも、『全てに惹かれている』なんて。

「……あんな嘘をつかせて、ごめんなさい」

「嘘じゃない」

視線を戻すと、強い眼差しが美弦を貫いた。

「お母様に話したことは、全て俺の本心だ」

そんな、まさか。

（本気で言っていたの……？）

恋愛の好きとは違うのはわかっている。

でも、こんなにもはっきり『惹かれている』なんて言われて、動揺しないはずがなかった。喜びと戸惑いで、美弦はどう反応したらいいかわからず、自分に覆《おお》い被さる恭平を見つめる。

「プロポーズした夜に言っただろう？　俺は君を裏切らないし、嘘もつかない。誰よりも大切にするよ」

そしてゆっくり顔が近づいてきて――

「御影様、失礼いたします」

襖《ふすま》の向こうから、女将《おかみ》の声が届いた。直後、美弦は渾身《こんしん》の力を込めて逞《たくま》しい胸を押して、その下から這《は》い出ると、奪うように入浴グッズを持って部屋を飛び出したのだった。

（何、あれっ……！）

シャワーを頭から浴びるが、胸の高鳴りは一向に治まる気配がない。

夕食の時間帯と重なっているためか、大浴場には美弦一人だけだった。

貸切状態ということもあり、美弦は人目を気にせず大きく息をつく。

美弦のどこが好きなのか、という問いに『全て』と答えた恭平。

それだけではない。片親が理由で御影の家で苦しんだら、と心配する母に、彼は『どんなことがあっても自分が守る』と言い切った。その時は母を納得させるためにそう話したのだと思ったが――

「……本気だったなんて」

ため息が湯煙に混じって消える。

温泉にゆったりと浸《つ》かってだいぶ落ち着いたけれど、先ほど畳に押し倒された時は動揺するあまり部屋を飛び出してしまった。しかし、逃げ出さなければキスされていたのは間違いない。

あの時、どう答えるのが正解だったのだろう。

目を閉じてキスを受け入れる。それは後で、とさらりとかわす。

二十八歳の大人の女性ならば、それくらいできて当然なのかもしれない。

（でも、私には難しい）

過去の恋人は浩介だけ。物静かな性格で口下手《くちべた》な彼は、自分の気持ちを言葉にするのがあまり得意ではなかった。そんな彼から甘い言葉を聞いたことは数えるほどしかない。

だからこそ、彼と正反対の恭平の言動に翻弄《ほんろう》される。

彼の一挙一動に過剰なくらい反応して、そのたびにドキドキしてしまうのだ。

こんなこと、美弦の派手な外見だけを見て『男に困ったことはなさそう』と揶揄《やゆ》する職場の女性社員は考えもしないだろう。

仕事中はまだいい。けれどオフになった瞬間、美弦は恭平のことばかり考えている。

それは彼と出会ってから今日までずっとだ。

（でもこれは、恋じゃない）

恭平はとても素敵な人だし、男性的な魅力にも溢《あふ》れている。しかし今の美弦が彼に抱いている感情は、愛とか恋とかいった類《たぐい》ではない。いわば芸能人相手にときめいているのと同じだ。

そう思うと、鼓動がゆっくりと治まっていく。

（……これでいい）

誰かを本気で好きになって、愛して、嘘をつかれて、裏切られるのはもうたくさん。

けれど恭平は約束してくれた。嘘もつかず、裏切らないと。誠実であると。

あの夜の『善』での出会いが、絶望の淵《ふち》にいた美弦を引き上げてくれた。もう何もかも嫌だ、男なんて信じられないと自暴自棄《じぼうじき》になっていた美弦を助けてくれた。

そんな彼に心から感謝している。

今宵、恭平は美弦を抱くだろう。

紙切れ上だけの結婚をするつもりはないと彼は言った。美弦もそれを拒《こば》むつもりはない。

緊張はするけれど、不安はない。恭平と初めて肌を重ねた時から、「触れたい」と願っているのは美弦も同じなのだ。

「恭平さん」

入浴を終えて部屋に戻ると、浴衣《ゆかた》姿の恭平がテラスの椅子に座り、庭園を眺めていた。その後ろ姿にそっと声をかけると、彼ははっとしたように振り返った。

「おかえり」

温泉に入ったのか、目の前にやって来た恭平の髪がしっとりと濡れている。

普段は下ろしている前髪を後ろに流しているため、形のいい額が露《あら》わになっている。

浴衣《ゆかた》の衿元《えりもと》から覗く素肌も、袖《そで》や裾《すそ》から覗く手足も、普段の紳士然としたスーツ姿とはまるで雰囲気が違う。

香り立つような男の色気とは、このことを言うのだろう。

その時、彼の喉仏がごくん、と上下した。美弦が恭平に釘付けであるように、彼もまた美弦から視線を逸らさない。焼けるように熱い視線に眩暈《めまい》がする。

「美弦」

目の前に立つ恭平がそっと名前を呼んだ。

たったそれだけなのに、背筋を何かが駆け抜ける。

二人の視線が絡み合い、どちらともなく顔を寄せていく。美弦の顔に恭平の影がかかり、美弦はゆっくりと瞼《まぶた》を閉じた。

「ん……」

始まりは触れ合うだけのキス。

初めは唇に、次いで両頬、額、目尻へ、そして再び唇に。

撫でるようなキスは、優しさと思いやりに満ちている。けれど穏やかで優しい彼がもう一つの顔を持っていることを美弦は知っている。

「君を抱きたい」

あの夜の再来に、期待で胸が高鳴った。

布団に横たわる美弦の前髪を、覆《おお》い被さった恭平がゆっくりと後ろに流す。

指先が髪に触れているだけなのに背筋がぞくりとする理由は、おそらく二つ。

一つは、これからの行為に身構えているから。

もう一つは、自分を見下ろす恭平の視線が火傷《やけど》しそうなほどに熱くて、色気に満ちているからだ。

濃い茶色の瞳には確かな熱が宿っている。視線だけで肌が焼けそうだと、本気で思った。

「緊張してる？」

熱い視線とは裏腹に声はひどく優しい。

「……少し。恭平さんは、余裕そうね」

「俺が？」

頷くと、恭平は「まさか」と苦笑しながら美弦の右手を取り、自らの胸元に触れさせる。直後、美弦は驚きではっと目を見開いた。

浴衣《ゆかた》越しでもはっきりわかるほど、恭平の鼓動が激しく脈打っていたのだ。

「余裕なんて微塵《みじん》もないよ。もしかしたら俺の方が緊張しているかもしれない。美弦とこうできることが幸せすぎて、嬉しすぎて……話しているのがもどかしいくらいだ」

「っ……！」

「君の髪も、声も、体も全てを俺で染めてしまいたい。それくらい、美弦を抱きたくてたまらない」

――美弦が欲しい。

――言葉を交わす時間がもどかしいほどに、求められている。

その言葉に、視線に、宝物に触れるように頬をなぞる指先に。

美弦の中の「女」は歓喜した。

女性としての自尊心がボロボロになった経験があるからこそ、こんなにも強く、激しく望んでくれることが嬉しくてたまらなかった。

だからこそこの瞬間、美弦の中にも同様の感情が生まれた。

「……私も」

この気持ちは恋とか愛とか、そんな甘酸っぱいものではない。利害の一致で結婚をした自分たちの関係は、決して褒《ほ》められたものではないだろう。

(でも、構わない)

好きとか、嫌いとか。

愛しているとか、いないとか。

そんなことが気にならないくらい、今の美弦は――

「私も、恭平さんが欲しい」

それだけは、確かなことだから。

美弦の告白に恭平は信じられないように目を見張った。だがすぐに、花が綻《ほころ》ぶような笑みを浮かべて、「ありがとう」と囁《ささや》いた。

秀麗な顔がゆっくりと美弦の顔に影を落とす。それに呼応するように瞼《まぶた》を閉じると、すぐに唇に触れるだけのキスが落ちてくる。

覆《おお》い被さる恭平は、右手で美弦の髪を優しく撫で、左手で顎《あご》をそっと上げる。

初めは啄《ついば》むようなキスだった。

「ん……」

柔らかな唇がちゅっちゅっと美弦の唇を優しく食《は》む。

戯《たわむ》れのようなそれは泣きたいくらいに優しくて、心地よい。

「美弦、口を開けてごらん」

吐息まじりの声に素直に唇を開く。すると温かな舌がゆっくりと口内に入り込んできた。それはたやすく美弦の舌を絡め取り、舌裏を撫でて、歯列をなぞる。

くちゅくちゅと互いの唾液が混じる音がいやらしく響く。それは今の美弦には媚薬《びやく》のように甘く感じた。されるだけではない。美弦もまた、恭平の舌に自らの舌を絡めた。

「っ……ん……！」

貪《むさぼ》るような口付けからは、恭平がいかに美弦を求めているかが伝わってくる。

それは自分も同じなのだと伝えるように、美弦は両手を恭平の首の後ろに回した。そのまま上半身を浮かせて、もっともっとと強請《ねだ》るように舌を差し込む。

　すると恭平は求められていることを喜ぶように目を細め、よりいっそう深く口付けてきた。

　初めの触れるだけのキスが嘘のような激しいキスが終わる頃には、美弦の息はすっかり上がってしまっていた。

「美弦は本当に可愛いな。可愛すぎて、困る」

「そんなこと……」

　綺麗と言われることはあっても、可愛いなんて言われたことはほとんどない。

　百六十七センチと女性としては高い身長も、どちらかといえばきつめの顔立ちも、「可愛い」とは正反対だ。可愛いというのは、そう――

（……あの子みたいな子だ）

　園田桜子。

　自分とはまるで正反対な見た目の、素朴で可愛らしい年下の女の子。

　――まさかこんな時に彼女のことを思い出すなんて。

　けれど美弦の表情がさっと翳《かげ》った瞬間、恭平はとろけるような甘い声で「美弦」と名前を呼び、再度はっきりと言ったのだ。

「君は、可愛い」

　ストレートな言葉と視線に、息を呑む。

「少なくとも俺は、美弦以上に魅力的な女性を他に知らない。これはお世辞ではなく事実だ。それでも君が自分に自信を持てないというなら、俺が教えるよ」

「何、を……？」

「君がどれだけ魅力的な女性なのか。俺がどれほど君に焦《こ》がれているのかを」

目を細めた恭平の艶《つや》やかな色気に見惚れた次の瞬間、彼は美弦の浴衣《ゆかた》の帯を一気に引き抜いた。

「待っ――」

反射的に静止の声を上げるが、恭平は構わず露《あら》わになったブラジャーのフロントホックを片手で外してしまう。直後、ぶるんと豊かな双丘が恭平の眼前に晒《さら》された。

突然心許《こころもと》なくなった胸元を隠そうと咄嗟《とっさ》に両手を動かすが、叶わなかった。

「あんっ……！」

それよりも先に恭平の両手が美弦の胸を鷲掴《わしづか》みにしたのだ。

それだけではない。彼は美弦の首筋に顔を埋《うず》めると、軽く歯を立ててちゅうっと吸い付く。

――キスマークだ。

それは首筋だけでは終わらず、胸の谷間、鎖骨と次々に刻まれていく。

その間も彼の両手は美弦の胸を弄《もてあそ》んでいた。柔らかな感触を楽しむようにやわやわと揉んだかと思えば、両手に余るほどのサイズを楽しむように下から掬《すく》い上げる。

「んっ……！」

恭平の長く形のよい指が、乳首の先端をきゅっとつまみ上げた。たまらず声を上げると、今度は先端の形を確かめるように親指でこねくり回す。

ちくん、ちくんと肌を食《は》む唇と、揉みしだかれる胸の感覚がくすぐったくて、もどかしかった。

「どう、して……？」

執拗《しつよう》とも思えるほどの刻印にたまらず問えば、恭平はようやく顔を上げた。白く滑《なめ》らかな肌に刻まれたキスマークを満足そうに見下ろしながら、恭平は「上書きだよ」と答える。意味がわからず戸惑う美弦に彼は言った。

「前につけたものは全て消えてしまったからね。美弦の肌は白くて綺麗だからよく映える。君は、俺のものだという証《あかし》だ」

恍惚《こうこつ》とした表情の恭平に息を呑む。もしこんなことを他の誰かに言われたら、以前の美弦であれば、「私は物じゃないわ」と言い返していただろう。

けれど、なぜだろう。

理由はわからないけれど、恭平に言われてもそんなことは思わなかった。

むしろ彼の剥《む》き出しの執着心は、不思議なくらい美弦の心を激しく揺さぶった。そんな美弦を見つめていた恭平は、今度は乳首の先端を口に含む。

「っ……！」

不意打ちのそれに声を上げるが恭平は止まらない。

先ほど彼の手で弄《もてあそ》ばれたそこは、既に吐息ですら反応してしまうほど敏感になっていた。その場所を両手と口で攻められるのだからたまらない。

「ふっ、やぁ……」

指とは違う生温かな舌で先端を舐《な》められ、甘く食《は》まれるたびに、意図せず子猫のような嬌声《きょうせい》が溢《あふ》れてしまう。自分の声とは思えないほど甘ったるい声に耳を塞ぎたくなるけれど、絶え間なく続く攻めに声が抑えられない。

（気持ちいいっ……！）

挿入されているわけでもないのに、体が熱くて仕方ない。

恭平の手や口で触れられるたびに、体の中心がもどかしいくらい疼《うず》く。

下着がしっとりと濡れているのは、確かめずともわかった。

美弦は疼《うず》きに耐えるように、きゅっと太ももに力を入れる。

それを見逃さなかった恭平が、胸に触れていた手で下着の上から敏感な部分をグッと押した。

「あぁっ……！」

たまらず声を上げると、恭平はゆっくりと体を起こす。

彼は恍惚《こうこつ》とした表情で美弦を見下ろすと、自らの浴衣《ゆかた》を脱ぎ捨てた。

(……すごい)

現れた見事な体躯に目を奪われていると、恭平はふっと笑う。そして何を思ったのか、彼は美弦のショーツを剥《は》ぎ取って裸にすると、太ももの間に顔を寄せたのだ。

「待っ、それはダメっ……！」

すぐに上半身を起こそうとしたが、それより早く恭平の舌が美弦の秘部をペロリと舐《な》めた。

「すごく濡れてる」

「そんなところで話したら、息、が……！」

「息でも感じるなんて、本当に君は可愛いな」

「ああっん、やぁ……！」

――信じられなかった。

自分でもちゃんと確認したことのない場所を見られて、舐《な》められている。

こんなことは二十八年の人生で初めてで、混乱した美弦は反射的に腰を引く。しかし、恭平の両手がそれを阻《はば》んだ。

彼は両手で美弦の太ももを掴むと、びしょびしょに濡れそぼったそこに顔を埋《うず》める。

そのまま美弦の陰核を舌で舐《な》め上げた。

「あっ、んっ……！」

一瞬、意識が飛びそうになる。本格的に腰が揺れて逃げようとしたけれどやはり叶わない。むしろ恭平の攻めが激しさを増した。

連続する舌の愛撫《あいぶ》によってぷっくりと肥大した陰核を親指でコリコリといじりながら、舌先で秘部の割れ目を舐《な》め上げたのだ。

次々と溢《あふ》れる愛液をじゅっとすすられる。濡れた舌先を細めて膣内につぷんと差し込まれた瞬間、美弦は目を見開いた。

「それ、だめっ、ああっ……！」

連続して訪れる快楽から逃れようと両手を彼の頭に置いて制止するが、太ももを押さえられていて叶わない。それどころか、返事のかわりと言わんばかりに膣の中に入り込んだ舌が、浅い部分を行き来する。

「いっちゃ……あああ……！」

その瞬間、美弦の中で何かが弾《はじ》けた。背中が大きく跳ねて、布団の上に体が沈み込む。

はあはあと息を乱す美弦の目元に生理的な涙がじんわり浮かんだ。

体を起こした恭平はその涙を親指でくいと拭うと、「大丈夫か」と問う。

答えは決まっていた。

「全然、大丈夫じゃない……気持ちよすぎて、怖いくらい……」

呼吸を乱しながら答えると、恭平はなぜか息を呑んだ。彼は片手で目元を覆《おお》うと、深くため息をついた。そして再び美弦を見下ろしてきた瞳には、明確な欲を孕《はら》んでいた。

「──本当に君は、俺を煽《あお》るのがうまいな」

「煽《あお》ってなんか……」

「無意識だから怖いんだ。今日は、前みたいに途中で終わることはできない。正直、俺ももう限界なんだ」

恭平は荒々しく枕元の避妊具を手に取ると、封を噛み切る。

素早く避妊具を装着したそれは、凶暴なほどにそそり勃《た》っていた。

今の美弦は、軽く酔っているとはいえ、泥酔状態だった前回とは違う。

はっきりと意識がある状態で、今からあれが自分の中に入るのかと思うと少しだけ怖くなる。

でも──

「……いいの。最後まで、して？」

恭平さんが欲しいから、と改めて言葉で告げると、恭平は何かを堪《こら》えるように唇をぎりりと噛む。獲物を前にした肉食獣のようだ、と美弦は思った。

「──いくよ」

こくん、と頷くと、恭平は先端をゆっくり膣口に押し当てる。

つぷん、と。

美弦の濡れそぼった秘部は、硬く屹立《きつりつ》した恭平を優しく受け入れた。

「んっ……！」

ゆっくりと侵入してくる感覚にきゅっと唇を噛むと、それを窘《たしな》めるように恭平がキスをする。柔らかな唇を何度も重ねながら彼は挿入していく。

「限界だ」と言っていたけれど、その動きはひどく優しくて、美弦を思いやっているのが痛いほど伝わってくる。

（……今だけじゃない）

初めて出会った日から今日までずっと、彼は優しかった。

美弦の全てを肯定してくれた。美弦を求めてくれた。

感情が昂《たかぶ》っているからだろうか、体を重ねている今この瞬間でさえ、自分の欲望より美弦を思ってくれる恭平への言葉にならない気持ちが膨れ上がってくる。そしてそれに連動するように、きゅっと膣が収縮して恭平を締め付けた。

「っ……全部入った」

大丈夫か、と労《いたわ》るように恭平は問う。それに美弦は頷いた。

「平気……でも、恭平さんのでいっぱいで、少し苦しい」

「っだから、君はそういうっ……！」

直後、膣内の圧迫感が増したのがわかった。

「んっ、なん、で？」

「……不可抗力だ」

今のは君が悪い、と珍しく恭平は美弦を非難した。けれどその言葉も、見つめる瞳もとても甘い。彼はこれ以上の会話は不要とばかりに美弦に口付けると、ゆっくりと動き始めた。

初めこそきつく締め付けていたものの、溢《あふ》れるほどの愛液で満たされたそこは、すぐにぐちゅぐちゅといやらしい音を奏《かな》で始める。

膣内を擦られるたびに意識が飛びそうなほどの快楽が背筋を駆け巡《めぐ》り、美弦は鳴いた。

「――すごい締め付けだな。すぐに持っていかれそうだ」

悦楽《えつらく》に浸《ひた》っているような声が頭上から降ってくる。

恭平は美弦の反応を確かめながら動いているようだった。

美弦の感じるところ、鳴くところを、もどかしいくらいにゆっくりと攻め立てる。それは全て美弦を気遣ってのことなのだろう。

けれど今はそれをもどかしく感じてしまう。

浅い絶頂を繰り返しているような感覚に体が疼《うず》いてたまらない。

――もっと。

(もっと、彼が欲しい……!)

既に恥じらいは消えた。

ただ気持ちよくなりたくて、高みに昇りたくて、美弦は本能のまま自らも腰を揺らして恭平を受け入れる。直後、恭平が驚いたように動きを止めた。けれど今の美弦にとって、その一瞬さえもどかしくてたまらない。

「お願い、もっと、してっ……! 止まっちゃ、いやぁ……」

「っ……!」

恭平が息を呑んだ。直後、動きが変わった。

彼は中に埋《うず》めていたものを引き抜くと、一気に最奥《さいおう》まで貫いたのだ。

両手を美弦の太ももに添えると、脚が上がるほど下半身を持ち上げて、前後に腰を激しく揺らし始める。

「そういえば、激しいのが好きだって、言ってたなっ……!」

これでも足りないか、と言わんばかりの動きに、美弦はただただ声が嗄《か》れるほど甘く鳴いた。突かれるたびに、引き抜かれるたびに意識が飛びそうなほどの快楽が体を貫いて、汗が飛ぶ。

――まるで自分ではなくなるようだ。

体の内側から恭平に暴かれていく。

心も体も彼によって塗り替えられ、染められていくような感覚だった。

恭平が同じように思っているかはわからない。けれど今この瞬間、美弦は、自分の体は彼に抱かれるためにあるのだと思った。

本気でそう錯覚するほど強烈な快楽に呑み込まれながら、美弦は律動する腰に合わせて体を揺らす、そして――

「ああっ……！」

体の最奥《さいおう》で薄い膜越しに熱い塊《かたまり》が放たれた瞬間、美弦は達した。

◇

乱れた布団の上にしどけない姿で横たわる美弦にそっと布団をかける。

――随分と無理をさせてしまった。

初めはあんなに激しく抱くつもりはなかった。

真綿に包むように、宝物に触れるように、優しく繊細に触れようと決めていた。けれどその気持ちは、いざその時になるとあっという間に四散した。

美弦がことあるごとに煽《あお》ってくるからだ。

しかも全て無自覚なのだからたちが悪い。

『気持ちよすぎて、怖いくらい』

『……いいの。最後まで、して？』

上目遣いで、紅潮した頬であんなことを言われたら、健全な男なら嬉しくないはずがない。それだけではない。

『恭平さんのでいっぱいで、少し苦しい』

『お願い、もっと、してっ……！　止まっちゃ、いやぁ……』

あんな風に乞われたら、優しいだけで終われるはずがなかった。

思い出しただけで今すぐもう一度美弦を抱きたい衝動に駆られる。

「危ないな」

もちろん眠っている彼女に無理矢理……なんてことはしないけれど、やはりどうしても触れたくて、すうすうと静かな寝息を立てる美弦を起こさぬように乱れた前髪をそっと直す。

（さらさらだな。いつまでも触っていられる）

随分と深く眠っているようだし、この様子では朝まで起きないだろう。

あどけない寝顔は、起きている時よりも幼く見えた。

ふと、先ほど美弦が温泉に行っている間に女将《おかみ》とした会話を思い出す。

『美弦ちゃんは、とにかく働き者でしたよ』

　学生の頃の妻の話が聞きたいと言った恭平に、女将《おかみ》は笑顔でそう話した。

『アルバイトを始めた大学一年生の頃こそ失敗はありましたが、すぐに他のスタッフと慣れて、なくてはならない仲間の一人になりました。仕事はもちろん、授業を休んだことも一度もないと聞いています。家族思いで、真面目で、いつだって一生懸命で……少し不器用なところもありましたが、誰よりも頑張り屋さんな美弦ちゃんのことが私は大好きでした。美弦ちゃんがいるから、とご贔屓《ひいき》にしてくださるお客様もいたくらいです。卒業後はうちに就職したらどうかと誘いましたが、残念ながら振られてしまいました』

　そう語る女将《おかみ》からは、美弦への温かい気持ちが十分伝わってきた。

　家族思いで、真面目で、一生懸命。でも、少し不器用。

「昔から変わらないんだな、君は」

　その囁《ささや》きは、深い眠りの中にいる美弦にはもちろん届かない。

（でも、今はそれでいい）

　どうかいい夢を見られますように、と願いながら、恭平は静かに明かりを消したのだった。

3

松本旅行から東京に戻ってすぐに、美弦と恭平は入籍した。

「一条美弦」から「御影美弦」になったのだ。

役所で婚姻届を提出した直後は、正直、結婚した実感はあまりなかった。

苗字が変わるのは両親の離婚で一度経験済みだし、結婚式や披露宴《ひろうえん》は未定。職場では今後も旧姓で通すつもりだから、引っ越して一緒に住み始めるまでは夫婦の実感は湧かないのかもしれない。

しかし恭平の――正確には彼の周辺の様子は、美弦とはまるで違った。

彼は入籍直後に結婚したことを公表した。もちろん他の社員に言って回ったとかではない。

いつも通り、「食事に行こう」「デートしよう」とアプローチしてくる女性社員に、「実は結婚してね。妻を大切にしたいからそういう誘いは断ることにしてるんだ」と断りを入れただけ。

これが一般の社員ならそれほど話題にもならなかっただろうが、恭平は違う。

『あの御影本部長が結婚した』

その話は瞬《またた》く間に社内を駆け巡《めぐ》り、フランチャイズ事業部はもちろん、昼食時で混み合う食堂までその話題で持ちきりとなった。

「御影本部長が結婚したって聞いた!?」

「聞いた！　ホテル事業本部にいる同期が言ってたから間違いないと思う」

「奥さんってどんな人？」

「それがわからないの。本部長もそれについては言う気はないみたい」

「……まさかうちの社員じゃないよね」

――そのまさかです、とは口が裂けても言えない。

女性社員のやりとりを、美弦は近くの席で社食を食べながら聞いていた。表面上は何食わぬ顔で食事をしているが、内心はドキドキだった。

「それはないでしょ。うちの社員だったらすぐにわかるよ。御曹司だし、きっとどこかの社長令嬢とかじゃない？　あーあ、もうほんとショック。実際にどうこうなれると思ってたわけじゃないけど、推しが結婚するのはさすがに凹《へこ》むわ」

「でも結婚指輪はしてないんだよね。新婚なのにおかしくない？」

「指輪とかアクセサリーをつけるのがあまり得意じゃないからつけてないだけで、休みの日はつけてるらしいよ」

違う。指輪は買っていない。

正確には、恭平は結婚指輪を買おうと提案してくれたが、美弦がそれを断ったのだ。

美弦は結婚を公表しないつもりだから、結婚指輪をするタイミングがほとんどない。だから今のところ指輪は必要ないという美弦に、恭平は「わかった」と言ってくれた。

一瞬、ほんの少しだけ寂しそうな顔をした気がしたけれど、すぐにいつもの笑顔を見せてくれたから、おそらく考えすぎだろう。

「――昼休みにそんな話をしてた子たちがいたわ。改めて思ったけど、恭平さんってすごい人気なのね」

その日の夜、就寝前の美弦は夫と電話をしていた。

社内で関わることがほぼないため、二人はこうして毎夜電話をしている。松本旅行からまだ一週間ほどしか経っていないのに、こうして電話をしていると「直接話したい」と思うから不思議だった。

『「推し」って、俺はアイドルでも芸能人でもないんだけどな。それに人の薬指までいちいち気にしなくていいのに』

スマホ越しの声から、呆れているのがはっきり伝わってくる。

「……指輪がしたいなら、恭平さんだけつけてもいいのよ？」

『俺だけ持っていてもそれは結婚指輪じゃないだろ？　それに「あればいいな」と思ったただけで、深い意味はないよ。それより今は、美弦と一緒に暮らせる日が楽しみで仕方ない。今すぐにでも引っ越してくればいいのに』

美弦は「無理言わないで」と苦笑する。

「予定通り、来週のゴールデンウィークには引っ越すんだから」

『わかってる。荷造りは順調？』

「もうほとんど終わってるから、大丈夫そうよ」

『よかった』

それからしばらく世間話をして電話は終わった。

恭平との新婚生活がどうなるか全く想像がつかないけれど、自分を待っていてくれる人がいるのは素直に嬉しい。

（一緒に暮らし始めたら、結婚した実感が湧くのかな）

その予感は当たった。

月を跨《また》いだ五月。

ゴールデンウィークを利用して恭平のマンションに居を移した美弦だが、同居を開始してすぐ、結婚したことを体にも心にもこれ以上なく思い知らされることになった。

恭平は、美弦を徹底的に甘やかしたのだ。

恭平と美弦は揃って多忙で、二人が共に自宅で過ごす時間は、実はあまり多くない。

美弦は結婚を公表していないので、通勤はもちろん別々だ。恭平は車、美弦は電車。彼は「送る」と言ってくれたけれど、誰に見られるかわからない以上、美弦はそれを断った。

美弦は変わらず月の三分の一は地方にいたし、恭平も出張があったり、朝が早くて夜が遅かったりするのが日常。

そんな二人が唯一、ゆっくり一緒に過ごせるのが週末である。

どちらかに仕事が入ることはたまにあるが、それでも平日に比べれば格段に長く一緒にいられる。

そんな週末の朝は、誇張ではなく美弦にとって夢のような時間だった。

「おはよう、美弦。準備ができたからおいで」

美弦は恭平のそんな甘い囁《ささや》きで目覚める。

食欲をそそる香りに誘われて食卓につけば、目にも美味《お》《い》しい朝食の始まりである。

メニューはその時々で違うものの、共通しているのはいずれも最高に美味《お》《い》しいということだ。

洋食の時は、焼きたてのパンに手作りのコーンスープ、手作りドレッシングのサラダにデザインカットされた数種類のフルーツ。食後は豆を挽いてから淹れる香ばしいコーヒー。

和食の時は、艶々《つやつや》に立った白米と出汁《だし》から取った具だくさんの味噌汁に、焼き魚と漬物、納豆、煮物――と、食卓には和洋共に高級ホテル並みの食事がずらりと並ぶ。

『料理は趣味だ。俺と結婚すれば、家にいる時はいつでも俺が料理をするよ。君の好きなものをなんでも作ってあげる』

あの言葉は本当だった。恭平は、在宅の日は必ずと言っていいほど料理の腕を振るってくれた。

日中は家でゆっくりすることもあれば、出かけることもある。

外出の際は外でランチを済ませるのだが、ご飯代は当然のように恭平持ち。しかも彼の選ぶ店全てが味も雰囲気も素晴らしい。

夕食に至っては前日から仕込んであることもあり、高級レストランで食べるようなコース料理が並ぶことも珍しくない。

肉料理、魚料理、果てはデザートまで手際良く作ってしまうのだから本当にすごいと思う。

とはいえ、いくら趣味でも、毎回「作ってもらって当然」とはもちろん思えない。

しかし「毎回は悪い」と遠慮する美弦に、恭平は「君の美味《おい》しそうに食べる顔が何よりのお返しだ」の一言で済ませてしまう。

こうして美弦はあっという間に胃袋を掴まれた。

けれど、恭平の甘やかしぶりはそれだけでは終わらない。

買い物に出かけると、彼は一切美弦に財布を出させないのだ。

ランチやディナー代を出すのは当たり前。

ウィンドウショッピング中に、美弦が少しでも興味を持ったものがあれば即買いするし、果ては雑誌やSNSで「あ、これいいかも」と何気なく言ったものまでいつの間にか手に入れてくるのだ。

美弦にとって、好きなブランドの靴やバッグやアクセサリーは、年に一度の自分へのご褒美《ほうび》として買うものだった。

本当に気に入ったものを長く丁寧に使う。

社会人になって六年、美弦は時間をかけて、お気に入りのバッグやアクセサリーを少しずつ増やしてきた。中には数十万円するものもあり、そんな時は、清水《きよみず》の舞台から飛び下りる気持ちで購入していた。

それを記念日でもなんでもない日に、ぽん、とプレゼントされてはたまらない。

何よりこんなに一方的にしてもらってばかりでは、とてもじゃないが対等な夫婦関係とは言えないと思った。

話し合った結果、「プレゼントは特別な日にするもの」と、ある意味当たり前の結果に収まった。

そんな夫婦生活の中で——美弦が最も彼の甘さを感じるのは、セックスの時だ。

休日になると、恭平は執拗《しつよう》なほど美弦を抱いた。

『綺麗だ』

『君は素敵だよ』

『美弦以上に綺麗で可愛らしい女性を俺は他に知らない』

『君と結婚できてよかった』

『——君は、俺のものだ』

体を重ねている時、美弦には恋愛映画でも耳にしないような賛辞の雨が降り注《そそ》いでくる。

まるで、傷ついた自尊心を優しく癒《いや》すかのように、痛みを忘れさせるように。

美弦の肌を滑る指先は淡雪《あわゆき》に触れるように繊細な動きで、気遣いに満ちている。

その一方で、彼によって与えられる快楽は凶暴なまでに激しかった。

情事の最中、恭平は心臓を鷲掴《わしづか》みにするような熱を孕《はら》んだ視線で美弦を見る。

激しく打ち付ける腰に遠慮は一切なく、それは時に美弦が達してもなお続いた。

普段の柔らかな物腰が信じられないほど、体を重ねる時の恭平はどこまでも「雄」だった。

熱く猛《たけ》る自身で美弦を突き刺し、引き抜き、蹂躙《じゅうりん》する。

ベッドのシーツが愛液と汗で汚れるのも構わない、激しい行為だ。

豊かな双丘を揉みしだき、鷲掴《わしづか》んだかと思えば、羽で触れるように優しく包む。

そうやって恭平から与えられる熱を、美弦は全身で受け止めた。

それがどんなに激しいものでも、「嫌だ」とは微塵《みじん》も思わなかった。

むしろ、求められることが嬉しかった。

恭平と一緒にいる時、美弦は女性としての自信を取り戻すことができる。そしてそれを最も強く感じられるのは、彼と一つになる時だった。

彼に触れられると、美弦の体は自分でも信じられないほど悦《よろこ》ぶ。

触れられた箇所から熱くなり、心も体も、もっともっとと恭平の体を、心を求めてしまうのだ。

そんな時、美弦はまるで自分が別人になったような感覚に陥《おちい》る。

彼と出会うまでの美弦にとって、セックスとは恋人間《こいびとかん》における義務のようなものだった。人肌は温かくて心地よいけれど、自分の中を行き来する感覚にはいつまでも慣れなかった。

けれど、不満はなかったし、そういうものだと思っていた。でも、違った。

恭平は美弦に、セックスは気持ちいいものなのだと教えてくれた。

時間も羞恥心《しゅうちしん》も忘れるくらい、夢中になれるものなのだと教えてくれた。

達する瞬間に感じるほんの少しの恐怖と耐え難いほどの快感も、唇が触れ合う気持ちよさも、もどかしいほどの熱も、恭平と出会って初めて知ることができた。

生まれて初めての悦楽《えつらく》に、美弦は夢中になった。

自分にこんな一面があるなんてと戸惑ったし、少しだけ怖かったけれど、気持ちいいと思うことを隠そうとは思わなかった。

……この結婚は、恋愛の上に成り立つものではないから。

もしも好きな相手なら「嫌われたくない」という感情が先に立ち、本能のままに腰を揺らして、感じるままに嬌声《きょうせい》を上げるなんてことは、きっとできなかった。

けれど美弦は恭平を愛していない。そして恭平も美弦を愛していない。

お互いの目的と利害が一致したからこそ、二人は結婚した。

その前提がある限り、相手に「嫌われたら」なんて怯《おび》える必要はないのだ。

恭平との関係に、惚れた腫れたは関係ない。

ビジネスライクな関係だからこそ素直に甘えられる。

手を繋ぎたい。

キスをしたい。

セックスをしたい。

そう感じた時、美弦は恭平に伝える。

すると彼は心の底から嬉しそうな顔をして、応《こた》えてくれる。

普段から穏やかな表情の彼が見せるとびきりの笑顔を見るのが、美弦は好きだった。

体から始まった関係だからこそ、美弦は「女」になれるのだ。

◇

七月初旬。

結婚して二ヶ月が経った週末の朝。ダイニングチェアに座る美弦は、キッチンに立つ夫の姿を見てしみじみと思う。

「……スパダリって本当に存在したのね」

今日も今日とて、彼は朝食に腕を振るってくれていた。

今朝は美弦の希望もあり和食にしてくれるらしい。

昨夜から味噌汁に使う出汁《だし》を準備して、炊き込みご飯の下準備をしていたというのだから恐れ入る。

(昨日だって、私より帰りが遅かったのに)

昨夜は珍しく残業をしなかった美弦と違い、恭平が帰宅したのは日付が変わってかららしい。

らしいというのは、美弦が就寝する時、彼はまだ帰ってきていなかったからだ。

それにもかかわらず、今朝は美弦より早く起きてこうして朝食を作っている。

(甘やかされてる……わよね)

せめてもの思いから、美弦は掃除全般を担《にな》い、恭平には到底及ばないし頻度《ひんど》も少ないけれど料理をすることもある。

すると、恭平は掃除にも料理にも必ず気づいてくれて、「もういい」というほどの感謝の気持ちを伝えてくれるのだ。

カッコよくて、家柄もいい。高収入・高身長・高学歴。

優しくて仕事もできて、料理上手で床上手《とこじょうず》。

彼はまさにスーパーダーリン、略してスパダリそのものだ。

仕事一筋、玉の輿《こし》なんて興味のなかった自分がそんなハイスペック男子と結婚するなんて、人生何が起こるかわからない。

「さあ、できたよ」

恭平はテーブルに出来立ての朝食を並べる。

今朝の献立は、新生姜《しんしょうが》の炊き込みご飯にカブの味噌汁、金目鯛の煮付けにきゅうりと大根の漬物、ほうれん草のおひたし、豆腐のサラダ。いずれも最高に美味《おい》しくて箸《はし》を持つ手が止まらない。

「生姜《しょうが》の炊き込みご飯って初めて食べたけど、こんなにさっぱりしてて食べやすいのね。お味噌汁も出汁《だし》の味がすごく出てるし、カブも柔らかくて甘い。金目鯛の煮付けもよく味が染みてる」

「美味《おい》しい？」

「すっごく！」

お世辞抜きに本気で美味《おい》しい。

朝からこんなに美味《おい》しいものを食べられるなんて、こんなに幸せなことはない。

「そう言ってもらえると作った甲斐《かい》がある」

「ご飯、多分おかわりするかも。……いい？」

「もちろん。たくさん作ったから好きなだけどうぞ」

「ありがとう」

宣言通り美弦はご飯と味噌汁をおかわりする。恭平もしていたから、作った彼自身も納得のいく出来だったのかもしれない。

「――そうだ。美弦は『白石《しらいし》ジュエリー』って聞いたことあるかな」

食事中、思いついたように聞かれた美弦は「もちろん」と頷く。

白石ジュエリーは銀座の一等地に店を構える老舗《しにせ》の宝飾店だ。

ダイヤモンドやパールのジュエリーが中心で、品のいいデザインが特徴的である。

婚約指輪や結婚指輪のラインナップも豊富だが、海外の有名ブランドのように世界的な展開はしておらず、店舗は銀座店の一店舗のみだと記憶している。

「随分、詳しいね」

「前に調べたことがあって――あっ……」

途中まで言いかけて、はっとする。恭平の顔が翳《かげ》ったのだ。

それは瞬《まばた》きをするほどほんの一瞬の変化だった。実際、今の彼は何も聞かなかったようにいつもの穏やかな笑みを浮かべている。しかし美弦は内心後悔した。

――余計なことを言った。

恭平との結婚指輪は「必要ない」と切り捨てたのに、浩介との婚約の時はつけるつもりだったなんて、たとえ恋愛結婚でなくとも面白くはないだろう。

浩介とは別れてから一度も会っていない。

これといって共通の知人もおらず、職場も違う彼とは、ひとたび縁が切れれば「街で偶然遭遇する」なんてこともなかった。

何より恭平と結婚してからは、日々雨のように降り注《そそ》ぐ彼の甘い言葉や触れ合いにいっぱいいっぱいで、浩介を思い出すことはほとんどなくなっていた。

それなのに、こうしてふとした瞬間にあの男の存在が顔を覗かせる。

(忘れたいのに)

簡単には消えてくれない存在を、疎《うと》ましく思う。

察しのいい恭平のことだ。美弦の言わんとしていたことなど手に取るようにわかるだろうに、何も触れてこない。それは、今回だけじゃない。

結婚してから今日まで、恭平の口から浩介の話題が出たことは一度もなかった。

美弦が嫌な思いをしないように気を遣ってくれているのだろう。

「それで、白石ジュエリーがどうかしたの？」

そんな彼の優しさに心の中で感謝しながら何もなかったように振る舞うと、恭平は頷いた。

「さっき美弦が言ったように、今まで白石ジュエリーは銀座店のみだった。それが今度、六本木に新しく店を出すらしくて、そのレセプションパーティーに招待されたんだ。美弦さえよければ俺と一緒に参加してほしい。——俺の妻として」

『妻として』

その部分を強調して恭平は言った。

「六本木店のオーナーは白石竜也《たつや》といって、俺の学生時代の友人なんだ。小学校から大学まで同じだったから、もう二十年以上の付き合いになる。日本にいた時は、たまに飲みに行ったりもしてたんだが、ニューヨークに配属になってからは、お互いに忙しくてね。もう三年以上会っていないんだ」

帰国してからも何かと都合が合わず、今日に至るという。

「レセプションパーティーの話をもらった時に結婚したことを伝えたら、『奥さんに会いたい』と言って聞かなくて。俺も久しぶりに友人に会いたいし、付き合いの長い親友だからこそ美弦を紹介したい。御影ホテルとは全く関係のない男だし、老舗《しにせ》宝飾店のパーティーにうちの一般社員が参加することもないだろう。それでも会社の人間にばれるのが心配なら、白石に挨拶《あいさつ》だけして帰ってもいい。どうだろう、考えてみてくれないか」

もちろん無理はしなくていいけれど、と恭平は気遣いの言葉を忘れない。

自分への心遣いを怠《おこた》らないその姿に、美弦は迷わず頷いた。

「私でいいなら喜んで」

こんなにあっさりオーケーされると思わなかったのか、恭平は目を瞬《また》かせる。

「……いいのか？」

「もちろん。恭平さんの大切なお友達なら、私もお会いしたいし」

普段、家の外で夫婦として振る舞うことはほとんどないため、妻として紹介されると思うと緊張するけれど、決して嫌ではない。

何より、仲のいい友人に会わせたいと思ってくれたのが嬉しかった。

「ただ、私と会って幻滅されないか心配だけど。老舗《しにせ》宝飾店のレセプションパーティーなんて初めてだし、恭平さんに恥をかかせないようにしないと」

仕事柄、ホテルのオープン記念パーティーやそれに似た集まりに出席したことはある。食事の作法や招待客としてのマナーも多分、大丈夫だと思う。

それらはアルバイト時代はもちろん就職してから徹底的に教育されたし、フランチャイズを提案する側の立場として個人的にも勉強してきた。

しかし、今回は仕事ではなく「恭平の妻」として行くのだ。緊張しないはずがない。

けれどそんな美弦の懸念を、恭平は「大丈夫だよ」と笑顔で一蹴《いっしゅう》する。

「美弦は誰に紹介しても恥ずかしくない、自慢の妻なんだから」

息を呑んで見つめ返す美弦に、恭平は笑みを深めて小さく頷いた。

それからしばらく、二人は朝食を楽しんだ。

「――ごちそうさまでした」

美弦は箸《はし》を置くと食後のお茶を淹れるために立ち上がる。するとすぐに恭平が「俺がやるよ」と後に続くが、「これくらいさせて」と座ってもらった。

「私は緑茶にするけど、恭平さんはコーヒーの方がいい？」

「美弦と同じお茶で」

「わかったわ」

美味《おい》しい朝食のお礼にもならないけれど、心をこめて急須でお茶を淹れる。「どうぞ」と恭平の前にそっと置くと、なぜか彼は嬉しそうに笑った。

「どうしたの？」

「いや。さっきのやりとり、新婚っぽかったなと思ってね」

新婚――改めて口に出されると少しだけ恥ずかしい。

「……間違いではないでしょ？」

照れ隠しでそう返すと、恭平は「そうだな」と柔らかく笑む。

「美弦みたいな美人を妻にできて、俺は本当に幸せ者だ」

「また、そんなことを言って……」

「本心だからな」

甘言にドキッとする。結婚して二ヶ月経つが、彼のこういうところにはいまだに慣れない。

「……それを言うなら私の方。私もあなたと結婚できてよかったって思ってる」

すると恭平は珍しく呆《ほう》けたようにぽかんとした顔をする。

「どうしたの？」

常に余裕のある姿勢を崩さない彼にしては珍しい。

「そんなことを言われたのは初めてだから、驚いて」

言われて、ハッとする。

ありがとう、と感謝の気持ちは常日頃から伝えていたけれど、「結婚してよかった」

と言ったことはなかったかもしれない。

「言葉が足りなくてごめんなさい。恭平さんがいたから母を安心させることができたし、その、こんなに美味《おい》しい食事も作ってくれて、優しくしてくれて、あなたには本当に感謝してるわ」

体を重ねる喜びを教えてくれたことも、と心の中で付け加える。

一方の恭平は大きく目を見開くと、「嬉しすぎて泣きそうだ」と唇を綻《ほころ》ばせた。

「そんな、大袈裟《おおげさ》よ」

自分の一言でまさかこんなに喜んでくれるとは思わなくて、なんだかとても気恥ずかしい。そのまま向かい合っているのが照れ臭くて、美弦は「洗い物してくるわね」と椅子を引いて立ち上がろうとした時だった。

「美弦」

対面の恭平が腰を浮かせると、手を伸ばして美弦の唇を親指で拭ったのだ。そのまま唇を開いてわずかに舌を覗かせ、ちゅっと自らの親指を唇に含んだ。

一瞬にして胸が跳ねる。

「ドレッシング。唇についてた」

何気ない仕草だけれど、確かに夜を思わせる指先だった。

「今の、わざと？」

「何が？」

その反応を見る限り、単に唇の汚れを取ろうとしただけのようだ。なんともまぎらわしい。

「……無自覚って、たちが悪い」

思わずこぼれた言葉に、恭平はなぜか心外そうに眉を寄せる。そして――

「――君にだけは言われたくない」

と、美弦には聞こえないほどの小さな声で呟いたのだった。

◇

翌週の土曜日、午後五時。

身支度を終えた美弦は、自室の姿見の前で最後の確認をする。

総レース仕上げのパーティードレスは、夏らしい爽《さわ》やかなミントグリーン。

ウエストリボンは高めの胸下で、そこから膝下まで自然に広がる裾《すそ》は上品ながら可愛らしい。主催者への敬意を込めて、耳元と胸元は白石ジュエリーのダイヤモンドピアスとネックレスで飾った。

髪の毛はサイドを編み込みにしてすっきりと一つにまとめ、パールのヘアアクセサリーを。メイクは華やかなドレスと合うように、普段よりもしっかり施《ほどこ》した。

(——うん。これで大丈夫……よね)

今宵の衣装は全て恭平が用意してくれたものだ。

昨夜これを渡された時、美弦は「こんな高価なものはもらえない!」と動揺した。

華やかな衣装も眩《まばゆ》いばかりに煌《きら》めくジュエリーも、自分ではとても買えないものだと一目でわかったからだ。しかし「これは必要経費だ」と笑顔で言われては、それ以上断るのは失礼というものだ。

(なら私は、これに見合うように振る舞わないと)

恭平の妻として参加するのだ。衣装に「着られている」ように見えてはいけない。

きっと見立てがいいのだろう。こうして実際に着てみると、我ながらよく似合っていると思う。しかし恭平の目にはどう映るだろう。美弦は少しだけ緊張しながら夫のいるリビングに向かった。

「恭平さん、お待たせ」

「美弦」

先に準備を終えた恭平は、ライトグレーのスーツに爽《さわ》やかなブルーのストライプシャツを着ている。普段は下ろしている前髪をオールバックにした彼は、大人の色気に満ちていた。

見慣れているはずなのに、夫のカッコよさについ目を奪われる。

けれどそれは美弦だけではなかった。

恭平は美弦を見て軽く目を見張ったかと思うと、ふわりと笑った。

「最高に綺麗だ。今日の君は会場の誰よりも輝いて見えるだろうね」

パーティーにはモデルや女優などの芸能関係者も来ると聞いている。恭平の見立てで普段よりずっと華やかな装《よそお》いをしているが、一番綺麗なんてことはありえないだろう。

それでも彼が褒《ほ》めてくれるのは素直に嬉しい。

「いつも言っているけど褒《ほ》めすぎよ。でも……ありがとう」

熱っぽい視線にドキドキしながら小さな声でお礼を言う。

「今日は、あなたの隣にいてもおかしくないように頑張るわ。猫を被るかもしれないけど、笑わないでね」

彼の賛辞に頬が赤くならない分、少しは成長したと思う。

こんな風にストレートに褒《ほ》められると恥ずかしくはあるけれど、歯の浮くような台詞《せりふ》にはさすがに慣れてきた。するると思っていた反応と違うのか、恭平はなぜか唇の端を上げる。悪戯《いたずら》っぽいその表情に美弦が目を瞬《またた》かせた、その時。

「相手が誰であろうと取り繕《つくろ》う必要はないよ」

恭平は美弦の耳元に顔を寄せて囁《ささや》いた。

「美弦はそのままで十分すぎるくらい素敵なんだから」

まさかこのタイミングでそうくるとは思わなくて、咄嗟《とっさ》に言葉が出てこない。

一方の恭平はしてやったりとばかりに、にっこり微笑んだのだった。


パーティー開始時刻は午後六時。

二人を乗せたハイヤーが、その三十分前に到着するように会場である白石ジュエリー六本木店に向かった。

なんでも恭平の結婚にかなり驚いた白石に、「パーティーが始まってからではゆっくり話ができないから早めに来い」と言われたらしい。

(どんな人なんだろう)

白石ジュエリー新店舗のオーナーで、次期社長の白石竜也。

年齢は恭平と同じ三十二歳。親友なら、彼と同じように品のある紳士的な人だろうか。

「どうかしたのか?」

間もなく到着しようという時、不意に隣に座る恭平が声をかけてくる。

眉間に皺《しわ》が寄っていると指摘されて、慌てて表情を緩める。けれど、緊張でどうしても体の力が抜けない。

「少し、緊張してきたかも」

本音をこぼすと、恭平は「大丈夫だよ」と頬を緩める。

「今日の目的は白石に会うことだ。無理して他の招待客と話す必要はない。白石との挨《あい》拶《さつ》が終われば、美味《おい》しい食事を食べて適当なところで帰ればいい」

気に入ったジュエリーがあれば買ってもいいし、と恭平は軽口を叩くが、美弦はとてもじゃないが笑えない。

「……白石さんと会うことに、緊張してるの」

「それこそ問題ない。そもそも気を遣わなきゃいけないような男じゃないよ」

「え？」

「まあ、会えばわかる」

会場に到着したのか、ハイヤーが停車して運転手が外からドアを開けてくれる。先に降りた恭平は、おどけるように美弦に手を差し伸べた。

「お手をどうぞ、奥さん」

余裕たっぷりのその態度に少しだけ悔しい気持ちになるが、おかげで先ほどまでの緊張が少しだけ解けている。美弦は呼吸を整えて恭平の手を取った。

「御影様。ようこそお越しくださいました」

パーティー会場である六本木店のエントランスでは、ピシリとスーツを纏《まと》った店員が二人を出迎えた。

六本木店は四階建ての建物で、一階から三階が売り場となっており、四階には二つ星イタリアンレストランが入っているという。

今日のメイン会場は四階のレストランだが、レセプションパーティーということもあり、売り場を自由に見ていいらしい。もちろん購入することも可能だそうだ。

店員に続いて恭平と一緒に入店した美弦は、すぐにその華やかさに圧倒された。

フロア一面に深い赤色の絨毯《じゅうたん》が敷かれ、中央には円型の、壁際には四角いショーケースが置かれている。天井《てんじょう》には目にも華やかなシャンデリアが煌《きら》めいていた。

大理石調の壁の一部が四角くくり抜かれ、ガラスが嵌め込まれている。その中には、眩《まばゆ》いばかりの輝きを放つジュエリーが堂々と飾られていた。

後で聞いたところによると、一階は婚約指輪や結婚指輪がメインのフロアで、二階にはさらに幅広い種類のジュエリーを置いているらしい。

より希少で高価な商品は店頭に並べるのではなく、三階の貴賓室で個別に紹介するのだとか。

一階を通り抜けた美弦たちは、エレベーターで四階に向かう。

到着したそこは、老舗《しにせ》宝飾店と同じ建物にあるのにふさわしいレストランだった。

天井《てんじょう》のシャンデリアがくっきりと映るほど磨き上げられた木目の床に、等間隔に置かれた丸テーブル。壁紙もダークカラーでまとめられていて、とてもシックでラグジュアリーな空間だ。

　立食式のパーティーなのか、壁側にはこれから料理が置かれるテーブルが別に設置されている。

　そんな中、こちらに背を向けて何やらウェイターと話し込んでいる男性がいた。

「こちらでお待ちくださいませ」

　ここまで案内してくれた店員がその男性のもとに向かい、何やら耳打ちをする。

　男性はハッと振り返ると、こちらを見てぱあっと顔を明るくした。

「恭平！」

　高級感溢《あふ》れる店内には似つかわしくない大声がフロア中に響き渡る。

　男性は足早にこちらにやってくると、恭平に向かって笑いかける。恭平も苦笑しつつ笑顔を返した。

「何か打ち合わせしてたんじゃないのか？」

「ああ、ちょうど料理の最終チェックをしていたところだ。終わったから問題ない。それよりも本当に久しぶりだな、元気にしてたか？」

「ああ。竜也は――見るからに元気そうで安心した。相変わらずな格好だな。昔より派手になってないか？」

「言ってろ、似合うからいいんだよ」

そう言ってにっと悪戯《いたずら》っぽく唇の端を上げるその人は、「品のある紳士的な人」を想像していた美弦の中の人物像とはだいぶ違っていた。

白石竜也、三十二歳。

茶色の長髪を緩く一つに結んだ彼は、深いワインレッドのスーツに花柄の黒いシャツを着ていた。胸元にはサングラスをさし、両耳にピアスが二つずつと、首から金の細いネックレスを下げている。

美弦は行ったことがないけれど、ホストクラブにいてもおかしくない風貌だ。恭平とはかなりタイプの違う、どこか野性味のある白石に見入っていると、不意に目が合った。

「はじめまして、妻の美弦です」

パーティーに招待してくれたことへのお礼と新店舗オープンのお祝いを伝え、持参した花束を手渡す。

すると白石はふっと表情を和《やわ》らげた。

「はじめまして」

先ほどまで悪戯《いたずら》っぽく唇の端を上げていた顔に、紳士的な笑みが浮かぶ。

「素敵な花束をありがとうございます。彼の友人の白石竜也です。美弦さんのことは恭平から聞いていています。今日はお会いできてよかった」

白石は右手を差し出した。やんちゃそうな見た目とは裏腹の心のこもった言葉に「こちらこそ」と微笑み返して握手を交わすと、なぜか恭平が割って入る。

「竜也。俺の時と随分態度が違うな」

これに白石は「何を言ってるのか」と言わんばかりに肩をすくめ、再び口調をがらりと変えた。

「当たり前だろ。女性には優しく、野郎には厳しくが俺のモットーだ」

「内容には同意するけど言い方が下品。――いつまで手を握ってるつもりだ、いい加減に離せ」

面白くなさそうな声に白石はすぐに手を離し、にやにやと恭平を見た。

「嫉妬深い男はモテないぞ」

「独身男の僻《ひが》みにしか聞こえない」

「バーカ、モテすぎて選べないだけだっての」

「ふん、それこそ『言ってろ』だ」

目の前でテンポよく飛び交う会話につい噴き出す。すると二人同時にはっとしたように美弦に視線を向け、揃ってばつの悪そうな顔をした。

「あー……ちょっと待ってろ」

白石がウェイターに何か言うと、すぐにシャンパンの注《つ》がれたフルートグラスが恭《うやうや》しく運ばれてくる。

「パーティーの前なのにいいのか?」

「もちろん。なんのために早く来てもらったと思ってる。忙しくなる前に色々聞かせてもらわないとな」

なんだそれ、怖いな、と苦笑する恭平の前で白石は朗《ほが》らかに笑った。

「それじゃあ、まずは乾杯といくか」

「何に乾杯する?」

恭平の問いに、白石は「決まってるだろ」と二人を見つめてニコッと笑う。

「――二人の結婚と俺の新店舗オープンを祝って、乾杯!」


その後、パーティー開始までのひと時はとても楽しいものとなった。

ラグジュアリーな空間が素晴らしいのはもちろんだが、終始笑顔が絶えない時間を過ごせたのは白石の存在が大きい。

(白石さんって、すごく華のある人)

恭平との会話でも薄々気づいていたが、彼は本当に陽気な男だった。よく通る声、白い歯を見せた笑顔、清々《すがすが》しいほどに明るく巧みな話術。それにとても堂々としている。

初めこそ少し粗野に聞こえた口調も、美弦に対する丁寧な応対を知った後では気の置けない友人相手だからこそだとわかる。

シャンパンを飲む様子もとても綺麗で品が良く、育ちの良さが窺い知れた。

紳士然とした恭平とはまた違った魅力を持つ男だ。

白石は当然のように二人の馴《な》れ初《そ》めを知りたがり、恭平も自分の親に言った内容と同じことを伝える。

『実は以前から美弦に片想いしていた恭平が、美弦の婚約破棄を知り猛アプローチした』というあの話だ。

この作り話を親友にする間、恭平は美弦から視線を離さなかった。

まるで、本当に美弦が欲しくてたまらなかったと言わんばかりの強い視線に戸惑っていると、話を聞き終えた白石に「いちゃつくなら二人きりの時にしろ」と呆れたように苦笑される。

「――ってことは、恭平にとっては念願叶って結婚できたってことか」

「そういうことになるな。まさか、まだ疑ってたのか？」

「仕方ないだろ。久しぶりに連絡してきたと思ったら『結婚した』だぞ？　おまけに相手とは付き合ってまだ一ヶ月で、子供ができたわけでもない。勘繰《かんぐ》るなという方が無理だ」

どうやら白石は、親友が出会ったばかりの女に騙されているのではないかと心配していたらしい。しかし実際に美弦に会って、その心配は杞憂《きゆう》だったと彼は言った。

「もう二十年以上の付き合いになるけど、こんな恭平の顔は初めて見た」

首を傾げる美弦に、白石は茶目っけたっぷりにウインクして、笑顔で言った。

「美弦さんのことが好きでたまらないって顔だよ」

まさかそんなことを言われるとは思わなかった。ぽかんとする美弦とは対照的に、恭平は微塵《みじん》も動揺することなく「その通りだからな」と言い放つ。

その姿は確かに新妻を愛する夫そのものだ。

「でもまあ、気持ちはわからないでもない。美弦さんみたいな美人なら俺でも口説く」

「……おい」

恭平は眉間に皺《しわ》を寄せるが、白石はそれを無視して美弦を見つめる。

「美弦さん、いかがですか？　あなたさえよければ恭平から俺に乗り換えてみるというのは」

大切にしますよ、と甘く艶《つや》っぽい声で誘われる。

もちろん冗談だとわかっているが、恭平は違ったらしい。

「ふざけるな。お前は言っていいことと悪いことの区別もつかないのか」

彼を取り巻く空気が変わる。不快感を露《あら》わに睨《にら》みつける恭平に美弦は目を見張るが、竜也は少しも動じることなく「冗談だ」と肩をすくめる。

「当たり前だ。不愉快だから二度と言うな」

「おお怖い。お前、二十年来の親友と出会って一年足らずの妻と、どっちが大切なんだ？」

まるで「仕事と私のどっちが大切なの？」という質問に、恭平は間髪《かんはつ》を容《い》れず「美弦に決まってる」と答えた。

「薄情な奴だな」

「竜也も結婚したらわかるよ」

そのやりとりが終わる頃には、恭平を取り巻く空気はすっかり元通りになっていた。

けれど、美弦は違った。気づかれないように深呼吸をして鼓動を鎮《しず》めようとするけれど、ひとたび速まった心臓の鼓動はなかなか戻ってくれなかった。

どちらが大切か、という問いに迷わず「美弦だ」と答えた恭平。

軽口の一環だともちろんわかっている。しかし、まさかあんなにはっきり答えるとは思わなかったのだ。

今の恭平を見て、美弦を形式上の妻と思う人は誰もいないだろう。幼い頃から知る親友をも信じさせるなんて、本当に演技派な夫だとしみじみ思う。

（でも、二人ともすごく楽しそう）

恭平も白石も、口ではなんだかんだと言っていても、数年ぶりに会えたのが嬉しいのだろう。二人の会話は話題が尽きることがなかった。そうするうちにパーティーの開始時刻が近づいてきて、親友同士の会話はいったん終了となる。

「――じゃあな。ゆっくり楽しんでいってくれ。料理も酒もかなりこだわったからおすすめだぞ。もちろんメインはうちの商品だ。気に入るものがあれば遠慮なく買ってくれて構わない。また話せたら話そう」

とても招待客に対する言葉遣いではなかったが、これは恭平限定らしい。次いで美弦に視線を向けた白石は、にこりと人好きのする笑みを浮かべる。

「美弦さんも、今日は来てくださってありがとう。あなたにお会いできてよかった。どうぞゆっくりしていってくださいね」

それでは、と白石は微笑むと二人に背を向け、他の招待客の方へ向かう。その背中を見送りながらほっと息をつく美弦を、「お疲れ様」と恭平が労《ねぎら》った。

「うるさい男だから相手をして疲れたんじゃないか？」

「ううん、むしろ楽しかったわ。白石さん、すごく華やかな人ね。恭平さんが『気を遣わなきゃいけない相手じゃない』って言っていた意味がわかるわ」

美弦にそうさせないよう、白石は美弦への心配りを忘れなかった。

二十年以上の付き合いということもあり、会話の内容は自然と思い出話が多かった。けれど二人とも何かと美弦に話を振ってくれるので、疎外感はなかった。それに会話に参加するよりも、白石との会話を楽しむ恭平を見ている方が楽しかったくらいだ。

「それに、普段と違う恭平さんが見られて楽しかったし」

「俺が普段と違う？」

自覚がないのか、恭平は不思議そうに目を瞬《またた》かせる。その仕草がとてもあどけなく思えて、美弦はたまらず噴き出した。

「白石さんの前だと、かなり口調が砕けるでしょ？」

それが新鮮だと思って、と伝えると、恭平は「そういうことか」と苦笑した。

「竜也の言葉じゃないけど、君を紹介できてよかった。独身男に自慢の妻を見せつけられたしね」

口ではそう軽口を叩きながらも、その表情は実に楽しそうだった。

そんな顔が見られただけでも今日来た甲斐《かい》があったというものだ。

「竜也との挨拶《あいさつ》も済んだし、あとは料理を食べて適当にパーティーを楽しもう」

美弦は笑顔で頷いた。二つ星レストランの料理が食べられると思うとそれだけで気分が上がる。定刻になり、主催者の白石が挨拶《あいさつ》をする頃には、会場は招待客でいっぱいになっていた。

百人近くはいるだろうか。

華やかに着飾った男女の中には、テレビで見たことのある俳優やモデルがいたり、動画配信サイトで百万人のフォロワーを誇る有名配信者もいる。

それ以外にも名前や顔は知らずとも上品な人たちばかりで、「場違いではないか」と一瞬、不安になりかけたが、美弦はすぐにそれを打ち消した。

俯《うつむ》きかけた顔をくっと上げ、恭平の隣でそっと微笑む。

(今の私は恭平さんの妻として来ているんだから、みっともない姿は見せられない)

そう気を引き締めた、その時。

ふと、白石と話をしている招待客が目に留まる。

「え……？」

その横顔を見た瞬間、美弦は言葉を失った。みるみる血の気が引いていくのが自分でもわかる。

ほどよく回っていたシャンパンの酔いは一気に醒め、心臓が嫌な音を立てて激しく鼓動し始めた。

恭平の甘い言葉にときめく時とはまるで違う。

すうっと全身が冷たくなるこの感覚を美弦は嫌というほど知っている。なぜなら五ヶ月前、信頼していた婚約者に裏切られた瞬間に身をもって体験したからだ。

そして今、美弦はあの時と同じ感覚を味わっていた。

——他ならぬ、鈴木浩介の存在によって。

白石と話しているのだから、彼も招待客の一人なのだろう。

でも、どうしてここに？

……いや、彼がどんな理由でこの場にいるかなんて、今はどうでもいい。突然の婚約破棄以来、初めて会った彼に対して、今の美弦が反射的に思ったのはただ一つ。

――今すぐこの場から離れたい。

ただ、それだけだった。

（まだ、向こうは私の存在に気づいていない）

美弦は咄嗟《とっさ》に浩介に背中を向ける。すると側から「美弦？」と不思議そうな声がした。

はっと恭平の方を見ると、彼は美弦の顔を見るなり眉を寄せた。

「……顔色が悪いな。少し休もう。辛いなら帰ってもいい」

自分ではわからないが、一目で指摘されるほど酷い顔色をしているらしい。

しかし白石も「できたらまた話そう」と言っていたから、帰るのはだめだ。

（浩介がいることは今話さなくてもいい）

美弦と浩介の間に後ろめたいことは何もない。

けれど白石と再会してご機嫌な恭平に、元婚約者のことを話して余計な心配をかけたくなかった。帰宅した時に「実は元婚約者がいた」と言えばいいだけだ。

「美弦？」

「あっ……ごめんなさい、慣れないパーティーに緊張して少し疲れただけ。でもお化粧も直したいし、ちょっとレストルームに行ってきてもいい？」

「もちろんそれは構わないけど……」

一緒に行こうか、という申し出を美弦は笑顔で断った。

心配そうな面持ちで送り出してくれた恭平に心の中で謝りながら、足早に会場を後にする。少しでも早く会場から離れたくて、あえて一階のレストルームに向かう。

そこで十分ほど休むと、少しだけ気持ちが落ち着いてくる。

先ほどは一秒でも早くあの場を離れたいとしか思えなかったが、少なくとも今は、どうやって浩介に気づかれないように帰るか考えられる程度には冷静になれた。

それでも心臓がキュッと痛むような感覚は消えない。

（恭平さんに悪いことしたな）

こんなに素敵なパーティーに誘ってくれたのに、嘘をついて逃げ出すなんて最低だと思う。しかしあの瞬間は、逃げる以外の選択肢がなかった。

もしもあのまま浩介に気づかれていたら……話しかけられたりしたら、とてもじゃないが冷静に対応できる自信がなかったのだ。

浩介に気づいた瞬間、美弦の心は真っ黒な感情で染まった。

裏切られた悲しみ、劣等感、惨《みじ》めさ、そして怒り。

それらは全て、忘れかけていた感情だった。

恭平と結婚してから今日までの生活はドキドキと新鮮さに満ち溢《あふ》れていて、浩介のことを思い出す時間は確実に減っていたからだ。

それでもふとした瞬間、蘇《よみがえ》って、後ろ向きな気持ちになることがある。

そんな時、美弦は思った。「もしも浩介と再会したら、自分がどうなってしまうのか」と。

それを想像するのが、とても怖かった。

だから、二度と会いたくないと思っていた。

最低な別れ方をしたせいもあるが、本当の理由は、彼に会った時、自分がどんな気持ちになるかわからなかったからだ。

怒りや苛立ちはもちろん感じるだろう。

もしかしたら、懐《なつ》かしさや寂しさも感じてしまうかもしれない。

それだけならまだいい。

本当に怖いのは、「まだ浩介への気持ちが残っていたら」ということ。

——もしも、自分でも気づかない感情が心の奥底に存在していたら？

——浩介の声を聞いて「まだ好きだ」と思ってしまったら？

想像するだけで恐ろしい。だって、浩介には桜子がいる。結婚する相手がいる。

美弦とよりを戻すことはありえないし、美弦だってそんなことは万に一つも望んでいない。けれど時に心は、自分の思うようにいかないことがある。

美弦がどんなに否定しても、認めたくなくても、もしまだ心が「浩介を好き」と思っていたら――彼と再会した瞬間、婚約破棄を告げられたあの時と同じ気分を味わうことになる。

惨《みじ》めで、情けなくて、存在価値のない女になってしまう。

恭平と出会い、せっかく前向きな気持ちになれたのに、今さらあの時の自分に戻るなんて絶対に嫌だった。何よりも、もしも「浩介が好き」なんて思ってしまったら、それは恭平に対するこれ以上ない裏切りだ。

だからこそ会いたくなかった。忘れたかった。

「なのに、どうして今さら現れたりするの……」

よりにもよって、こんな日に。

衆目の中で浩介を口汚く罵《ののし》ったりしたら、恭平に恥をかかせるだけではなく、パーティー自体を台無しにしかねなかった――

そう思って、はっとした。

「……浩介が話しかけてくるわけないじゃない」

別れ話の時でさえ貝のように黙り込み、浮気相手に説明させるような男だ。

美弦に気づいたところで、知らないふりをする可能性は大いにある。

(私ばかり気にして、空《から》回って、馬鹿みたい)

そんな自分がとても愚かしく思えた。同時に惨《みじ》めで虚しくなる。

ふと鏡を見る。そこに映る自分は酷い顔をしていた。

今にも泣きそうな顔は、華やかなドレスとはまるで釣り合っていない。

（こんな顔じゃ、とても会場には戻れない）

恭平には本当に申し訳ないが、「気分が悪い」と言って先に帰らせてもらおう。今日の目的である白石との挨拶《あいさつ》は済んだし、帰るなとは言われないはずだ。

美弦は四階のレストラン会場にいる恭平に電話をして、先に帰る旨を伝える。すると恭平は間髪《かんはつ》を容《い》れず『俺も帰るよ』と言った。

「でも、まだパーティーは途中でしょう？」

『だからって、体調が悪い美弦を一人で帰らせるなんてありえない。竜也に話をしたらすぐに行くから、そのままそこで待っていて』

――結局彼に迷惑をかけてしまった。

「……ごめんね」

沈んだ声で謝罪すると、『謝らなくていい』と返ってくる。スマホ越しにも伝わるその優しい声音――彼の温かさになんだか無性に泣きたくなった。

「美弦！」

それからすぐ恭平は迎えに来てくれた。

「……迷惑をかけてごめんなさい」

「謝るなって言ったろ？　竜也にも挨拶《あいさつ》できたし、今帰っても何も問題ないから大丈夫だよ。さあ、ハイヤーを呼んだからすぐに帰ろう」

行こう、と恭平は美弦の手を取る。けれど、美弦は歩き出そうとするその手をそっと引き留めた。

「……大丈夫か？」

戸惑ったように見下ろす瞳が心配そうに揺れている。その瞳に見つめられた瞬間、ぐっと堪《こら》えていた何かがぷつんと切れたような気がした。

――この人に甘えたい。

――触れたい。

そう、強く思った。

「恭平さん」

今は二人しかいないレストルームの前も、いつ他の人が来るかわからない。

そんな場所では、ふさわしくないお願いだろう。

いつもの美弦であれば、絶対に口にはしないはずの言葉。けれど今は――今だからこそ、彼の熱を感じて安心したかった、だから。

「お願いがあるの」

秀麗な顔が見下ろしてくる。細められた優しい目に吸い込まれるように、美弦は言った。

「……ぎゅって、してもいい？」

恭平の顔が驚きに染まった。だが、それは一瞬にして輝くような笑顔に変わる。

「もちろん。おいで」

泣きたいくらいに優しいその眼差しにそっと身を寄せようとした、その時。

「──美弦？」

耳に馴染んだ声が、どこか夢見心地でいた美弦を現実へと引き戻した。

「やっぱり美弦だ……！　会場で君に似た人がいたから、まさかとは思ったけど……」

確認しなくてもわかる。この声は──

「浩介」

──最悪のタイミングだった。

パーティー会場にいるはずの浩介は、ピッタリと身を寄せ合う美弦と恭平を見るなり、金縛りにあったようにその場に立ち尽くす。

「鈴木浩介か」

ぞくりとするほど冷ややかな声が耳に降ってきた。

初めて聞く夫の声に驚きながらも頷くと、恭平は美弦の腰に手を回し、浩介から守るようにぐっと自らの方に引き寄せる。

するとなぜか浩介は傷ついたように顔を歪《ゆが》めた。

突然別れを告げられた時と同じだ。

酷いことをしたのは浩介なのに、彼の方が辛そうな顔をする理由がわからない。

「久しぶりだね。まさかこんなところで会えるとは思わなかった。その……うちの銀行も招待されていて、代表で僕が来たんだ」

目では恭平の存在を気にしながら、浩介は黙り込む美弦に話しかけるのをやめない。

「……君は、どうしてここに？」

どこか必死なその様子にも、美弦は無言を貫く。

美弦から答えが得られないことを悟ったのだろう。彼はきゅっと唇を引き結ぶと、「ごめん」と消え入りそうな声で呟いた。

「……あの時は、何も言わなくてごめん。そのことをずっと後悔していて……でも、今は違う。せっかくこうして会えたんだ。君に話したいことがある」

皮肉なものだ。別れる時は、美弦がどんなに促《うなが》してもじっと俯《うつむ》き、「ごめん」以外何も口にしなかった男が、今は自分から話しかけてくるなんて。

「美弦、僕は君のことが――」

「やめて」

じっと浩介の言葉に耳を傾けていたが、もう十分だ。

元婚約者が辛そうに眉を寄せる。けれど美弦の心はピクリとも動かない。

先ほどまであんなに不安だったのに、こうして実際に浩介と対峙した今、「まだ彼が好きだ」なんて気持ちは微塵《みじん》も浮かんでこなかった。

そんな自分がとても不思議だった。同時に心の底から安堵する。

美弦の中で、既に浩介は自分を傷つけるような対象ではなかったのだ。

そのことが今、ようやくわかった。

「美弦っ……！」

浩介はなんとか話を聞いてもらおうとするように美弦に手を伸ばす。しかしその手は、恭平によって阻《はば》まれた。

「妻に触らないでもらおうか」

恭平は浩介の腕をグッと掴み、底冷えするような声で忠告する。

「つ、ま……？」

唖然とする浩介の手を振り払い、恭平は美弦を背中に庇《かば》う。

「そうだ。彼女は俺の妻で、あなたとはもうなんの関係もない赤の他人だ」

「そんな、馬鹿な……」

「『馬鹿』はどっちだろうな」

言いながら恭平は守るように美弦を抱き寄せ、浩介に背中を向ける。

腰に回された手や寄せ合う肩から伝わる温もりほど心強いものはない。だからこそ美弦は甘えることを躊躇《ためら》わなかった。

浩介に見せつけるように恭平に身を寄せ、こてんと彼の肩に頭を乗せる。すると、つむじにちゅっとキスを落とされる。普段の美弦なら「人前だから」と言って戸惑っていただろう。しかし今はこうして触れてくれるのが素直に嬉しかった。

「っ、美弦……！」

歩き始めた二人に向かって、浩介は悲痛な声でかつての婚約者の名前を呼ぶ。

その声に一瞬、五ヶ月前のことがフラッシュバックした。

『腑《ふぬ》抜け男と略奪女。あなたたち、とってもお似合いよ。どうぞお幸せに』

あの日、最大限の虚勢を張って立ち去る美弦の名を、浩介は今のような悲痛な声で呼んだ。

あの時は、一秒でも早く浩介と桜子の前から消えたくてたまらなかった。

涙を見られたくなくて、傷ついていることを知られたくなかった。

でも今は違う。

泣きたいとは思わない。引き裂かれるように胸が痛んだりもしない。

（恭平さん）

彼がいるから。

私は、一人じゃない——そう、強く思うことができた。

「――誰かをこんなに殴りたいと思ったのは初めてだ」

ハイヤーに乗り込むなり恭平は吐き捨てる。彼は美弦の手を強く握ったまま顔を歪《ゆが》めた。

彼が苛立っているのは明らかだった。眉根を寄せるその横顔からは怒りがピリピリと空気を通して伝わってくる。

「今さら話があるなんて、虫がいいにもほどがある」

耳が腐るかと思った、と激しい感情を露《あら》わにする。

初めて目《ま》の当たりにする夫の怒気に圧倒されていると、不意に繋いだ手に力が込められる。恭平は怒りを滲《にじ》ませたまま、険しい表情で美弦を見据えた。

「……気分が悪くなったのも、先に帰ろうとしたのも鈴木浩介がいたからだろう？」

この状況でごまかせるはずもなく小さく頷くと、恭平は眉根を寄せた。

「どうして俺に言わなかった？　あの男に気づいた時に話してくれれば、あんなふうに鉢合わせることもなかった。すぐに帰ることだってできたのに。それとも本当は、俺に隠れてあの男と二人きりになりたかった？」

だとしたら無理矢理連れ帰って悪いことをしたな、と皮肉そうに顔を歪《ゆが》める。

その言葉に美弦は耳を疑った。そしてすぐに、「違う！」と否定する。

「二人きりになりたいなんて、そんなこと思ってない！　むしろ会いたくなかった、会うのが怖かったのに」

「だったらなおさら、どうして俺に言わなかった」

「それは……せっかくのパーティーに水を差して、恭平さんに迷惑をかけたらいけないと思――」

「迷惑なんて思うわけないだろう。俺の体面よりも、美弦の心の方がずっと大事なのに！　どうしてそうずれてるんだ、君は！」

車内の空気が震えるほどの大声に反射的に身をすくませる。すると恭平は、はっと我に返ったように目を見開くと、顔を苦々しく歪《ゆが》めた。

苛立ちを隠しきれないようにくしゃりと前髪を掴む姿に、たまらず「ごめんなさい」と謝罪すると、ゆっくりと首を横に振られる。

「謝ってほしいわけじゃない。今のはただ八つ当たりだ。君が俺に助けを求めなかったことが面白くなくて……俺はそんなに頼りない存在なのかと思ったら悔しくて」

――大声を出してごめん。

そう謝罪する姿に目が覚めるような気がした。

頼りにならないなんて、そんなことない。むしろその逆なのに。

とにかくただ浩介から離れたかった、そして恭平に迷惑をかけたくなかっただけだ。

しかし、そんな自分の行動が、恭平の目にはそう映っていたなんて思いもしなかった。

「……そんな風に思わせてごめんなさい。でも本当に違うの。恭平さんが頼りにならないなんてことは絶対にない。むしろさっき、あなたが来てくれて心強かった」

本当よ、と繋がれた右手の上にそっと左手を乗せて、きゅっと大きな手のひらを包み込む。

「恭平さんがいたから取り乱さずに済んだけど、もし一人だったらとても怖かったと思う」

「……どうして君が怖がる必要があるんだ？」

嫌いだから、憎いから会いたくないと思うのはわかる。しかし、怖がる理由がわからないと恭平は言った。

一瞬、美弦は答えに詰まる。けれど『自分の体面よりも美弦の心が大事』とまで言ってくれた彼に、嘘はつきたくない。

だから美弦は素直に答えた。

「あの人にもう一度会って、自分がどんな気持ちになるかわからなかったの。――もし、まだ彼を好きな気持ちが残っていたらどうしようって、そう思うと怖くて、冷静になれなかった」

「……それで、実際にどう思った。美弦はまだ、あの男のことが好きなのか？」

秀麗な表情が歪《ゆが》む。眉根を寄せて唇を震わせるその姿は傷ついているように見えた。

でも、そんな顔をしなくていい。だって、自分はもう――

「好きじゃなかった」

夫の瞳をまっすぐ見つめる。

「あんなに怖がっていたのが馬鹿みたいに感じるほど、何も思わなかったの」

意味がわからないというように眉を寄せる恭平に、美弦は言葉を選びながら自分の中の気持ちの変化を語る。

パーティー会場で浩介を見かけた時、確かに美弦は怖かった。

けれどいざ浩介と対峙したら、好意はおろか懐《なつ》かしささえ感じなかった。むしろ、今さら「謝りたい」「話したい」という彼の厚かましさに呆れた。

「今日あの人と会ってわかったの。怖がる必要なんて何もなかったんだって」

婚約破棄をされた時はあんなに傷ついたのに、再会した今、微塵《みじん》も心は揺らがなかった。

「それは全部、恭平さんのおかげよ」

「俺の？」

目を瞬《またた》かせる恭平に美弦はしっかり頷いた。

もしも恭平と出会わなければ、美弦は今も浩介の存在を引きずっていたかもしれない。

しかしあの日、居酒屋『善』で恭平と出会って美弦の人生は大きく変わった。

「結婚してから、私があの人のことを思い出すことなんてほとんどなかった。それはいつだって恭平さんが側にいて、私を笑顔にしてくれたから」

言いながら自分の言葉が熱を帯びていくのがわかる。

これではまるで愛の告白をしているようだ。

突然こんなこと言われても恭平は困るかもしれない。

それでも、一度伝えようと決めた言葉は止まらなかった。

「恭平さんと一緒にいると、私は笑顔でいられる。前向きな気持ちになれる」

あの日、美弦は恭平の存在に救われた。

恋人の裏切りに傷つき、絶望の淵《ふち》に沈んだ美弦を引っ張り上げてくれたのは、恭平だった。

「今ならわかる」

そうだ。美弦にとって、恭平とは。

「――あなたと出会えたことは、私にとって奇跡みたいに幸せなことなんだって」

次の瞬間、恭平の表情が変わった。

秀麗な顔に喜びが広がり、笑顔に変わる。その笑顔に見惚れていると、不意に強く抱き寄せられた。痛いくらいの抱擁《ほうよう》だった。

「君って人は……」

逞《たくま》しい胸板に頭を抱え込まれた美弦の耳に、激しく脈打つ恭平の鼓動が聞こえてくる。

「恭平さん?」

「『ギュッてして』って言っただろ?」

でも、と恭平は声を潜《ひそ》めて言った。

「全然、足りない」

耳元にかかる吐息にぞくりとした。

「帰ったら君を抱く。朝までずっとだ。嫌と言っても離してやらない。――君の夫は、俺だ」

激しい炎を宿した声音に、美弦の中の女が激しく疼《うず》いた。


玄関のドアが閉まった直後、それは訪れた。

「んっ……!」

恭平は美弦の体をドアに押し付けるなり唇を塞ぐ。

言葉はなかった。会話する時間さえもどかしいと言わんばかりの性急さに、美弦は両手を彼の首に回すことで必死に応《こた》えた。

美弦の唇を割って入り込んだ温かな舌が美弦の舌を絡め取り、きつく吸い上げる。唾液をも呑み込むほどの勢いは、美弦の口から溢《あふ》れた吐息も呑み込んだ。

結婚して約二ヶ月、美弦と恭平は幾度となく体を重ねてきた。

意識を飛ばすほど激しく抱かれたこともある。けれどそれはいずれもベッドの上で、こんな風に靴を脱ぐ時間も待てないほど性急に求められたのは初めてだ。

体を重ねる時、恭平の印象はがらりと変わると、これまでも思った。

普段は物腰の穏やかな紳士なのに、美弦を抱く時の彼はこれ以上なく「雄」になるのだ。けれど今の彼は、過去のどの姿とも違った。

まるで理性を失った獣のように激しく求める姿に、美弦もまたただの「雌」になる。

――欲しいのだ。どうしようもなく、この人のことが。

呼吸もままならないほどのキスが角度を変えて何度も交わされる。

互いに交換する唾液すら甘く感じるのは、きっと酔っているからだ。

(お酒にじゃない)

恭平という存在に、彼に与えられる熱に、柔らかくも激しく食《は》む唇に、美弦は陶酔《とうすい》する。それはおそらく恭平も同じだろう。呼吸を乱しながら口付けをする彼の姿はあまりに妖艶《ようえん》だ。

淫《みだ》らなキスを交わしたまま、恭平は両手を美弦の背中に回してファスナーを一気に引き下げた。はらりとドレスが床に落ち、一瞬で下着姿になる。

素肌に空気が触れて肌がぞわりと粟立《あわだ》つ。しかしそれは、すぐに別の感覚に変わった。

恭平の右手が脚の付け根につぷんと触れたのだ。

「ああっ……！」

下着越しに秘部に触れられた瞬間、背筋を走り抜けた快感に、一瞬にして達しそうになる。レース地のショーツは既に下着の役割を果たしていなかった。

触れなくてもわかる。

嵐のようなキスによって、そこは既にびしょびしょに濡れていた。

「すごいな、手首まで濡れそうだ」

キスを止めた恭平がふっと笑う。けれど今の美弦にとっては、耳元に降る艶《つや》やかな声でさえ甘い刺激になる。

「だっ、て……気持ちいいんだものっ……！」

厚い胸板に額を押し付けると、恭平は布越しに触れていた指先をするりと中に入り込ませた。

「あっ……！」

そして太ももの間から滴《したた》り落ちるほど濡れそぼったそこを、指で攻め始める。

親指で陰核をコリコリと押し潰しながら、長く形のいい指先で何度も恭平を迎え入れた膣内をバラバラと攻め立てる。

……信じられなかった。

彼と出会うまでは性に対してあまり興味がなかったのに、今はこうして靴も脱がずに玄関先で秘部を攻められている。

普段の美弦なら「せめてベッドで」と止めていただろう。けれど今はそんなことは微《み》塵《じん》も思わなかった。

――欲しいのだ。

この熱が、指が、欲しくて欲しくてたまらない。

（もっと）

指だけじゃ足りない。もっと奥まで、恭平のもので深く貫いてほしい。

心の中に灯ったその欲求が届いたのかはわからない。けれど恭平は自分の腕の中でよがる美弦をいっそう攻め立てるように指使いを激しくする、そして。

「っ、恭平さっ……いっちゃ……！」

救いを求めるように見上げると、恭平はふっと唇の端を上げ――

「――いけ、美弦」

「っ……ああ！」

怖いほどに甘く妖艶《ようえん》な命令に、美弦は一瞬で達した。

その瞬間、体から力が抜けて恭平の胸に倒れかかる。その弾みで弄《もてあそ》ばれた秘部から愛液が溢《あふ》れ、とろりと太ももから足首へ伝っていった。

「美弦」

頭上から降る声にゆっくりと顔を上げると、情欲を宿した瞳に見下ろされる。

その視線の強さに思わず息を呑む美弦の前で、彼は自らの親指と人差し指を擦り合わせる。

美弦の愛液によって濡れたそれは指が動くたびに糸を引く。次の瞬間、恭平はまるで美弦に見せつけるように、自らの指先を舌で舐《な》め上げた。

「っ……やだ、そんなこと、汗をかいたし汚いから……！」

汗をかいたから、と美弦が止めても恭平は見せつけるように指を舐《な》める。

「汚くなんてない。すごく甘い」

そんなことありえないのに、恭平の唇の間からちらりと覗く赤い舌はあまりに淫靡《いんび》で言葉が続かない。すると恭平は、自分を見つめる美弦の額に触れるだけのキスを落とし、その体を横抱きにして歩き出す。

そうして連れて行かれた先は、バスルームだ。

「恭平さん……？」

「汗をかいたなら流せばいい」

言うなり恭平はバスルームの扉を開けた。

「待って、下着……！」

止めたけれど、遅かった。

恭平は美弦を横抱きにしたままバスルームの中に入ると、シャワーの蛇口を捻《ひね》った。

温かなお湯が頭上から降り注《そそ》ぎ肌を濡らす。そんな中、恭平は横抱きにしていた美弦の体を下ろすと背中を壁に押し付けた。そして唇を塞いで舌を絡ませながら、びしょびしょに濡れた美弦の下着を脱がせにかかる。

ブラジャーのフロントホックを外してショーツを剥《は》ぎ取ると、自らも裸になり、今一度キスをする。

「あっ、んっ……！」

絶え間なく口付けの雨を降らせながら、恭平は美弦の双丘を揉みしだく。

真綿に触れるような優しい攻めではない。痛みを感じるほどの荒々しい手つきからは、余裕が微塵《みじん》も感じられなかった。

けれど、嫌ではなかった。

繰り返されるキスと、乳房への愛撫《あいぶ》に身を任せるように美弦は腰を揺らす。

子宮の奥がずくんと疼《うず》いて、背筋を駆け抜ける甘い痺《しび》れが治まらない。

（もっと……）

胸とキスだけじゃ足りない。

美弦は片手でそっと恭平の下半身に触れる。

直後、恭平は愛撫《あいぶ》を止めた。美弦は目を見張る夫を涙目で見上げながら、硬くそそり勃つ塊《かたまり》を片手でなぞった。

「っ……！」

何かを堪《こら》えるように恭平が唇を噛む。

その反応さえも今の美弦にとっては刺激となった。

「クソっ……ゴム、取ってくる」

出て行こうとするその腕を美弦は引き止める。

「そのままで、いいから……」

片手で彼の塊《かたまり》に触れ、もう片方の手で自らの秘部に触れる。

お湯と愛液とでびちゃびちゃになったそこを指で掻き乱して、大きく開く。そして目を見張っている恭平に涙声で懇願した。

「ここが、寂しいの、だから――っ！」

――あなたをちょうだい。

その言葉を最後まで聞く前に、恭平は己の猛《たけ》りを突き刺した。

「ああっ――！」

耐え難いほどの快楽が脳天を駆け抜ける。指で軽く解《ほぐ》されたとはいえ、こんなにも性急に突き立てられたのは初めてで、目の前に火花が散ったようだった。

「――責任は、取る」

悦楽《えつらく》に浸《ひた》る美弦の名を呼びながら、恭平は妻の背中を強く壁に押し付け、両膝を抱えて猛《たけ》る肉棒をより深くまで突き立てる。

柔らかなベッドの感触とはまるで違う、完全に体が浮いた状態の美弦は、真下から連続して訪れる激しい衝撃にただひたすらに喘《あえ》いだ。

「あっ、んっ、あぁっ……！」

苦しいほどに体の中心を圧迫される。

避妊具を纏《まと》わない赤黒い亀頭が膣を思うままに上下する。

結合部が擦れるたびにぐちゃぐちゃといやらしい音が、シャワーの音、そして猫のような嬌声《きょうせい》と混ざり合い、バスルーム内に響き渡る。

――食べられているようだ。

唇はキスで封じられて、蜜を滴《したた》らせる秘部には恭平の塊《かたまり》が植え込まれている。

美弦を突き刺して激しく上下する塊《かたまり》が、硬さを失う気配は微塵《みじん》もない。

恭平は我を失ったように激しく腰を打ち付け、美弦もまた本能のままに体を揺らす。

（なんて目で、私を見るの……）

情欲に身を任せながらも、恭平の視線は美弦だけに注《そそ》がれている。

その瞳ははっきりと美弦を欲していた。まるで妻以外は視界に入らないとでもいうように、美弦だけを映して己の欲望を突き立てる。

「美弦っ……！」

その時、恭平は最奥《さいおう》まで突き刺していた塊《かたまり》を一気に引き抜いた。

突然体の中が空《から》っぽになったような感覚に喪失感を覚える間もなく、彼は美弦の体を反転させて、耳元で「壁に手をついて」と甘やかな声で命じる。

それに従い壁に手をつくと、美弦は恭平に腰を突き出した。

直後、恭平は両手を美弦の尻に添え、後ろから一気に屹立《きつりつ》を押し込んだ。

「それ、だめっ、くるしっ……！」

下から攻められるのとはまた違う。後ろから突き立てられた熱に美弦は反射的に尻をきゅっと締めるが、それは恭平を喜ばせるだけだった。

彼は形のいい美弦の臀部《でんぶ》を鷲掴《わしづか》みにして、一心不乱に腰を打ち付ける。

バックから攻められている美弦には、彼が今どんな表情をしているのかわからない。けれど背後から聞こえる荒々しい吐息が艶《なまめ》かしくて、音でも攻められているような気分になる。

「っん……！」

その時、尻に添えられていた手が動く。

「そんな、触られちゃっ……！」

彼の手が、今まさに抽送《ちゅうそう》を繰り返している秘部の膨らみを——ぷっくりと屹立《きつりつ》した陰核をこねくり回し始めたのだ。

人差し指と親指でつままれて、弾《はじ》かれる。

荒波のように押し寄せる快楽に、美弦は壁に両手を突き出し、ただ喘《あえ》ぐしかない。

痛いくらいの律動に合わせて膣が収縮すると、背後から呻《うめ》く声がする。

「きつっ……！」

そう言いながらも恭平は攻めるのをやめない。右手で秘部を弄《もてあそ》びながら、左手でプルンプルンと揺れる胸を鷲掴《わしづか》みにし、ぷくりと屹立《きつりつ》した乳首の先端を弄《もてあそ》ぶ。

（全部いじられたらっ……！）

――おかしくなる。

自分が自分でなくなりそうな、圧倒的な快楽。

「ああっ……！」

三点を同時に攻められ、最奥《さいおう》を貫かれた瞬間、美弦は達した。

直後、ずるりと引き抜かれた塊《かたまり》の先端から熱がほとばしり、美弦の背中にびゅっびゅっと吐き出される。

その場にゆるゆると座り込んだ美弦の目の前で、自らの愛液と恭平の精液がお湯と共に排水溝に流れて消えていった。

その後、恭平は美弦の世話を甲斐甲斐《かいがい》しく焼いた。

あまりに激しい情事に、美弦はすっかり足腰が立たなくなってしまったからだ。

互いの愛液と精液でぐちゃぐちゃになった体を、手のひらにボディーソープをつけて洗う。けれど達した直後で敏感になっている美弦の肌には、それさえも刺激となる。なのに恭平は「綺麗にしないと」と隅々まで洗おうとするからたまらない。

胸の頂《いただき》はもちろん、秘部まで長い指先で丁寧に洗われて……しかもその手つきは間違いなくいやらしくて、そこでもまた美弦は簡単に達してしまったのだ。

そして今、美弦はバスタブの中で恭平に抱き抱えられている。

この家のバスタブは、大人が二人一緒に入っても余裕があるほど広い。

それもあり、美弦は脚を伸ばして思う存分体の疲れを癒《いや》そうとした。

逞《たくま》しい胸板に背中を預けていると、恭平の心臓の音が素肌を通して伝わってくる。

心地よいリズムを刻む鼓動は不思議と安心するけれど、恭平が呼吸するたびに耳元に吐息がかかり、治まったはずの甘い疼《うず》きが再び顔を覗かせそうになる。

「……もうお風呂ではしないわ」

それをごまかす意味半分、本気半分でこぼすと、恭平は「ごめん」と苦笑した。

「嫌だった?」

「そんなことはないけど……ただ、いつもと違ったから」

恭平との情事が甘く激しいのはいつものこと。

けれど先ほどの彼は様子が違った。言葉を交わす時間も惜しむほどの性急さは、普段とは人が変わったように余裕がなく見えたのだ。

そう指摘すると、恭平は否定することなく「その通りだよ」と肯定した。

「俺と出会えたことが一番の幸せだなんて、あんな風に熱烈に口説かれて我慢できるはずがない」

――口説いたつもりはない。

そう思ったけれど、言葉にはしなかった。熱に浮かされたようなあの時の感覚は、確かに告白しているようだと自分でも思ったから。

「あとは、ただ嫉妬した」

「嫉妬？」

「鈴木浩介と会うのが怖かったと聞いて、もしも美弦がまだ彼のことを好きだったら……そう想像したら耐えられなかった。もちろん、美弦がもう彼のことをなんとも思っていないのはわかってる。それでも、どんなに酷い別れ方をしたといっても、美弦と彼の間には四年間過ごした過去がある。それは俺がどうあがいても勝てないものだ」

どうしたって過去は変えられない。

それをわかっていても、自分よりも多くの時間を過ごした浩介へ嫉妬せずにはいられなかったのだと恭平は語る。

「美弦と結婚したのは俺だ。俺が君の夫なんだ。もしも君が望んでも、他の男になんて絶対に触れさせない。……そう思ったら、気持ちを抑えきれなかったんだ」

そして理性を失い、感情のままに美弦を抱いた——

（そんなことを考えていたなんて……）

意外な言葉に振り返ろうとするが、恭平は「見ないでくれ」と美弦を強く抱きしめ、その肩に顔を埋《うず》めてしまう。

「……きっと今の俺はすごく情けない顔をしているから、見られたくない」

そのまま恭平は首筋にかかった美弦の髪を横に流すと、首の部分にちゅっと吸い付いて、その近くにいくつも花を咲かせていく。

まるで、美弦は自分のものだとでも言うように。

そんなところに印《しるし》をつけられたら出社する時の髪型に困る。そう思っているのに、なぜか「やめて」とは言えなかった。

嬉しかったのだ。まるで自分のことのように怒ってくれたことが、こんなにも強く求められていることが、信じられないくらい嬉しくてたまらなかった。

同時に吐露《とろ》された感情を聞きながら、自分の中の感情を自覚する。

（……好き）

恭平の一挙一動に心が揺れるのは、自分だけではない。彼のようにカッコよくて優しい相手ならば、誰だってそうなると思っていた。

実際に、出会って間もない頃はそうだったと思う。

けれど今の美弦は違う。他の誰でもない。御影恭平という一人の男性を好いている。

「んっ……恭平さん」

名前を呼ぶと、首筋に埋《うず》められていた顔が離れていく。美弦は気だるい体をゆっくり反転させると、恭平と向き合った。そして両手を彼の首筋に回してじっと見つめる。

ひとたび気持ちを自覚すると愛おしさが一気に溢《あふ》れた。

「美弦――っ……！」

何かを言おうとする口を塞ぐ。そのまま目を見張る恭平の唇に舌を割り込ませ、その舌を絡め取った。

「んっ……ふぁ……」

恭平が戸惑ったのは一瞬だった。彼はすぐに美弦の求めに応じる。

左手を美弦の後頭部に添えて何度も角度を変えて深い口付けをしながら、右手を美弦の腰に添えてぐっと自らの方に引き寄せた。

バスタブのお湯が波を打つ。お湯の中で、キスによって一気に硬さを取り戻した昂《たかぶ》りが美弦のお腹に押し当てられた。

（恭平さんの、当たってる……）

酔いそうだ、と思った。酒にではない。唇の柔らかさに、腹部に感じる欲望の塊《かたまり》に、酩酊《めいてい》する。

「いいのか？」

自覚したばかりの気持ちはまだうまく言葉にできそうにない。でもどうしても伝えたいことがある。だから美弦は言葉のかわりにキスを返した。


その後、恭平は再びバスルームで美弦を抱いた。

けれどそれだけでは終わらない。

彼は、ぐったりとした美弦を横抱きにして寝室に移動してからも彼女を求めた。

何度も、何度も、何度も――

体を重ねている時に会話はほとんどなく、寝室には二人の吐息とベッドの揺れる音だけが響いた。

互いに本能をぶつけ合うその姿は、さながら獣のようであったかもしれない。

途中、美弦は幾度となく意識を飛ばした。けれど恭平の攻めは止まらなかった。

ありとあらゆる体位で行われる情事についていくのがやっとで、激しく揺さぶられながら美弦にできたのは、強すぎる快楽に身を任せることだけ。

それでも美弦は恭平を拒《こば》まなかった。

――体だけじゃない。

――心も欲しい。

そう、強く思ったから。

◇

「ん……」

意識がゆっくりと浮上する。

そっと瞼《まぶた》を開けると、カーテンの隙間から差し込む光をやけに眩《まぶ》しく感じた。

（そうだ、あのまま寝ちゃって）

バスルームから寝室に移動して、最初の数回は覚えているものの、その後の記憶は曖《あい》昧《まい》だ。いつ眠ったかも覚えていないけれど、明け方まで求め合っていたのは間違いない。

恭平が着替えさせてくれたのだろう。今の美弦はバスローブを着ている。

気だるい体をごろんと転がして、ベッドサイドの時計を見ると、時刻は既にお昼を回っていた。

（恭平さんは……もう起きてるのね）

キングサイズのベッドの上には美弦だけ。

眠っている間にベッドメイクを済ませたのか、真っ白でぴんとしたシーツに昨夜の情事の名残《なごり》はなかった。同様に、愛液と汗と精液塗《まみ》れだったはずの美弦の体にもべたつき一つない。

脚の付け根の不快感も消えていて、眠っている間に体の隅々まで綺麗にしてもらったのだと思うと羞恥心《しゅうちしん》が込み上げてきて、なんだか居たたまれなくなる。

昨夜はもっと恥ずかしい、ありとあらゆる体位でしたような気がするが、それはそれ、これはこれだ。

(体が全然動かない)

そろそろ起きようと思うのに、横に転がるのが精一杯で腰に全く力が入らない。

体が石になったみたいに重いのだ。筋肉痛の経験はあるけれどこんなに自由が効かないのは初めてで、昨日の行為の激しさを改めて実感する。

「おはよう、美弦」

その時、寝室のドアが開き、両手でトレイを持った恭平が入ってくる。

バスローブ姿の美弦と違い、恭平は半袖《そで》のTシャツと黒のズボンを身にまとっていた。

彼はベッドサイドにトレイを置くと、美弦の背中に手を差し入れて体を起こすのを手伝ってくれる。

「体の調子はどう？」

「あちこち痛くて、まだ動けそうにないわ」

そうだろうな、と恭平は苦笑する。

「昨日は随分と無理をさせたから。ごめん」

「……ううん、それはいいの」

私も気持ちよかったから、とはさすがに言えない。

情事の最中は彼を求めることに躊躇《ためら》いも羞恥《しゅうち》もなかったのに、明るい日中にこうして向かい合うと途端に恥ずかしくなる。

(なんだか……恭平さんがいつもと違って見える)

恭平への気持ちをはっきりと自覚したからだろうか。

見慣れたはずの夫の顔がやけに輝いて見える。整った顔立ちなのは言うまでもないが、形のいい唇や自分を見つめる瞳が今まで以上に甘く見えるのだ。

「美弦？」

「っ……なんでもないわ、あっ、食事を作ってくれたの？」

視線をトレイに向けると、白い器に盛られたトマトリゾットとオニオンスープ、ペットボトルのミネラルウォーターが目に入る。

見るからに美味《おい》しそうなそれに、美弦は途端に空腹を自覚した。

「ブランチにしようと思って、できるだけ胃に優しいものを作ってみた。食べられそうか？」

頷こうとして、気づいた。腕に力が入らない。

「後でいただくから、置いておいてもらってもいい？」

せっかくこんなに美味《おい》しそうな食事があるのに……と残念に思いながらも後で食べると伝える。すると恭平はなんの問題もないというように小さく笑うと、ベッドサイドの椅子に座った。

「俺がやるよ」

そしてまずは喉が渇いただろうから水かな、とペットボトルの蓋《ふた》を開けて美弦の口元にそっと差し出してくる。恥ずかしいけれど喉はこれ以上なく渇いていたし、何より今はペットボトル一つ持てないほど体がくたくただ。

こくん、と飲むと体中に水分が染みわたる気がした。

「ありがとう」

「どういたしまして。はい、次はこれをどうぞ」

次いで恭平はスプーンにリゾットを掬《すく》って差し出してくる。

「それはさすがに恥ずかしいかも……」

病人でもないのに食べさせてもらうのは、と美弦は躊躇《ためら》ったが恭平は引かない。それどころか美弦の世話を焼くのが嬉しいのか、いつも以上にニコニコしている。

何よりも目の前のリゾットがいい匂いすぎて、空腹の状態で断るのは無理だった。

「動けない原因は俺なんだから遠慮なく甘えて。ほら、あーん」

「……いただきます」

羞恥心《しゅうちしん》と空腹感。勝敗はすぐに決した。

ぱくん、と食べたトマトリゾットは空《から》っぽの胃には最高に美味《おい》しく感じた。

恭平はその後も、雛鳥《ひなどり》に餌《えさ》を与える親鳥さながらに朝食を食べさせてくれる。

美弦も恥ずかしかったのは初めだけで、途中からは料理の味にすっかり夢中になっていた。食後には冷たいアイスティーも持ってきてくれる。

起きてすぐにベッドの上で美味《おい》しいブランチをいただくなんて、最高に贅沢《ぜいたく》な目覚めだ。

「俺は仕事があるから書斎にいるよ。美弦はのんびりしていて」

「ありがとう、そうさせてもらうね」

恭平の言葉に甘えて、美弦はその後しばらくベッドの上でのんびりと過ごした。

お腹が満たされたこともあり、ふかふかのベッドにいると途端に睡魔に襲われる。

（少しだけ……）

まどろみに任せて瞼《まぶた》を閉じる。そうして次に目覚めた時、時刻は午後三時を過ぎていた。

少しだけのつもりが三時間以上眠ってしまったらしい。けれど、思う存分二度寝をしたおかげか、少なくとも一人でベッドから起き上がれる程度には、体力は回復していた。

美弦は気だるい体でリビングに向かう。

まだ書斎で仕事をしているのか、そこに夫の姿はない。

結婚するまで自分はかなり仕事に時間を割《さ》いていると思っていたが、恭平はその上を行く。平日は深夜に帰宅することも珍しくはないし、こうして休日に仕事をすることもあるほどだ。

(本当に働き者よね)

それにとても体力がある。

一晩中体を重ねていたのに、片方は歩くのがやっとで、もう片方はシーツを洗い、相手を清め、食事を作って仕事までしている。それも疲れた顔一つ見せずに、だ。

そうはいっても、少しは休まないといつか体を壊してしまう。

休憩も兼ねてお茶でも入れようと美弦はキッチンに立って、リラックス効果のあるアールグレイを用意する。お菓子は先週百貨店で購入したバターサンドがいい。

(朝はコーヒー派の恭平さんだけど、紅茶も好きなのよね)

特に好きな茶葉はアールグレイとダージリン。

アッサムをミルクティーにするのも気に入っているらしい。

彼は甘いお菓子も大好きで、会社帰りにお菓子をお土産《みやげ》に買ってきてくれることもある。最初の頃は高価なプレゼント同様「記念日でもないのに」と戸惑ったが、恭平は「夫なら妻へのお土産《みやげ》は当然だよ」と笑顔で引かなかった。

その時だけじゃない。

美弦を褒《ほ》める時も、料理をする時も、触れる時も、彼は「夫なんだから当たり前だよ」と口癖のように言う。そのたびに美弦は思うのだ。

（「当然」なんかじゃない）

してもらって当たり前と思うには、彼が与えてくれるものは多すぎる。

対する自分は彼のために何かできているのだろうか。

改めて自問自答すると、今の美弦は彼に与えられるばかりで何もお返しができていない。

嫌だ、と素直に思った。

夫婦として対等とは思えないからとか、不公平だからとか、そんな理由ではない。ただ彼に喜んでほしい、笑顔が見たい。だって自分は彼のことが――

「好き、だから……」

「何が？」

「へっ⁉」

ハッと手元に向けていた視線を上げると、キッチンカウンター越しに恭平がじっとこちらを見ている。いつからそこにいたのか、考えに耽《ふけ》っていてまるで気づかなかった。

「えっと……紅茶！」

「紅茶？」

「そう。紅茶が好きだから淹れようと思って。美味《おい》しいバターサンドもあるの。せっかくだし少し休憩にしない？」

苦しすぎる言い訳だが嘘ではない。先にソファに座るように促《うなが》すと、恭平もそれ以上追及しようとはしなかった。

「熱いから気をつけてね」

「ありがとう」

リビングのソファに隣り合って座る。のんびりとしたティータイムを楽しんでいると、会話は自然と互いの休暇の話になった。

「そろそろまとまった休みを取りたいな。欲を言えば一週間。来月は八月だし、海外のビーチとかで、仕事のことは何も考えずに美弦とのんびり過ごしたい」

「素敵ね」

確かに新婚旅行と称して松本に一泊二日の旅行はしたけれど、それ以降は一度もしていない。海の綺麗な場所で日常のことは忘れて二人で過ごせたら……想像しただけで楽しくなる。けれど現実はなかなか厳しい。

「今は仕事の案件が重なってるし、仮に来月休暇が取れたとしても二日が限度かも。それに恭平さんも八月は忙しいって言ってなかった？」

「まあ、そうなんだよな。八月早々にニューヨーク出張が入ってるから」

「そういえば、そんなこと言ってたわね」

「……二週間近く美弦に会えないとか、今から耐えられる気がしない」

恭平は美弦の肩に手を回して引き寄せると、髪の毛にちゅっとキスをする。

その甘えるような仕草にきゅんとする。明け方までの荒々しい雄の姿とは真逆の姿に「ギャップ萌え」という言葉が脳裏をよぎった。

「離れたくないいな」

ため息まじりの声に「大袈裟《おおげさ》ね」と苦笑すると、恭平は「そんなことない」と真面目な声で否定する。

「こんなに離れるのは結婚してから初めてだろ？　今の俺にとっては帰宅すれば美弦がいるのが当たり前なんだ。だから、君がいない毎日が想像つかない」

言われて、気づく。

入籍してから今日まで数え切れないほど触れ合った。しかし美弦が結婚したことを最も実感するのは、キスやセックスの時ではない。

仕事で疲れて帰宅した時、恭平が「おかえり」と言ってくれる。

朝起きた時、「おはよう」と言ってくれる。

『自分の側に彼がいる』

そんな何気ない日々のふとした瞬間に「ああ、結婚したのだ」と思うのだ。

（いつの間にか、恭平さんがいるのが当たり前になってたんだ）

そう思うと、『離れたくない』という恭平の気持ちが手に取るようにわかる気がした。

とはいえ、それをストレートに伝えるのは少し気恥ずかしくて、代わりに彼の腕にそっと自らの手を絡めて、こてんと肩にもたれかかった。

「美弦？」

「……帰ってくるのを待ってるから。あまり無理しないでね」

「ありがとう」

今一度、美弦の髪にキスをした恭平は、「来年の夏こそ二人でバカンスに行こう」と言ってくれる。彼への恋心を自覚したばかりの美弦には、その何気ない言葉がとても嬉しい。

来年も一緒にいられると思うと、それだけで心が弾む。

――と同時に、ハッとした。

婚姻届に記入した時のことを思い出したのだ。

（八月って……）

「恭平さんの誕生日！」

パッと上半身を起こして隣を見ると、当の本人は「そういえばそうか」と目を瞬《またた》かせる。興味のなさそうな様子から、美弦が指摘するまで忘れていたことが窺える。しかし美弦の方はそうはいかない。誕生日を忘れていたのはまずいが、「彼のために何かしたい」と思う今の美弦には大きなチャンスだ。

「恭平さん、何か欲しいものはある？」

今一番プレゼントしたいのは休暇だが、残念ながら美弦には難しい。しかしそれ以外で、自分にできることならなんでも言ってほしかった。

「その気持ちだけで嬉しいよ。美弦が『おめでとう』と言ってくれたら、それだけで十分だ」

「またそういうことを言って……」

「本気だからね」

だから気を遣わないでいいよ、と恭平は微笑むと、美弦の額にキスを落として再び仕事に戻っていく。しかし美弦としては「わかった」とはいかなかった。

言葉だけでいいというのも恭平の本心だろう。それに彼ならば欲しいものがあれば自分で買える。わざわざ美弦に頼むまでもない。

でも、そうではないのだ。

今日まで彼に色々なものを与えてもらっている分、少しでもお返しがしたい。好きだからこそ喜んでほしいのだ。

(何がいいんだろう)

先月には夏季賞与が支給されたし、ある程度のものは買えると思う。

というのも、今回の支給額は美弦の想像を遥《はる》かに超えていたのだ。

御影ホテルの場合、賞与算定期間は支給前の半年間が対象となる。

美弦は今回、その期間は浩介からのプロポーズと婚約破棄が見事に重なった。

結果、プロポーズ後は嬉しさから、婚約破棄後は悔しさと悲しさから、がむしゃらに仕事に打ち込んだのだ。

その結果が過去最高額の賞与というのはなんとも皮肉なものだが、お金に罪はない。それで誕生日のプレゼントができるなら、これ以上の使い道はないような気がする。自分にしかできないことで、何か恭平を喜ばせられるものはないだろうか――

そう思って、ハッとした。

(見つけた、かも)

結婚して今日までで、恭平が唯一欲しがった物があったのを思い出したのだ。

――結婚指輪。

入籍した頃は必要がないと断ってしまったけれど、今は違う。

恭平を好きだからこそ、自分も彼の妻としての証《あかし》が欲しいし、身につけてもらいたい。

一度は断ったものを今さらあげて喜んでくれるかどうか、わからない。

しかしこれは妻である自分にしか用意できないものだ。

だから――

（指輪を渡して、告白する）

夫婦の間で今さら告白なんて必要ないのかもしれない。それをせずとも、恭平は美弦を大切にしてくれるだろう。

彼は自分にはもったいないほど素敵な人だ。

夫として妻に甘い言葉を囁《ささや》き、彼だけの熱を与えてくれる。

それだけでも十分すぎるくらいに幸せなことだ。

この上、彼の心まで欲しいなんて過ぎた望みなのかもしれない。けれど今の美弦は外見だけではなく、自分の内面も含めて彼に好きになってほしいと思ってしまった。

（欲張りだってわかってる、でも）

恭平を好きだからこそ、彼にも好きになってほしい。

結婚の始まりは不純だったかもしれない。

美弦と恭平は互いのメリットのために結ばれた夫婦だ。

何度も口付けを交わし、体を重ねたけれど、そこに夫婦としての愛はない。あるのは親愛、あるいは男と女としての性愛だった。

けれど今の美弦は一人の女として、妻として、彼に愛してほしい。

恭平だからこそ好きになってほしい。

そう願ってしまうのだ。

（なら、まずは自分から動かなきゃ）

自分の気持ちも伝えずに「好きになってほしい」なんて虫のいい話はない。

「言わなくてもわかる」と気持ちを伝えなかった結果がどうなるか、浩介との別れで嫌というほど思い知った。ならば美弦はまず恭平に伝えなければならない。

――あなたが好きです、と。

4

恭平の誕生日に結婚指輪を渡して告白する。

そう決めた美弦は早速行動に移った。

告白するタイミング、場所、指輪のデザイン等々、決めなければならないことはたくさんあるが、まずは結婚指輪だ。

一般的に、結婚指輪は購入してその場で持ち帰るものではない。指のサイズに合わせて調整したり、宝石を追加したり、刻印したり……こだわり始めると、下手《へた》したら数ヶ月かかる場合もある。

結婚指輪は日常的に身につけるものだ。せっかくなら恭平に似合うもので、彼の気に入るものをプレゼントしたい。

そんな思いもあり、指輪は白石ジュエリーで用意することにした。

白石ジュエリーなら質の良さは間違いない。それに美弦自身も好みのデザインが多いし、親友のブランドであれば恭平も喜んでくれると思ったのだ。

そう決めた美弦は、早速白石に連絡を取った。もちろん恭平には秘密で、だ。

美弦はまず、挨拶《あいさつ》もせずにパーティーから帰ったことを謝罪した。

次いで「恭平に内緒で結婚指輪を用意して、誕生日に渡したい」と伝えると、電話越しでもわかるくらい明るい声で「素敵ですね」と言ってくれた。

『恭平の誕生日に間に合わせるなら、あまり時間がないですね。結婚指輪のデザインだけでもかなりあるし、サイズ確認や刻印をどうするか、決めることはたくさんある。仕事終わりにでも寄ってくれれば相談に乗りますよ』

「ありがとうございます。今日お邪魔しても構いませんか？」

『もちろん。お待ちしています』

そんなやりとりの後、美弦は早速仕事終わりに六本木店を訪れた。

白石の助言をもらいながら、幸いにも「これだ」と思うデザインを見つけ、その日のうちに指輪を決めることができた。

これが、七月中のこと。

恭平の誕生日に間に合わせたいと思うと、準備に費やせる時間は一ヶ月。

刻印もお願いしたために時間としてはぎりぎりだったが、そこは白石が「オーナー権限で間に合わせますよ」と力を貸してくれた。

そうして指輪に仕事にと忙《せわ》しない日々を過ごしていると、時間はあっという間に過ぎていった。

そして、八月に入って最初の月曜日の早朝。

「――行きたくない」

玄関で靴を履き終えた恭平は名残《なごり》惜しそうに立ち上がると、見送りのために一緒に起きたパジャマ姿の妻をぎゅっと抱きしめる。

「やっぱり美弦も一緒に行こう。今から休暇を取って、出張兼旅行にしてしまえばいい」

「無理言わないの。大丈夫、二週間なんてあっという間よ」

珍しく往生際の悪い夫の姿がなんだかおかしくて、クスッと笑いながら広い背中に両手を回して抱擁《ほうよう》を返す。すると恭平は妻を抱きしめる両手にぎゅっと力を込めた。

「君にとってはあっという間かもしれないけど、俺にとっては違うんだ」

わがままを言う子供のような夫が、なんだかとても可愛らしく思える。

(恭平さんを「可愛い」なんて思う時がくるなんて)

これも彼への好意をはっきり自覚したからだろうか。

出かける時のハグは二人にとって日常なのに、こんな何気ない触れ合いがたまらなく幸せに思えるのだ。

「恭平さん」

抱擁《ほうよう》を解いた美弦は、夫を見上げてそっと微笑む。

「帰ってきたら一緒に誕生日をお祝いしましょう？　帰国日はちょうど恭平さんの誕生日だもの。プレゼントを用意して待ってるから」

プレゼント、の響きに恭平は驚いたように目を丸くした。

「気にしなくていいと言ったのに……」

「いいの。私の気持ちだから」

「ちなみに何を用意してくれたの？」

「それは帰ってきてからのお楽しみ」

だから気をつけて行ってきてね、と美弦は両手を夫の肩に置く。

そして背伸びをしてその頬にちゅっとキスをした。


二週間なんてあっという間。

美弦は出張を渋る夫をそう言って送り出した。

あの時の気持ちに嘘はない。

独身の頃は本気で「一日が四十八時間あればいいのに」と思うほど毎日が忙《せわ》しなかったし、二週間どころか一ヶ月があっという間に感じられるほどだった。

だから、いつも通り過ごしていればすぐに帰国する日がやってくる……そう思っていたのに、実際はまるで違った。

夜。広いベッドで、一人で眠る時。

朝。リビングルームで、一人で朝食を取る時。

いつもそこにいた恭平の姿がないことに、はっとする。

初めは数日もあればその違和感もなくなると思った。けれど日一日と過ぎるにつれて違和感はどんどん増していき、美弦はその理由を認めずにはいられなかった。

『寂しい』

しかしあんなにもあっさり送り出した手前、たった数日で寂しくなった、なんてとても言えない。それにこの間、音信不通だったわけではないのだ。

十三時間の時差があるから電話はまだできていないけれど、『おはよう』『おやすみ』のメッセージは欠かさず送ってくれる。

恭平は十分すぎるくらい美弦のことを考えてくれているのだ。

それにもかかわらず「足りない」と思ってしまう。

メッセージをくれれば声が聞きたい、会いたいと思う。

——触れたい。

——触れられたい。

——キスしたい。

そんなことばかり考えてしまうのだ。

わがままだと思うし、自分勝手だとも思う。

それでもひとたび「会いたい」と自覚すると、その気持ちはどんどん膨らんでいき、美弦はすっかり恭平不足に陥《おちい》っていたのだった。

◇

「一条」

出社前、会社の最寄駅の改札を出てすぐに声をかけられた。振り返ると、田原が「よっ」

と軽く手を上げる。

「おはようございます、田原さん」

「おー、おはよう」

会社までの徒歩五分ほどの距離を並んで歩く。その途中、田原は「そうだ」と何かを思い出したような顔をする。

「今日、昼飯行かないか？　この間、美味《うま》い豚カツ屋を見つけたんだ」

豚カツ。その響きに一瞬ぐらりと心が揺れる。けれど美弦は、「すみません」と断った。

「あれ、豚カツ好きだったよな？　他の女性社員ならともかく、一条なら昼から揚げ物も余裕だろ」

確かに昼からと言わず朝から揚げ物でも余裕だが、食い意地が張っているような言い方はやめてほしい。

「豚カツは大好きですけど、今日は遠慮しておきます。お弁当を作ったので」

ほら、と弁当箱が入った小ぶりの手提げ袋を見せると、田原は目を瞬《またた》かせる。

「弁当？」

「はい」

「一条が作ったの？」

「他に誰がいるんですか」

「……彼氏とか？」

「あいにく彼氏はいません」

（夫はいるけど）

ついでに過去に一度、恭平に「弁当を作ろうか」と言われたこともあるが、もちろんそんなことは口にしない。一方の田原はといえば、手提げ袋と美弦を交互に見て「信じらんねえ」と目を丸くする。

「何かあったのか？　お前が倹約家なのは知ってるけど、今まで弁当を持参したことなんてなかっただろ」

「ちょっとした心境の変化ですよ」

田原は不審がるが、嘘ではない。

（本当の理由は絶対に言えないけど）

寂しさをごまかすため、なんて。

日中はまだいい。仕事に打ち込んでいれば時間はあっという間に過ぎるからだ。しかし帰宅して一人でいると、どうしたって恭平のことを考えてしまう。

ならば、と取り組んだのが料理だ。

日頃、美弦は簡単な食事を作ることはあっても、恭平の腕には遠く及ばない。

今まではそれに甘えていたけれど、せっかく時間があるのだ。どうせなら恭平の誕生日に合わせて料理の腕を磨き、帰国した彼に手料理を振る舞おうと思った。

誕生日当日、素敵なレストランを予約することも考えたけれど、せっかく告白をするなら、二人の生活の中心である自宅でしたい。

二週間で料理の腕を劇的に向上させるのは難しいだろうが、当日に備えて練習すれば手際くらいはよくなるだろう。そんな考えもあり、ここ最近は夕食を作り、その余りものをお弁当にしている。

しかしそんなことを知らない田原は、違う推理をしたようだった。

「あ……もしかして、ついにマンションを買ったのか？」

なぜそうなる。弁当＝マンション購入に至る田原の思考回路がわからない。

「だから金銭的にカツカツになって節約してるんだろ？　大丈夫だ、男は一人じゃない。一生独身を決意するにはまだ早いって」

慰《なぐさ》めるような視線と言葉が痛い。そんな失礼な先輩社員を美弦は無表情で見返した。

「マンションも買ってなければ、そんな決意もしてません。田原さん、私だからいいようなものの、こんなこと他の女性社員に言ったらセクハラで訴えられますよ」

田原と親しい美弦ならただの軽口として流せるが、他はそうはいかない。

特に今はハラスメントに対して厳しい世の中だ。お世話になった先輩社員がセクハラで左遷なんて惨状を見るのはごめんだ。そう忠告すると、田原はなぜか大きくため息をつく。

「……こんなことお前にしか言わねえよ」

しかしその囁《ささや》きは小さすぎて、美弦の耳には届かなかった。

「今、なんて？」

「なんでもねーよ。……あ、そういえば」

「今度はなんですか？」

「迷惑そうな顔するなっての。お前の弁当事情についてじゃない。御影本部長についてだ」

「きょう――っ御影本部長がどうかしたんですか？」

つい、いつもの癖で名前を呼びかけて慌てて言い直す。幸いにも田原が気に留めた様子はなく、「実は」と前置きをして恭平に関する噂話を話し始めた。

「この間、御影本部長の奥さんらしい女性を見た社員がいるって、噂になってる」

ドクン、と胸が跳ねる。

初めに思ったのは「どこで見られたのだろう」ということ。

先月二人で外出した先といえば、レセプションパーティーの他では、週末にランチとディナーをそれぞれ一回したくらい。いずれも個室で特に人に見られているような感覚はなかった。

「御影本部長が結婚したのはもうみんな知ってることじゃないですか。何が噂になってるんですか?」

「かなりの修羅場だったらしいぞ」

「……修羅場?」

「ああ。赤坂の御影ホテルのラウンジで、泣いている女性と本部長が抱き合ってたって。女性があまりにも取り乱していたから、目撃した社員は『あんな修羅場初めて見た』って言ってるらしい」

(私じゃない)

結婚を公表していない美弦が、恭平と自社のホテルに行くことはありえない。

しかし、「先月末」と「ホテル」というのには覚えがある。確か、恭平は「赤坂のホテルで食事をしてくるから帰りは遅くなる」と言っていた日があった。

ならば社員が見かけたと言うのはその時のことだろう。

——恭平が自分以外の女性と抱き合っていた。

もしそれが事実だとしたら、正直かなり面白くない。

けれど、嫉妬はしても怒りはなかった。

それは多分、彼のことを信じているから。

自分という妻がいるのに彼が他の女性と関係を持つはずがない。

それに美弦と結婚する時、彼は約束した。

『俺は君を裏切らないし、嘘もつかない。夫として、これから時間をかけてそれを証明していくよ』

恭平は宣言通り、言葉で、体で、美弦を大切にしてくれた。求めてくれた。そんな夫の誠実さを美弦は信じている。だから彼が女性を抱きしめていたとしたら、何か事情があってのことだろう。

それに噂は時にひどく信憑性《しんぴょうせい》に欠けることを、美弦は自身の婚約破棄の時に嫌というほど実感した。

「女性と二人でいただけで噂になるなんて、御影本部長も大変ですね」

苦笑する美弦の姿は、田原が思い描いていた反応と違ったのだろう。

田原は意外そうな顔をしたが、エントランスに到着したところで恭平に関する会話は自然と終わった。自分のデスクについた美弦は、早速パソコンを起動してメールチェックをする。

恭平の噂については頭の片隅にちらついていたけれど、今日のタスクをこなしながら仕事に取り組むと、自然と思考は仕事モードに切り替わった。

それに気になるならば本人に聞けばいいだけだ。

（噂は噂だもの）

噂と恭平。その二つなら、美弦は迷わず恭平を選ぶ。

その日の昼。

午前中の仕事を終えて昼食を取ろうとしていた美弦のもとに、一本の内線が入る。

「はい、フランチャイズ事業部、一条です」

『受付の三澤《みさわ》です。今、こちらに一条さんにお会いしたいとお客様がいらっしゃっています』

「お客様？」

今から食事を取ろうと思っていたのだ。当然来客の予定はない。いったい誰だろう、と不思議に思う美弦に三澤は言った。

『A銀行の鈴木様とおっしゃる男性の方です』

一瞬にして頭の中が真っ白になる。

――浩介が今、会社に来ている？

どうして、なぜ。

『あの、一条さん？』

三澤が指示を待っているけれど、思いがけない男の突然の来訪にすぐには答えられない。

（嫌だ）

会いたくない。帰ってほしい。それがまぎれもない美弦の本心だ。

ここで「帰れ」と言うのは簡単だ。しかし、こんな風に突然会社を訪ねてくるような男が素直に従うだろうか。むしろ、会わないと言ったことで浩介が下手《へた》に騒いで、また社内で妙な噂が流れるなんて事態になるのは、まっぴらごめんだ。

『……お通ししてもよろしいですか？』

三澤の戸惑う声に、美弦は覚悟を決めた。

「今からそちらに向かいます」

レセプションパーティーで再会した日、婚約破棄を突きつけた時は沈黙を貫いていた浩介が、なぜか必死に話しかけてきた。

しかし美弦はそれを拒絶した。今さら話すことなど何もないからだ。

浩介に対してもうなんの感情も抱いていない今は、「会いたくない」気持ちはあの時よりさらに強い。

――でも、本当にこのままでいいのだろうか。

何を考えて会社まで押しかけてきたのかは知らないが、仮に今日追い返したとしても、目的を果たさない限りまたいつ会いにくるかわからない。

そのたびに美弦は「会いたくない」と嫌な思いをしなければならないのか。

裏切ったのは彼なのに、どうして自分が逃げないといけないのか。

このまま浩介から逃げ続けたら、今後も自分は彼の存在を気にして生きていくことになる。それでは同じことの繰り返しだ。

ふとした瞬間に思い出して、気にして、恭平に慰《なぐさ》めてもらう。

婚約破棄で失意の底にいる時も、意図せず再会して不安な時も、恭平が助けてくれた。

美弦の傷ついた心を、自尊心を守ってくれた。

(でも、私は何もしていない)

自分の脚で立ちもせずに恭平に寄りかかり、ただ甘やかされて日々を過ごす。

(そんなのは、嫌だ)

何よりも、美弦は恭平に気持ちを伝えると決めたのだ。

だから、浩介とのことは今日で終わりにする。

今度こそ過去の関係を精算するのだ。


「――ごめん」

打ち合わせ室に入るなり、浩介は深く頭を下げる。

「こんな風に急に訪ねてきて、迷惑なのはわかってる」

本当にごめん、と顔を上げて重ねて謝罪する姿は、とても約束もなく会社に押しかけてきた男には見えない。レセプションパーティーの夜と同じ、どこか必死な様子の浩介を美弦は冷ややかに見据える。

「非常識なことをしている自覚はあるのね」

どうしたって口調は冷たくなってしまう。

元恋人の冷ややかな物言いに浩介は悲しそうに眉を下げる。その表情にたまらず「やめてよ」と美弦は言った。

「被害者みたいな顔を、あなたがしないで」

「そんなつもりは――ごめん」

「……謝罪はもういいわ」

ついため息が漏れる。これでは堂々巡《めぐ》りだ。

「そもそも、浩介も仕事中じゃないの？」

スーツ姿なのを見る限り休日なわけではないだろう。聞くと、想像通り、昼休憩を使って訪ねて来たのだという。

「……どうしてこんなことをしたの」

「君にどうしても話したいことがあって……パーティーの日以降、何度電話をしても繋がらなかったから、こうして会社に来た」

婚約破棄したその日のうちに着信拒否したから、連絡がつかないのは当然だ。

迷惑な話だ。今日は会社にいたからよかったものの、出張や外出でいなかったら、会えるまで何度でも来ていたかもしれないなんて。

「私は何も話すことはないけど、そう言っても納得しないのよね？」

躊躇《ためら》いがちに頷く浩介に内心うんざりしながら、話を促《うなが》した。

「なら早く話して。昼休み以外の時間を割《さ》くつもりはないわ」

感情を感じさせない物言いに浩介は「わかった」と答えると、ぐっと拳《こぶし》を握り、何かを決意したように口を開く。

「――ずっと、君に謝りたかったんだ」

俯《うつむ》くことなくまっすぐ美弦を見据え、彼は言った。

「君という婚約者がいたのに他の女性を好きになって、傷つけて、裏切って……本当に申し訳なかったと思ってる。あの日、君が言ったことは全て正しい」

「私が言ったこと？」

「『腑抜《ふぬ》け男』って。本当にその通りだ」

自嘲《じちょう》する浩介を美弦は無言で見返す。彼はその視線から逃れるように俯《うつむ》くと、あの日、美弦がどれほど問い質《ただ》しても答えなかったことを口にした。

「君は美人で仕事もできて、いつでも自信たっぷりで、給料も僕より高い。僕はそんな君が自分の恋人なのが嬉しかった。誇らしくさえあった。でも……君と付き合ううちに、段々と違う感情も生まれていった。――嫉妬、したんだ」

「……嫉妬？」

　意外な言葉に目を見張ると、浩介は小さく頷く。

「君に比べて僕はごく普通の男でしかない。平凡で冴えなくて、収入だって君より低い。そんな僕を君は『優しい』と言ってくれたけど、逆に言えばそれしか取り柄がない。だからこそ……いつだってキラキラしている君と一緒にいると、自分がいっそうつまらない男に感じて仕方なかった」

　浩介の告白は続く。

「でも、君のことは大好きだった。……君は僕にはもったいないくらい素敵な女性だ。だからこそ、いつ別れを告げられてもおかしくないって、振られるのをいつも恐れてた。君が仕事で忙しくすればするほど、会えない日が続けば続くほど、怖くてたまらなくなったんだ」

「そんなことを考えていたの……？」

　仕事ばかりしていて寂しくさせているかも、と思ったことはある。けれど自分と一緒にいるのが辛かったなんて、考えたこともなかった。

「どうして、言ってくれなかったの」

「こんなこと、情けなくて言えるわけがない」

「それでも私は言ってほしかった。恋人ってそういうものでしょう？」

「わかるよ。でも……僕には無理だったんだ」

嫌われるのが怖かったから、と浩介は自嘲する。

婚約者になればその気持ちも消えるだろうと思ったが、今度は「婚約破棄されたらどうしよう」という不安に変わった。そんな時、断り切れずに参加した合コンで園田桜子に出会った。

「『一目惚れだ』って言われたんだ」

男としての自信を失っていた浩介は、初めは「自分に一目惚れなんてありえない」と信じなかったが、何度も言われるうちに桜子の本気を知った。

同時に男として求められることを「嬉しい」と思ってしまった。

それでも初めは「婚約者がいるから」と断っていたが、桜子はアプローチをやめなかった。何度断ってもめげないその姿につい絆《ほだ》され、「一晩だけでいい」と言う桜子の言葉を信じて、酔いに任せて体を重ねた――

「っ……」

別れたとはいえ、二人が体を重ねる姿が頭をよぎり、心臓がどくんと跳ねる。

けれど聞きたくない気持ちを無理矢理抑え込み、美弦は先を促《うなが》した。

「朝起きた時にはもう全てが遅かった。彼女の父親である頭取に話が伝わっていたんだ」

頭取は、すぐに美弦と別れて桜子と婚約することを浩介に求めたと言う。

「……実は、彼女には頭取が結婚を勧める男性がいたけど、どうしてもその人とは結婚したくなかったらしい。だから僕と既成事実を作ることで、頭取にその人との結婚を諦めさせたかったったんだって」

「何、それ……はめられたのと一緒じゃない」

「そうだね。でも僕が彼女を抱いたのは事実だ。それに、頭取は一人娘の桜子さんを溺愛している。『娘を傷物にした責任を取ってもらう』と言われて、僕は断ることができなかった」

何度も美弦に告白しようと思ったけれど、できなかった。

美弦に嫌われることを、何よりも恐れていたから。

そうして何も言えないまま時間だけが刻々と過ぎていく。

それに焦《じ》れたのが桜子だった。

一向に美弦と別れない浩介に苛立った彼女は、あの日、二人が会うことを知るなり強引に同席した。そうして、最悪な形で美弦に事実を知らせることになってしまった――

「経緯がどうあれ、僕が君を裏切ったのは事実だ。どう話しても言い訳にしかならないのはわかっていたから、あの時何も言えなかった。何よりも……君が傷つくのが怖かったんだ」

だから口を閉ざし、顔を逸らした。

――全てを聞き終えた時、すぐには声が出なかった。

考えがまとまらず、感情をうまく言葉にできない。

（……私にも悪いところはたくさんあったんだ）

あの日から美弦の中で、浩介こそが悪で、自分は被害者だと思っていた。

でも、必ずしもそうではなかったのかもしれない。

「……あなたの不安な気持ちに気づかなくてごめんなさい。確かに私は仕事ばかりしていて、気遣いが欠けていたわ。そんな状態なら、他の女性に気持ちが行ってしまうのも……仕方ないことなのかもしれない」

――それでも。

「だからといって、浮気をしていい理由にはならないわ」

美弦はきっぱり言い放つ。

「浩介は、私と別れてから桜子さんと関係を持つべきだった」

「……その通りだよ」

肩を落とす浩介に美弦は淡々と、けれどはっきりとした口調で続ける。

「それにあなたはさっき、私が傷つくのが怖かったと言ったけど、それは違う」

「え？」

「浩介は自分が傷つくのが怖かったのよ。だから桜子さんに全て言わせた。自分だけ安全な場所にいたのと同じよ。今さら私に謝罪しに来たのも、私のためじゃない。自分のためよ。あなたはただ、自分の中の罪悪感を減らしたいだけ」

「そんなつもりは！」

「なかったのだとしても、私にはそうとしか思えない」

もちろん美弦に対する申し訳なさもあるのだろう。けれど今になって「実はこんなことがあったのだ」と言われても、全てが遅すぎる。

「自分の罪悪感を消すために、私を利用しないで」

「っ……！」

唇をグッと噛んで拳《こぶし》を震わせる浩介が何を考えているか、美弦にはわからない。

「それでも……謝らせてほしい。裏切って、傷つけて……本当にごめん」

浩介は、その場に土下座しそうな勢いで深く腰を折る。

深く頭を下げるかつての恋人の姿は、美弦の目にひどく惨《みじ》めに映った。

「頭を上げて」

こんな姿を見たいと思ったわけではないのだ。

「……もう、いいから」

「じゃあ――」

顔を上げた浩介の顔が一瞬緩む。

それに美弦は「勘違いしないで」とぴしゃりと言った。

「謝罪は受け取るわ。でも、許すことはできない」

息を呑む浩介に美弦は続ける。

「話が終わりなら、もう会社に来たりしないで。私はもうあなたに会いたくないし、会う必要もない。だって私たちはもう終わっているんだもの」

「終わってる……」

「そうでしょう？　私はもう他の人と結婚したし、あなたも桜子さんと結婚する。私たちはもう他人なんだから」

「……他人、か。パーティーで一緒にいた人が『夫』と名乗った時はまさかと思ったけど、本当に結婚を……？　いったい、いつ？　だって、僕と別れてからまだ半年も経っていないのに」

「三月に知り合って、四月に結婚したの」

「たった一ヶ月で⁉」

驚く気持ちはわかる。自分でも急すぎた自覚はあるし、しばらくは結婚した実感も湧かなかった。

「一応、言っておくけど。浮気はしてないわ。全部、別れてからのことよ」

「もちろん、君がそんなことするとは思わないけど……でも、どうしてそんな急に？」

「あなたがそれを聞くの？」

皮肉を込めて返すと、浩介はハッとしたように「ごめん」と謝罪する。

「謝罪はもういいって言ったでしょ？　確かに結婚のきっかけは浩介に振られたからだけど、もういいの。結果的にこうして恭平さんと結婚できたんだから。だから浩介ももう私のことは忘れて」

浩介はぐっと拳《こぶし》を握る。

「……忘れられないよ。忘れられるはずがない」

本当に好きだったから、と消え入りそうな声で囁《ささや》く姿に息を呑む。

浩介と過ごした四年間が一気に思い出されて、切なさに胸が詰まる。

けれどそれは一瞬だった。

どんなに切なそうな声を聞いても、辛そうな顔をされても、浩介に対する想いはもう何一つ残っていない。心の中にいるのはただ一人、恭平だけなのだから。

「それでも忘れなきゃいけないの。浩介は桜子さんと結婚するんだから」

桜子のしたことは最低だと思う。

親の勧める相手と別れるために浩介を利用し、美弦の存在を知りながら浩介と関係を持った。けれど、彼女の浩介に対する気持ちは本物だ。

桜子と会ったのは一度きりだが、それは十分伝わってきた。

「……私には桜子さんのよさはわからないけど、きっかけはどうあれ、浩介も彼女のことが好きなんでしょう?」

躊躇《ため》らいながらも浩介は頷いた。

「幼くてわがままなところはあるけど、可愛いところもある人だよ。それに、僕なんかを想ってくれる彼女のことを大切にしたいって思ってる」

「ならなおのこと私のことなんて忘れなきゃ。これから先、もしどこかで偶然会っても気づかないふりをしてね。私もそうするわ」

話を終えた美弦は浩介を送るためにエレベーターに乗り込む。

中には誰もいなかった。だからだろう、浩介は「最後にこれだけ聞かせてほしい」と切り出した。

「君は今、幸せ?」

不意をついた問いに目を見張る。しかしその答えは考えるよりも先に出た。

「幸せよ」

あと数日で会える夫のことを思うと、それだけで自然と笑顔になる。

「恭平さんと一緒にいると、毎日が新鮮で楽しいの」

「……彼のことが大切なんだね」

「とても。今の私にとって誰よりも大切で信頼できる、かけがえのない人だから」

美弦は「浩介」と、唇を引き結ぶ元婚約者の名前を呼ぶ。

彼は泣きそうな顔で美弦を見た。

「今までありがとう。桜子さんと幸せにね」

今度は、呼び止める声はなかった。

◇

――指輪が完成した。

白石からそんな連絡が入ったのは、恭平の帰国を週末に控えた昼だった。

外出先で電話を受けた美弦の頬がつい綻《ほころ》ぶ。

「早速今日の仕事終わりに受け取りに行きますね」

『お待ちしています。素晴らしい出来になりましたよ。恭平もきっと喜ぶと思います』

「楽しみです」

――よかった。

必ず間に合わせると言った白石の言葉は本当だった。信じていなかったわけではないけれど、帰国日が差し迫っていることもあり、少しだけ心配していたのだ。

今日は残業せずに帰ろう。

そう心に決めた美弦は定時ぴったりで業務を終えて退社すると、まっすぐ白石ジュエリー六本木店に向かった。

来店するとピシリとスーツを纏《まと》った店員の男性が恭《うやうや》しく迎えてくれる。名前を名乗ると、彼は「こちらへどうぞ」と別室に案内してくれた。

てっきり一階の売り場の一角にある応接スペースで引き渡しかと思っていたのだが、通されたのは三階の奥にある個室だった。彫刻が施《ほどこ》された重厚な木の扉の先には、売り場以上に煌《きら》びやかな空間が広がっている。

高級ホテルのようなラグジュアリーな空間に驚きながらも中に入ると、既に白石が待っていた。

「いらっしゃいませ、美弦さん。こちらへどうぞ」

言われるまま、革張りのソファに座る。

「白石さん、この部屋ってもしかして――」

「貴賓室ですが？」

「……私が入ってもいいんですか？」

レセプションパーティーの時に、ここは限られた人間しか入れない場所だと聞いている。恭平が一緒でもないのにいいのだろうか。

「あなたは親友の奥様だ。十分、特別なお客様ですよ」

そんな美弦の懸念を笑顔で笑い飛ばすと、白石は目の前のテーブルの上に一対の結婚指輪を載せたトレイを置き、美弦に差し出した。

「こちらが完成した結婚指輪です。ご確認ください」

「はい」

目の前の指輪をそっと手に取る。

美弦が選んだ結婚指輪は、プラチナのダイヤモンドリング。

美弦の方は中央に大きめのダイヤモンドが、その左右にメレダイヤが並ぶ華やかな造りになっている。

一方、一見シンプルに見える恭平の指輪には裏面にダイヤモンドを嵌め込んだ。

それぞれが宝冠――クラウンとティアラの形を模していて、二つの指輪を重ねるとピタリとはまるところに惹かれたのだ。

二つの指輪の裏面にはそれぞれ文字が刻印されている。

美弦の方には入籍日を。

そして、恭平の方にはある一文を。

「素敵……」

想像以上の出来栄えに自然と感嘆の息が溢《あふ》れる。

「お気に召していただけましたか？」

「はい、とても」

「ご希望に沿えたようで安心しました。——それにしても、美弦さんに連絡をいただいた時は驚きました。パーティーでお会いした時に『指輪をしてないな』とは思ったけど、まさか買ってすらいなかったなんて」

「気づいてたんですか？」

仕事柄目がいくんです、と白石は悪戯《いたずら》っぽく笑う。

「それに俺が冗談で口説いただけで怒るくらい美弦さんにベタ惚れだから、余計な虫がつかないためにもてっきり渡しているものかと」

「恭平さんは用意しようと言ってくれたんですが、私が『必要ない』と断ったんです。私は結婚したことを公表するつもりはなかったし、今も会社では旧姓で通してるので」

社内で抜群の人気を誇る恭平と結婚したと知られて、いらぬ嫉妬を買うのが怖かったのだ、と話すと、白石は「ああ」と苦笑する。

「確かに、面倒事を避けるならその方がいい。でも、今回結婚指輪を贈ると決めたということは、何か心境の変化でも？」

「それは……」

恭平のことを一人の男性として愛しているから。

同じように、自分を愛してほしいと思ってしまったから。

――そう喉元まで出かかった答えは、恭平にもまだ気持ちを伝えていない今、白石には言えない。でも、言えることもある。

「今の私は、他の人から嫉妬されてもいいと思えるくらい、恭平さんのことが好きなんです」

美弦が結婚指輪をして出社したら気づく人もいるだろう。

相手が恭平だと知られたらちょっとした騒ぎになるかもしれない。

以前はそれが嫌だった。でも今は違う。

恭平と結婚できたことは奇跡だと思っている。彼の妻であることを心から嬉しく思う。

だから、もう隠す必要はないのだ。

「――今一瞬、ものすごく恭平のことが羨《うらや》ましくなった」

「え？」

「俺も結婚してえ……」

それはまぎれもない本心なのだろう。

思わずといったようにこぼれた言葉は、接客用ではなく恭平に対するものと同じだったからだ。美弦は自分にも気楽に話してほしいと伝えると、白石は「ならそうさせてもらおうかな」と快諾した。

これまでと比べるとだいぶ気安いが、こちらの方がずっと彼らしい。

「それにしても、奥さんから結婚指輪をプレゼントしてもらえるなんて、恭平は幸せ者だな」

しみじみと言われると少しだけくすぐったい。

「喜んでくれるといいんですけど」

「絶対に喜ぶ。俺が保証するよ」

白石は断言すると、ふっと頬を和《やわ》らげた。

「でも、恭平が結婚したのが美弦さんでよかった」

恥ずかしいから本人には絶対に言わないけど、と白石は肩をすくめる。

「実を言うと、電話で結婚の話を聞いた時からずっと心配してたんだ」

美弦本人が結婚を決めた自分自身に驚いたのだから、白石の驚きはどれほどのものか。

「確かに、知り合って一ヶ月で結婚は早いですもんね」

「それもあるけど、恭平には親父さんが決めた婚約者がいただろ？　あいつはあまりそれを受け入れているようには見えなかったけど、昔から女性に対して興味が薄かったから、てっきりこのまま親父さんに言われた相手と結婚すると思ってたんだ。だからこそ、あいつが自分で選んだ女性と結婚できたことにほっとしてる。何より、美弦さんが恭平を大切に想ってくれているのが友人として嬉しい」

だから、ありがとう。

そう言って微笑む白石に、美弦は何も言えなかった。

恭平に婚約者がいたなんて、知らない。

「美弦さん？」

驚きで何も言えないでいると白石は眉を寄せた。はっとした美弦はなんでもない風を装《よそお》い、そして改めて指輪のお礼を伝えると店を後にした。

――恭平に婚約者がいた。
突然聞かされた婚約者の存在に動揺を隠せないまま自宅に戻る。
シャワーを浴びて、部屋着になって、夕食を取る。
普段通りのルーティーンをこなしている間も心の中はずっとざわめいていた。
頭の中ではいくつもの疑問が浮かんでは消えていく。
――婚約者がいたって本当？
――私は婚約破棄がきっかけで結婚したけど、恭平さんも婚約者と何かあったの？
――今、その人とはどういう関係なの？
――御影社長が決めた婚約者なら、御影社長は私との結婚に反対だったの？　だから
いまだにご挨拶《あいさつ》できないの？

聞きたいのに、恭平は今、ここにいない。

先ほどの様子を見る限り、白石は美弦も婚約者の存在を知っていると思っている。そんな彼に「どういうことか」なんて問い質《ただ》すわけにはいかなかった。

（それに恭平さんの立場を考えれば、婚約者がいても不思議じゃない）

御影ホテルの御曹司という立場を思えば、特別珍しいことではないのかもしれない。

それにたとえ婚約者がいたとしても、過去の話。

実際に結婚したのは美弦なのだから、何も問題ない。

だいたい、恭平は「モテ」が服を着て歩いているような男だ。

過去の女性関係を全て気にしていたら身が持たない。

（深く考える必要なんてない）

頭ではそうわかっているけれど、心は別物だった。

理由はわかっている。「嫉妬」だ。

田原から「恭平と女性が抱き合っていた」という噂を聞いた時は、「何か事情があるんだろう」とあまり気にならなかった。

でも今は違う。

曖昧《あいまい》な噂と違い、恭平の親友である白石が言ったからこそ信憑性《しんぴょうせい》が増して、気になってしまう。名前や年齢はもちろん、姿形も知らない女性を想像して、モヤモヤする。

――私の夫なのに。

そう、思ってしまうのだ。

（こんな風にうじうじしてるくらいなら……よし）

美弦は心の中で気合を入れると、スマホを手に取った。

表示された現在の時刻は午後七時半。ニューヨークとの時差は十三時間だから、あちらは朝の六時半頃だろう。つい先ほど「おはよう」といつものメッセージが来たから、恭平ももう起きているはずだ。

もしかしたら出社前で忙しいかもしれない。

それでも、このままでは勝手な想像ばかりしてしまいそうだった。

考えてもわからないのは、「婚約者」について一人で勝手に想像しているからだ。こういうことは変にこじれる前に白黒はっきりつけた方がいい。

『――もしもし』

電話は、すぐに繋がった。

「恭平さん？　朝早くにごめんね、今大丈夫？」

『大丈夫だよ。君から電話をくれるのは初めてだね』

嬉しいよ、と答える声は弾んでいる。美弦も久しぶりに聞く恭平の声に自然と頬が緩みそうになる。

『そっちは変わりないかな。食事はちゃんと取ってるだろうね？　一人だからって健康食品やゼリーで済ませるのはだめだよ』

俺がいたらなんでも作ってあげられるのに、と残念そうに恭平は息をつく。

一人暮らしの子を心配するような物言いに、「婚約者についてどう切り出そう」と身構えていた美弦はつい噴き出した。

「大丈夫よ、ちゃんと食べてるから」

独身の時はそんなこともあったが、結婚して恭平に胃袋を掴まれてからは食への意識が少し変わった。彼と一緒に食卓を囲む時間はとても楽しい。

それに、作る回数は圧倒的に恭平の方が多いものの、美弦の拙《つたな》い料理を喜んでくれる人がいるのはとても幸せなことに思えた。

もちろん疲れている時は外食やデリバリーを頼むこともあるが、それでもキッチンに立つ時間は格段に増えたと思う。

誕生日に手料理を振る舞おうと決めて練習している最近は、特にだ。

「それに今、誕生日に向けて色々と練習してるの」

『俺のために？』

「ええ。あ、そうだ。せっかくなら恭平さんの食べたいものを作るから、リクエストがあれば教えてくれる？」

『そんなの、美弦のつく――』

「『美弦の作ったものならなんでもいい』、以外でね？」

先手を打つと、恭平は『本当にその通りなんだけどな』とクスッと笑う。

『じゃあ、何か肉料理が食べたい。何にするかはお任せで』

「わかったわ」

『楽しみにしてる』

こんな風に他愛のない会話をしていると、「会いたいな」としみじみ思う。

耳に馴染んだ低い声は心地よくてずっと聞いていたくなる。そんな思いからつい瞼《まぶた》を閉じて会話をやめると、恭平がそっと「美弦」と妻を呼んだ。

『――何かあったのか？』

「どうして……」

『なんとなく。ただ、少しいつもと声の様子が違うような気がして』

まさか、それだけで気づくなんて。身構えていた初めはともかく、少なくともその後は普通に会話をしていたつもりだったのに。

「あの、恭平さん」

『ん？』

グッと拳《こぶし》を握り、美弦は言った。

「……婚約者がいたって、本当？」

電話越しに、彼が驚いたように息を呑むのがわかった。

『急にどうしてそんなことを？』

「白石さんとお会いする機会があって、その時に聞いたの」

結婚指輪には感づかれないよう、「レセプションパーティーの時は浩介の一件もあり、ゆっくり見られなかったら行ってみたのだ」と伝えた上で美弦は答える。

「恭平さんには御影社長が決めた婚約者がいたって」

『……他にはどんなことを？』

貴賓室でのやりとりを簡単に話すと、恭平は深くため息をつく。

『──あのバカ、中途半端に余計なことを言って』

苛立ちを堪《こら》えるような声に、美弦は慌てて「別に嫌な言い方をされたわけじゃない」と白石のフォローに回ったが、恭平の声は厳しかった。

『そうだとしても、急にそんなことを聞いて驚いただろう？　事実と違うことを伝えて美弦を困らせるなんて』

「違う？」

『ああ。俺に婚約者がいた事実はない。ただ帰国してすぐの頃、父に頼まれて見合いをしたことがある。親同士が懇意にしていて、会社に繋がりがあることもあって頼まれたんだ』

けれど乗り気なのは先方の父親で、御影社長はそうでもなかったらしい。恭平は相手の女性には指一本触れていないと断言する。

『父の顔を立てるために仕方なく見合いをして、何度か食事をした。でも向こうの親が勝手に盛り上がっていただけで、俺には結婚の意思はないとはっきり伝えたし、それは相手の女性も同じだ。お互いに恋愛感情なんて微塵《みじん》もなかった。それどころかその女性には、「あなたみたいな人とだけは絶対に結婚したくない」「顔のいい男は信用できないし、好みじゃない」とまで言われてる。いずれにしても美弦と結婚する前の話だ』

この一件を恭平は白石に電話で話したことがある。

それを聞いた白石は「婚約者がいる」と誤解したのだろうと恭平は言った。

『確かに勘違いされても仕方がない状況ではあったかもしれない。でも俺が結婚したいと、妻になってほしいと望んだのは、美弦だけだ』

他の女なんてどうでもいいのだ、と恭平は柔らかい声で言った。

『他には？』

「え……？」

『好きでもない、ただ付き合いで見合いをしただけの女性が原因で君を不安にさせたくないんだ。どんなことでも構わない。気になることがあるなら全て話してくれないか』

ちゃんと答えるから。

誠実さが伝わってくる声に美弦は小さく頷いた。

「……その女性のことは本当になんとも思っていないの？」

『ああ。はっきり言って苦手なタイプだ。正直、あまり関わりを持ちたくない』

「じゃあ、私と結婚した理由にその女性は関係してる？　恭平さんは『女よけのため』と言ったけど、本当はその人と結婚したくないから私と仕方なくした、とか」

『ありえない。「仕方なく」で、俺は結婚相手を決めたりしない』

「御影社長とまだお会いできないのは、本当はその人と結婚してほしくて、私を認めていないから……とかは？」

『それも違う。さっきも言った通り、父はそれほど乗り気じゃなかった。会えていないのは、父の都合がつかないだけでそれ以上の理由はない。美弦と結婚することは父も納得してる。第一、誰と結婚するかを決めるのは俺であって父じゃない。他人の指図は受けないよ』

いずれの問いに対しても恭平はキッパリと否定した。

その瞬間、美弦は胸を覆《おお》っていた靄《もや》が一気に晴れていくのを感じた。

『恋愛感情がなかった』

『結婚の意思はなかった』

なぜかはわからない。ただ、その二つにどうしようもなくほっとしたのだ。

自然と肩の力が抜ける。そうなって初めて美弦は自分が緊張していたことに気づいた。

「……話してくれてありがとう」

お礼を言うのはなんだか違う気がしたが、言えたのはそれだけだった。すると恭平は
『一つ、聞いてもいいかな』と静かに問う。

『俺に婚約者がいたと聞いて、美弦はどう思った？』

――これはどういう意味だろう。

恭平がなぜそんなことを知りたいのかはわからない。けれど、美弦は素直に答えた。

「……正直、嫉妬した」

恭平がひゅっと息を呑む。その反応の意味するところが気になったものの、美弦は続けた。

「面白くないって思った。――恭平さんは、私の夫なのにって」

自分の気持ちを改めて言葉にして気づく。

パーティーで浩介と再会した日、恭平も同じことを言っていた。

『あとは、ただ嫉妬した。鈴木浩介と会うのが怖かったと聞いて、もしも美弦がまだ彼のことを好きだったら……そう想像したら耐えられなかった』

『美弦と結婚したのは俺だ。俺が君の夫なんだ。もしも君が望んでも、他の男になんて

絶対に触れさせせない。……そう思ったら、気持ちを抑えきれなかったんだ』

美弦は恭平を一人の男として愛しているからこそ、嫉妬した。

（え、待って。じゃあ……）

一つの可能性が頭をよぎった、その時。

『美弦』

スマホを片手に息を潜《ひそ》める美弦に、彼は言った。

『今すぐ、君に会いたい』

そして帰国する日を楽しみにしてる、と言って電話は切れた。

美弦はしばらくその場から動けなかった。

（恭平さんも、私のことを好きなのかもしれない）

顔だけではなく、中身も含めて、女性として想ってくれているかもしれない。

ふと浮かんだその可能性に、美弦は遅くまで眠れなかった。

5

そして、恭平の誕生日当日。

この日、美弦は珍しく朝から浮かれていた。

理由はもちろん、久しぶりに恭平に会えるからだ。

出国前、恭平は空港から電話をよこした。

『明日は昼過ぎの到着便で帰国する予定。その後は空港から直接会社に向かうよ。本当はまっすぐ帰りたいところだけど、出張中の報告を受けたり、溜まっている雑務を済ませたり、やることが色々あるからね。それでも定時には切り上げるつもりだ。美弦さえよければ俺の車で一緒に帰ろう』

恭平は「もちろん無理にとは言わないけど」と気遣う言葉を忘れない。そんなところも「好きだな」と改めて思いながら承諾した。

「――さてと。朝のうちにできることをやっておかないと」

今日は、恭平の誕生日であると同時に、美弦にとっては勝負の日でもある。

せっかくならば料理やプレゼントなど、完璧な状態で久しぶりに会う夫を出迎えたい。

そのためにも定時帰宅と準備は欠かせない。

早朝五時に起床した後、シャワーを浴びて早速取り掛かったのは、夕食の下準備だ。

朝のうちにできる限りの下処理を済ませておけば、帰宅後に慌てずに済む。

メニューは既に決まっている。

メインはローストビーフ、サラダは鯛のカルパッチョ、スープはトマトベースで夏野菜をふんだんに使ったものにする。それ以外にもアヒージョやカプレーゼなどの副菜を何品か作るつもりだ。

ケーキもワインも、以前恭平が好きだと話していたものを用意した。

もちろん指輪も大切に保管してある。

——後は、

『好きです』

『愛しています』

そう、美弦の気持ちを素直に伝えるだけだ。


夕方。

今日のタスクを無事に終えた美弦は、終業時刻と同時にパソコンの電源を落とす。そしてスマホでメッセージアプリを起動させた。連絡相手はもちろん恭平だ。

『お疲れ様。今から駐車場に向かうけど、恭平さんは帰れそう？』

送信すると同時に既読マークが付き、返信がくる。

『間もなく終わる。十分ほどで合流できると思うから、先に駐車場で待ってて』

『じゃあ、車の中で待ってるね』

『了解』

（――これでよし、と）

やりとりを終えるとバッグにスマホをしまって席を立つ。

待ち合わせ場所である地下駐車場に行くには、一階のメインエントランスを経由して、地下に続くエレベーターに乗り換える必要がある。車通勤の恭平は毎日利用している駐車場だが、電車通勤の美弦が訪れることは滅多にない。

もちろん恭平と一緒に帰るなんて、結婚以来今日が初めてだ。

だからだろう。昨日の電話で「一緒に帰ろう」という誘いに乗った時、恭平はどこか驚いていた。結婚直後に美弦が頑《かたく》なに恭平との車通勤を拒絶したのを思い出したのかもしれない。

あの時は、一緒に出社するところを誰かに見られたらどうするのかと、そんなことばかり考えていた。彼との結婚は美弦にとって「隠すべきこと」だったのだ。

でも今は違う。

（誰に見られたって構わない）

そんな風に思う自分がいる。

指輪を贈ると決めた時から、隠そうという気はすっかり消えた。

もちろん、わざわざ自分から「私、結婚したんです！」なんてアピールをして回るつもりは毛頭ない。けれどももしも誰かに聞かれたら、きっと堂々と答えられる。

(そのためには恭平さんにも私を好きになってもらわないといけないんだけど)

電話の時に感じた、一つの可能性。

もしかしたら美弦が彼を想うのと同じように、彼も美弦を異性として好きなのかもしれない……そう考えると、それだけで胸の中が温かくなる。

美弦の中の女が疼《うず》いて、彼を求める気持ちが膨らんで、幸せな気持ちに満ち溢《あふ》れる。

自分がこんな感情を抱くようになるなんて、半年前は想像もしなかった。

『恋愛なんてもうたくさん』

『二度と恋なんてしない』

『母を安心させられるなら相手は誰でもいい』

そんなことを本気で考えていた。体から始まった関係で、心なんて別にいらない、と。

しかし今はまるで反対のことを考えている。

恭平が好きだ。愛している。結婚相手には彼以外の男性なんてありえない、と。

自分よりも綺麗で優しい女性なんてきっとたくさん存在する。

それでも恭平を他のどんな女性にも渡したくないのだ。

(独占欲ってこういう気持ちを言うのね)

しみじみとそんなことを考えていると、エレベーターが一階に到着する。

(早く会いたいな)

そんな風に浮かれながら歩いていた、その時だった。

「――だから、何度言えばわかるんですか⁉」

帰宅する社員が行き交うエントランスに甲高い大声が響いた。

声の方に視線を向けると、受付の三澤に何やら噛み付いている小柄な女性の後ろ姿が見える。どこか見覚えのある後ろ姿に「まさか」と思った、その時。

「フランチャイズ事業部の一条美弦さんに会いに来たと言ってるんです！　早く連絡してください！」

自分の名前が、聞こえてきた。

「ですから、何度も申し上げたように一条は既に帰宅しました」

既に電話をして確認済みです、と三澤が説明しても女性は引き下がらない。

「嘘。私と会いたくないからそう言えって言われたんでしょう」

唖然とする美弦には気づかず声を荒らげる女性は、間違いない。

――園田桜子。

かつて「あなたの存在が浩介を苦しめている」と鼻で笑った人物に他ならない。

桜子に気づいた瞬間、美弦は心の中で頭を抱えた。

「恭平に会える」と浮かれていた気持ちが一気に萎《しお》れていく。

理由は知らないが桜子は美弦に用があって来たらしい。しかしあいにくこちらはなんの用もないし、二度と関わりたくない相手だ。ヒートアップしている様子を見る限り、彼女が美弦の存在に気づいた様子はない。

見なかったふりをしてこのまま地下駐車場に向かうことはできるだろう。しかしそれでは、今まさに桜子の対応をしている三澤が可哀想すぎる。

（あぁもう！）

浩介といい桜子といい、揃って会社まで押しかけてくるなんて迷惑な二人だ。

しかしこのまま放ってはおけない。美弦はグッと拳《こぶし》を握って覚悟を決めると、荒ぶる桜子に声をかけた。

「桜子さん」

名前を呼ぶとはっと桜子は振り返る。その後ろでは受付の三澤があからさまにほっとした顔をしていた。一方、桜子は美弦を見るなり目を吊り上げる。

「やっぱりいたんじゃない。来客相手に嘘をつくなんて、受付失格ですね」

「彼女は何も嘘は言ってないわ。ちょうど帰ろうとしている時に、あなたが騒いでいるのが見えたから仕方なく声をかけたの。私に話があるなら聞くわ。でも場所を変えましょう」

「話ならここでも――」

「あなたにはこの状況がわかっていないの？」

「どういうことですか？」

「アポイントもなしに会社の受付で大声で騒いで、困らせて、恥ずかしくないのかと言っているの」

「なっ……！」

面と向かって注意されたことに腹を立てたのか、桜子の頬に朱が走る。そんな彼女を美弦は冷静に見据える。

「とにかく、これ以上騒がれたら迷惑なの。今、空《あ》いている部屋を確認してもらうから静かにして。それができないなら帰ってちょうだい」

ぴしゃりと言い放つ。

馬鹿にされたと受け取ったのか、桜子はなおも何か言いたげだったが、黙ったところを見る限り、「美弦への話」とやらを取ったらしい。

こちらを睨《にら》みながらも、ようやく静かになった桜子に美弦は大きくため息をつくと、三澤に端末ですぐに使える部屋を調べて予約を入れてもらう。

「三階の視聴覚室を取りました」

「視聴覚室？　打ち合わせ室じゃなくて？」

「はい。あの……その方がいいかと思いまして」

三澤はちらりと桜子に視線を向ける。

なるほど、彼女は今後修羅場が繰り広げられると想像しているらしい。

確かに視聴覚室なら防音対策もされており、多少の物音なら外に漏れない。

こちらから何も言わずともそこを手配してくれた三澤に美弦はしっかりと礼をいい、無言の桜子を伴いその場を後にした。


『園田桜子さんが私を訪ねてきて、三階の視聴覚室で応対することになりました。待たせたらごめんね』

視聴覚室に着くと、恭平にメッセージを送る。するとその姿を見ていた桜子が焦《じ》れた様子を見せた。

「私、話があるって言いましたよね？　そういうのは後にしてくれますか」

なぜこの状況で自分が優先されると思えるのか、その神経がわからない。

世間知らずのわがままお嬢様。そんなフレーズが頭をよぎった。

「常識のないあなたには言っても無駄かもしれないけど、私は今日大切な用事があるの。約束した相手に遅れると連絡くらいさせて」

「用事？」

桜子は「ああ」と不愉快そうに眉根を寄せる。

「今日は恭平さんの誕生日だから、お祝いでもするんですか？　でも、そんなの私には関係ありません。むしろ私と浩介さんの関係をめちゃくちゃにしておいて、自分たち夫婦だけお祝いなんて、冗談じゃないわ」

　この言葉に美弦は耳を疑った。

「……今、なんて？」

「だから、私と浩介さんの関係を――」

「そうじゃなくて！　どうしてあなたが恭平さんのことを知ってるの？」

　美弦は自分が結婚したことを浩介に教えた。だから、それを桜子が知っているのはわかる。

　その時に恭平の名前も伝えたのかもしれない。しかし今のは、まるで桜子自身が恭平の知り合いのような口ぶりだった。

　そうでなければ今日が彼の誕生日だと知っているはずがない。

「どうしてって……お見合いした相手の誕生日くらい知ってますよ、普通。父が恭平さんのことを気に入っていただけで、私はあの人に興味はなかったけど」

　この瞬間、点と点が一気に繋がった。

『……実は、彼女には頭取が結婚を勧める男性がいたけど、どうしてもその人とは結婚したくなかったらしい。だから僕と既成事実を作ることで、頭取にその人との結婚を諦めさせたかったんだって』

『父の顔を立てるために仕方なく見合いをして、何度か食事をした。でも向こうの親が勝手に盛り上がっていただけで、俺には結婚の意思はないとはっきり伝えたし、それは相手の女性も同じだ。お互いに恋愛感情なんて微塵《みじん》もなかった』

それじゃあ、まさか。

「恭平さんがお見合いをした人が、桜子さん？」

「そうですよ。知らなかったんですか？」

そんなの、知るはずがない。

唖然とする美弦に桜子は何かに気づいたようにはっとすると、「本当に嫌な男」と顔をしかめる。

「恭平さんはきっと、わざと教えなかったのね」

「どういうこと？」

「恭平さんは私のことが大嫌いだから、私と結婚話があったことを美弦さんに知られたくなかったんでしょうね。あの人は、私をゴミを見るような目で見るから。私だって、あんな顔がいいだけの冷血漢は大嫌い。あの人と結婚した美弦さんの気がしれません」

恭平と桜子が知り合いだった——その事実に驚き、唖然としていた美弦だが、その言葉にはっと我に返る。

二人の間に何があったのか、なぜ恭平が桜子と知り合いであることを黙っていたのか、美弦にはわからない。けれど、今の言葉は聞き捨てならない。

（恭平さんが、顔がいいだけの冷血漢？）

冗談じゃない。彼ほど愛情深い人を美弦は他に知らない。

「訂正して」

自分が貶《けな》される分には構わない。しかし、夫をそんな風に言われて黙っていられるわけがなかった。

「恭平さんは優しいわ。そんな人じゃない」

けれど桜子は一歩も引かなかった。

「泣いている女性を突き放して『妻に近づいたら許さない』なんて脅《おど》すような男の、どこが優しいって言うんですか」

「恭平さんが、あなたを脅《おど》す？」

「そうよ！」

声を荒らげた桜子が話した内容に、美弦は今度こそ開いた口が塞がらなかった。

きっかけは、白石ジュエリーのレセプションパーティー。

浩介から美弦と再会したことを聞いた桜子は、結婚相手が恭平とわかるなり彼のもとに押しかけ、「結婚したなら妻の手綱《たづな》ぐらい握っていろ！」と求めた。しかし恭平は泣いて取り乱す桜子を相手にせず、「俺たち夫婦に二度と関わるな」「美弦に何かしたら許さない」と脅《おど》した——らしい。

（じゃあ、田原さんが言っていた噂の女性って桜子さん？）

今日のように、取り乱して恭平にしがみつく桜子の姿がありありと脳裏に浮かぶ。

「そんな人のどこが『優しい』のか逆に教えてほしいですね。美弦さん、あなたもあなたです。レセプションパーティーで浩介さんを誘惑しただけじゃ足りなくて、会社で密会するなんてどういうつもりなの？」

「誘惑……密会？」

もしかしなくとも、先日の浩平の来訪のことだろうか。そうだとしたら見当違いも甚《はなは》だしい。

「あれはそんなものじゃ——」

「とぼけないでください！　この間、浩介さんと二人きりで会ったでしょ。既婚者なのに元彼と堂々と会社で浮気するなんて信じられない、どういうつもりなのよ」

非常識女、尻軽、浮気者——桜子は思いつく限りの悪口を言ってくる。

いずれも人から婚約者を寝取った桜子にだけは言われたくない言葉ばかりだ。

これはどう見ても怒っていい状況だと思う。

少なくとも過去に美弦が桜子にされたことを思えば、平手打ちを一発お見舞いしてもいいくらいには無礼だ。しかし、こうも斜め上のことばかり言われると、怒りを通り越して頭痛がしてくるから不思議だ。

「……言いがかりはやめて。妄想がすぎるわ」

「妄想ですって？」

「そうよ。まず、私はレセプションパーティーで誘惑なんてしていない。次に、二人で会ったのは浩介が約束もなく押しかけてきただけで、私が会いたかったわけじゃないわ」

「浩介さんがあなたに会いたがってたっていうの!?　まだ自分が好かれてるとでも言いたいわけ!?」

――ダメだ。興奮していてまるで聞く耳を持たない。

（こんなことしてる場合じゃないのに）

恭平と一緒に帰宅して、彼の誕生日をお祝いしようと思っていたのに、散々だ。

桜子には言いたいことも聞きたいことも山のようにあるが、ひとまずこのお嬢様を落ち着かせないと話が進まない。

「お願いだから落ち着いて。浩介が私に会いに来たのは、婚約破棄したことをどうしても自分の口から謝りたかったからと言ってたわ。私はその謝罪を受け入れて、二度と会わないと言った。もし偶然会っても話しかけたりしないって。私たちはもう完全に終わった関係なの」

あの日、浩介と交わした会話の詳細を桜子に教えようとは思わない。

美弦は事実だけを端的に告げたが、桜子はクッと唇を噛み締めた。

「そんなの、信じられるわけない」

「嘘だと思うのなら浩介に直接聞いて」

「聞けるわけないでしょ⁉」

桜子は声を荒らげた。

「もしそれで、『本当はまだ美弦さんが好きだ』なんて言われたらどうすればいいのよ！」

——このわがままお嬢様は何を言っているのだろう。

いったい何をどうしたらそんな思い違いをするのか。

「浩介が私を好きなはずがないでしょ？　彼が選んだのはあなたなんだから。……こんなこと、私に言わせないで」

自分がどんなに残酷で身勝手なことを言っているのか、桜子には自覚がないのだろうか。

（ないから言えるんでしょうね）

眉を吊り上げてこちらを睨《にら》む姿からは、美弦への怒りしか伝わってこない。

だが怒りたいのはこちらの方だ。

かつて婚約者を奪われ、今は理不尽な怒りをぶつけられているのだから。

けれど、なぜ桜子はこんなにも情緒不安定なのだろう。

「私と浩介にはもうなんの関係もない。むしろ今になって勘繰《かんぐ》られるのが不思議でならないわ。半年前、『浩介と結婚するのは自分だ』って啖呵《たんか》を切ったのは、桜子さんでしょ」

あの時、桜子は悪びれた様子など微塵《みじん》も見せなかった。「浩介に愛されている」と自信に満ち溢《あふ》れていた人間と、とても同一人物には見えない。

「あんなの、はったりに決まってるじゃない！」

「はったり？」

「そうよ！　あなたは綺麗で仕事もできて、スタイルもいい。親の立場以外、私が美弦さんに勝てるものなんて何もなかった。だからこそ『浩介さんに愛されてるのは私だ』って言い張るしかなかったのよ！」

瞳にうっすらと涙を滲《にじ》ませ、桜子はわめき立てる。

「私だって自分がしたことが最低だってわかってる。婚約者がいる人を好きになって、寝取って、親の立場を利用して結婚をせがんで……。浩介さんは優しいから、結婚を受け入れてくれた。でも、だからこそ不安でたまらなかったの！　口では私に好きと言ってくれても、本当はまだ美弦さんのことが好きなんじゃないかって！」

いくら好きと言われても信じられない。

その言葉は本当だろうか、いつか自分のもとを離れていくのではないかと不安になる。

相手のことが好きだからこそ、自分に自信が持てなくて疑心暗鬼になってしまう……

――浩介と一緒だ。

美弦が好きだからこそ不安だった、と浩介は言った。

そして今は、彼の恋人が同じことを言っている。

(何してるのよ、あの人は)

美弦を捨ててまで選んだ婚約者に、自分と同じ不安を感じさせてどうするのだ。

「とにかく、私と浩介はもうなんの関係もないの。今の桜子さんがしているのはただの八つ当たりよ」

指摘すると桜子は「そんなのわかってる」ときゅっと唇を噛む。

「美弦さんは被害者で私は加害者。あなたは何も悪くないし、私がしているのはただの八つ当たりよ。でも、恭平さんに何を言っても相手にしてくれないなら、あなたに『浩介さんに関わらないで!』って言うしかないじゃない! ……私だって、自分と比べて惨《みじ》めになるのがわかっているあなたになんて、会いたくなんてなかった。それでも黙っていられなかったの。何もしないでいられなかったのよ!」

大声で叫ぶ姿からは、心の底から浩介を好きなことが伝わってくる。

しかし、冷たいかもしれないが、今にも泣きそうな桜子を見ても可哀想とはどうしても思えない。自業自得だと思ってしまうのだ。

それに、いくら不安だからといっても……これはない。

浩介の心が手に入らないと――本当はそうではないにもかかわらず、美弦に責任転嫁して、理不尽なわがままを言い、癇癪《かんしゃく》を起こす。

今の桜子はまるで駄々をこねる子供だ。

だから、美弦ははっきり言った。

「迷惑よ」

桜子は大きく目を見開く。

「私と浩介はもうなんの関係もないと何度も言ったわ。信じられなくても、それが事実なの。同じ女性として『愛されていないかもしれない』と不安になる気持ちはわかる。でも、不安なら浩介と直接話して、彼の気持ちを確かめればいいでしょう。その勇気がないからといって不安の矛先《ほこさき》を私に向けるのはやめて。これ以上、あなたたち二人の問題に私と恭平さんを巻き込まないで」

「っ……！」

言うべきことは言った。

話はこれで終わりだ。そう美弦が背中を向けようとした、その時。

パチン、と鈍い痛みが頬に走った。桜子が平手打ちをしたのだ。

突然の痛みに怒りよりも驚いていると、涙目の桜子がきっと美弦を睨《にら》む。

「……婚約破棄されて涙一つ見せなかった時も思ったけど、どこまで冷たい人なの。私、あなたみたいな人大っ嫌い！」

渾身《こんしん》の力を込めて引っ叩いたのか、頬がじんじんと痛む。

鏡を見なくともわかる。頬はきっと赤くなっているだろう。

もしかしたら、この後腫れるかもしれない。

そんな顔を恭平に見せなければいけないのか。

昨夜も今朝も、久しぶりに会う夫に少しでも綺麗だと思ってもらえるように、念入りにケアをしてきたのに台無しだ。

——それに、「大嫌い」だと？

自分の中で何かが切れる音がする。

感情の波がさあっと引いていくのがわかる。

美弦は桜子との距離を詰めると無言で彼女を見据える。

桜子との身長差は十五センチ以上あるから自然と見下ろす形になる。

加えて無表情の今、桜子の目にはさぞ威圧的に映ることだろう。

案の定、怯《おび》えた桜子の瞳が揺れている。

「気が合うわね。私もあなたみたいに常識のないわがままな人間は大嫌いよ」

美弦は思い切り右手を振り上げる。

「やっ……！」

しかし、きゅっと瞼《まぶた》を閉じた桜子の頬に触れる直前で、ぴたりとその手を止めた。来るはずの痛みが訪れないことに気づいた桜子がゆっくりと瞼《まぶた》を開ける。息を呑む彼女をまっすぐ見据えたまま、美弦はすっと手を引いた。

「どうして……？」

「殴らないのかって？　今私がそれをしたらあなたと同じになるじゃない。そんなのはごめんよ。本当は、引っ叩きたくてたまらないけどね」

低い声で言えば、桜子はびくんと肩をすくめる。

きついことを言っている自覚はある。だがそれはまぎれもない美弦の本心だった。

一度ならず二度までも美弦の前に現れ、心ないことを散々言った挙句、暴力をふるわれたのだ。こんなことをされて黙って許せるほど美弦は優しくない。

「因果応報《いんがおうほう》って言葉、知ってる？」

美弦は人に説教できるような立派な人間ではないが、それでも言えることはある。

「自分が相手にしたことはいつか自分に返ってくるの。叩いたら叩き返されても仕方ないし、人の恋人を奪ったら自分が奪われる方の立場になる可能性がある。それくらい、あなたもわかるでしょ」

「それ、は……」

婚約者がいると知りながら好きになり、奪った。それは裏を返せば、いつ自分が逆の立場になるかわからないということだ。

「それでも、あなたは浩介が欲しいと思ったんじゃないの？　それともそんな中途半端な気持ちで浩介と結婚するって言ったの？」

「ちがっ……！」

「違うと言うなら、これ以上情けない姿を見せないで。嘘でもはったりでも私に啖呵《たんか》を切った時みたいに堂々としていてよ。そうじゃないと、あなたに負けた私の立場がないじゃない」

「美弦さんが、私に負けた……？」

意味がわからないように桜子は目を瞬《またた》かせる。

心の底から不思議がるようなその表情はどこか幼くて、美弦はふっと頬を和《やわ》らげると、

「あの時、桜子が浩介を好きな気持ちにはとても敵わないと思ったのだ」と素直に告げる。

「だからもっと自分に自信に持って」

まさか美弦にそんなことを言われると思わなかったのか、桜子は大きく目を見開く。

そんな彼女に美弦は浩介に言った時と同じ言葉を口にする。

「私のことなんて忘れて、浩介と幸せになって？」

「っ……！」

その瞬間、大粒の涙が桜子の頬を伝った。

「どうして……なんで私に『幸せに』なんて言えるんですかっ……なんでそんなに余裕なの、大人なの……やっぱり私、あなたのことなんて大っ嫌い！」

桜子は泣きながら「大嫌い」ともう一度口にする。

けれど今度は不快にはならなかった。なぜなら泣き声に混じって「ごめんなさい」と消え入りそうな声で言ったのが聞こえたから。

桜子はひっくひっくと嗚咽《おえつ》を漏らす。小さな子供のように泣きじゃくる姿にどうしたものかと悩み始めた時、視聴覚室のドアが勢いよく開かれる。

「美弦！」

「恭平さん、どうしてここに？」

地下駐車場で待っているはずでは……と驚いていると、恭平は「メッセージを見て急いでここに来たんだ」と答える。

「……これはどういう状況だ？」

言いたいことはものすごくわかる。困惑する美弦と泣きじゃくる桜子。

傍目《はため》から見ても異様な光景なのは間違いない。下手《へた》をすれば美弦が桜子をいじめているようにも見える。

もしも何も知らない人間が見たら、十中八九責められるのは美弦の方だろう。それくらい、しくしくと泣き続ける今の桜子は可憐に見えた。

けれど恭平は違った。

彼は美弦を見るなりはっとして、足早に目の前までやってくる。そして信じられないように目を見開き、美弦の頬にそっと手を這《は》わせた。

「赤くなってる」

「あっ……これは」

「桜子にやられたのか？」

その問いに美弦はすぐには答えられなかった。

恭平がごく自然に「桜子」と呼んだからだ。

やはり彼女の言う通り、二人は以前からの知り合いだった——そのことに驚いていると、恭平は何を思ったのか、もう片方の手をぐっと握る。

そして美弦に背を向けると、つかつかと桜子に向かっていく。

「桜子。俺は前に忠告したはずだ。二度と俺たちに関わるな、美弦に何かしたら許さないと。それなのにどうしてここにいるのか、俺が納得できる理由があるなら言ってみろ」

底冷えがするような低く威圧感のある声に、桜子はもちろん、美弦も身をすくませる。

美弦からは恭平がどんな顔をしているのかわからない。

しかし、真正面から恭平と対峙する桜子の顔からは、みるみるうちに血の気が引いていった。その瞳には怯《おび》えの色がはっきりと浮かんでいる。顔を強張《こわば》らせた桜子は恭平から逃げようと一歩後ずさるが、恭平がそれを阻《はば》んだ。

「言えないのか？　なら俺から質問だ。君が美弦を殴ったのか？」

桜子は恐怖の滲《にじ》んだ顔でふるふると首を横に振る。

「あの、私――」

「質問に答えろ」

「ひっ……叩いたけど、殴ったわけじゃ……！」

「叩いたんだな」

直後、恭平がゆっくりと右手を振り上げる。それを見た瞬間、美弦は彼の背中に飛びついた。

「恭平さん、ストップ！」

「美弦は黙っていてくれ」

「それは無理！」

まさか手を上げようとするなんて。美弦の知る恭平とはかけ離れたその姿に今確信する。間違いない。

――恭平が、キレた。

美弦が叩かれた、それだけの理由で。

「落ち着いて、私はなんともないから！」

「そんなに頬を赤くしてなんともないわけがない」

「見た目ほど痛くないから大丈夫！　それにやり返す真似をして泣かせちゃったから！」

「つまり先に手を出したのは桜子というわけだ」

「それはそうだけど、もう二人の間で話はついたの。桜子さんも謝ってくれたから！」

あれを謝罪と捉《とら》えていいのか疑問は残るが、これまでの桜子の言動を思えば大きな変化であるのは間違いない。しかし恭平は「どうせ口先だけの謝罪だろ」と一蹴《いっしゅう》する。

「こういう人の痛みに鈍い馬鹿女は、一度痛い目を見ないとわからないんだ」

美弦がどんなに止めても恭平の怒りは収まらない。

普段は優しい人ほど怒ったら怖いというのは本当だった。

言っている内容や握った拳《こぶし》は物騒なのにもかかわらず、眉一つ動かない冷ややかな表情と淡々とした口調が余計に怖い。

日頃側にいる美弦でさえそう思うのだ。桜子などはすっかり萎縮《いしゅく》してしまい、先ほどまでの勢いが嘘のように体を小刻みに振るわせている。

しかし、社内で暴力沙汰は絶対にダメだ。

ふりとはいえ、叩き返そうとした美弦が言えたことではないが、上背のある恭平が小柄な桜子を本気で叩いたらどんな惨事になるかわからない。

「恭平さん」

背中から彼の前に回り込んで恭平と向かい合う。自然と桜子を庇《かば》う形になるが、これは恭平の将来のためだ。断じて桜子のためではない。

「本当に私は大丈夫だから。結果はどうあれ、私も言いたいことは言えたし、ね？」

じっと恭平の瞳を見つめると、恭平はくっと唇を噛んだ後大きく息を吐く。険の取れた表情は、美弦の大好きないつもの夫のものだった。

「……君がそこまで言うのなら」

そして恭平は視線を桜子へ移す。

「桜子」

地を這《は》うような声に桜子の体が大きく震えた。

「これが最後の忠告だ。今後一切、俺と美弦に関わるな。この間のように俺を待ち伏せしたり、今日みたいに会社に押しかけてくることも許さない。君が園田頭取の娘だろうと関係ない。もし同じようなことをしたら、次は問答無用で叩き出す。俺が今言ったことがその空《から》っぽの頭でも理解できたのなら、今すぐ消えろ」

「っ……」

「返事は？」

すごむ恭平に、桜子はひゅっと息を呑んだ後、涙を堪《こら》えるように顔をしかめる。しかし堪《こら》えきれなかったようで、彼女は「わかりました」と片手で目元を覆《おお》うと、逃げるように出て行こうとする。けれどすれ違いざま、彼女は言った。

「……ごめんなさい」

はっと振り返った時には、既に桜子の姿はなかった。


「美弦」

嵐が去ると、恭平は何よりも先に妻の体を抱きしめた。そして美弦にだけ聞こえる声で「怪我をさせてごめん」と小さく囁《ささや》く。

（恭平さんが謝る必要なんてないのに）

彼はまるで自分のことのように考えてくれる。

思えば先ほどのように恭平が取り乱すのは、いつも美弦が関わっている時だった。

パーティーで浩介と再会した時と桜子に叩かれた時。

美弦は、恭平が彼自身に関することで怒っている姿を一度も見たことがない。

いつだって彼は落ち着いていて紳士的だった。

今日も叩かれたのが美弦ではなく恭平だったら、彼はきっと冷静に対処していただろう。そんな恭平が美弦のためには怒ってくれる。

彼のその優しさにいったいどれほど救われただろう。

そう思うと改めて愛おしさが募《つの》った。

「恭平さん」

久しぶりに直接夫を呼ぶと、ゆっくりと抱擁《ほうよう》が解かれる。言いたいことも聞きたいこともたくさんあるけれど、最初に伝えるのはこの言葉。

「お帰りなさい」

自分にできる最大限の笑みを浮かべると、恭平は大きく目を見開く。そしてとろけるような笑みを浮かべると、「ただいま」と妻の頬にそっとキスをした。

（いつもの恭平さんだわ）

二週間ぶりのキスと抱擁《ほうよう》に肩の力が抜けるのがわかる。

先ほどは桜子があまりに取り乱すものだから、美弦が冷静にならざるを得なかった。

しかし体は正直だった。恭平と二人きりになって初めて、美弦は自分の顔が、体が強《こわ》張《ば》っていたことを自覚する。

「……家に帰りたい」

口からこぼれたのは、まぎれもない本音だった。

恭平も同意して、二人は彼の車で一緒に帰宅する。

マンションに到着したのは当初考えていたよりもずっと遅い時間。

それぞれシャワーを浴びた二人は、リビングのソファに隣り合って座る。

本当なら今頃、料理の仕上げをして誕生日を祝うはずだった。

しかし今は、それより前にするべきことがある。

桜子との関係、自分のことをどう思っているのか、一人の男性として好きになったこと、指輪のこと――そして先に切り出したのは恭平だった。

「君に話さければいけないことがある」

どこか緊張した面持ちに美弦は静かに頷き、耳を傾けた。

「多分、一目惚れだったんだと思う」

その言葉をきっかけに恭平の告白は始まった。

6

初めて美弦を見かけたのは、帰国して間もない十月のことだった。

社会人一年目でニューヨークの海外事業部北米開発室に配属された恭平は、十年近くを海外で過ごした。そのため父親である御影雄一社長から東京本社への異動を告げられた時は、正直かなり驚いた。

しかしいずれは、父の後を継ぐ兄の斗真を支えるために帰国しなければならない。それに新しい環境で働くのは自分のステップアップにも繋がるだろう。

ずっと日本を離れていたとはいえ、年に数回は帰国していたし、経営者一族の一員でもあることから東京本社にも知り合いは多い。

そんなこともあり、帰国することへの不安はあまりなかった。

実際にホテル事業本部長として働き始めてからも、仕事の進め方や部下とのコミュニケーションなど、手探りの部分はあったが概《おおむ》ね順調だった。しかしただ一つだけ、うまくいかないことがあった。

――女性社員との接し方だ。

東京本社の女性社員から、やたらと話しかけられるのだ。

仕事に関係する話であればいい。もちろん社員同士のコミュニケーションを円滑にするためには、ある程度の雑談も必要だと思う。

恭平は何も、「仕事以外の話を一切するな」と思っているわけではないのだ。しかしそれにしても、意味のない話をしてくる社員が多すぎる。

『付き合っている女性はいるのか』

『好みはどんなタイプか』

『趣味は何か』

『休日はどんなことをして過ごしているのか』

どれもこれも、「それを知ってどうするのだ」ということばかり聞いてくる。

会社は合コン会場ではないのだ。

(仕事をしろ、仕事を!)

本当はそう切り捨ててしまいたいけれど、話しかけてくるのは偶然エレベーターで一緒になった時や昼休みで、仕事に直接影響があるわけではないのでそれも難しい。

その他にも社内にいると、絶えず女性社員からの視線を感じた。

自惚《うぬぼ》れではなく、自分が目立つ容姿をしている自覚はある。

とはいえ仕事は仕事、プライベートはプライベート。

職場で色目を使われる毎日に、正直なところかなり辟易《へきえき》していた。

おかげで必要以上に絡まれないよう、昼食をわざわざ外で取ることが多くなったくらいだ。

しかしある日、恭平はあまり時間がないことと、外食をするのが面倒だったこともあり、珍しく社食を訪れた。

以前はすぐに女性社員に囲まれたが、その日は午後二時過ぎと時間が遅かったために食堂は閑散としており、幸いにも恭平に話しかけてくる社員はいなかった。

ほっとした恭平は席に座る。けれどその時、視線の先から一人の女性社員がこちらに向かってくるのに気づいた。

どうせまた何か言われるのだろうと身構えたのは一瞬だった。

彼女は恭平には一瞥《いちべつ》もせずに通り過ぎ、注文カウンターに向かったのだ。

予想が外れた恭平はつい後ろを振り返った。九センチはあるだろうヒールで歩く後ろ姿は、まるでランウェイを歩くモデルのようだ。

そんな彼女は注文を終えて、料理の載ったトレイを受け取るともう一度こちらに戻ってくる。そして恭平と向かい合う形で近くの席に座った。

しかし彼女はやはり恭平には目もくれない。どうやら本当に興味がないようだ。

帰国して約一ヶ月、女性社員からの過度なアピールに嫌気がさしていたからだろうか。そんな彼女のことがやけに気になって、恭平は気づかれないようにそっと盗み見た。

ばっちりとメイクをした彼女は、かなり好みの顔をしていた。

（すごい美人だな）

外見だけなら、恭平の知る限り、御影ホテル本社のどの女性社員よりも綺麗だ。

美人揃いの秘書課や受付の女性社員と比べてもなんら遜色《そんしょく》ない。

しかし、外見からの印象としてはかなり性格がキツそうだ。

乱れのない髪、ツンとした態度や、はっきりした顔立ちから、どうしてもそんな印象を抱いてしまう。しかし好みの外見のせいか、視線が逸らせない。

一方、恭平に見られているとは知らない彼女は、社食を前にそっと両手を合わせる。

声は聞こえないが『いただきます』と言っているのがわかった。

そして綺麗な箸《はし》使いでおかずを食べた、その時。

――心の底から美味《おい》しそうに、にこりと微笑んだのだ。

花が綻《ほころ》ぶようなその笑顔に一瞬にして心を持っていかれた。

つい先ほど抱いたクールな印象が一瞬にして塗り変わったのだ。

「うわ……」

思わず声が漏れた。しかしあれは反則だ。

この時初めて、恭平は「ギャップ萌え」という言葉の真の意味を知ったのだった。

その後、他の社員づてに彼女について色々と知ることができた。

彼女は、恭平とは別の意味で社内ではちょっとした有名人だったのだ。

名前は一条美弦。

年齢は恭平の四歳年下の二十八歳で、フランチャイズ事業部に所属している。

営業成績の優秀な社員らしく、何度か表彰されたこともあるらしい。

恭平の耳に届く美弦の評価は男女でまるで違った。

男性社員からは、密かな憧れの対象として。

女性社員からは、やっかみの対象として。

いずれの評判にも、恭平は「なるほどな」と納得した。

美人で仕事ができるとなれば、目立たないはずがない。そして目立つが故に、美弦に「恋人がいる」ことはすぐに耳に入ってきた。驚きはなかった。むしろあれほどの美人に恋人がいないという方が不自然だ。

実際、彼女は男性社員のマドンナ的存在なのだから。

とはいえ、恋人がいる事実に少なからずショックを受けた。

どんな男と付き合っているのかと興味を持ったし、自分に興味を持たないのもその男がいるからかと思うと面白くない。

――まずい、と思った。

恋人のいる女性を好きになる趣味はない。

嫌がる女性に無理矢理言い寄り、関係を迫るなんてもってのほかだ。

とにかく美弦のことはこれ以上考えない方がいい。

幸いホテル事業本部とフランチャイズ事業部はフロアも違う。

それに管理職の恭平と一社員の美弦は、仕事で深く関わることもないだろう。視界に入れさえしなければそのうち気にならなくなるはずだ。

しかしその読みは甘かった。

考えない。

関わらない。

そう決めたはずが、気づけば美弦の姿を探しているのだ。

自分でも呆れるくらいに彼女のことばかりが目に入る。

朝出社した時には会社のエントランスで。昼は社食で。

それ以外にも会社のエレベーターで一緒になったこともある。

社員で混み合うエレベーターの中で、美弦は恭平のすぐ目の前に立った。そうすると自然と彼女を見下ろす形になる。

この時は最高で、最悪だった。

会えたのは嬉しい。しかしこの至近距離ではどうしたって美弦の存在に敏感になってしまうのだ。

遠目で見ている時は、女性にしては背が高いと思ったが、実際こうして並ぶと、恭平なら簡単に胸元に抱きしめることができる。

ちらりと覗く真っ白な項《うなじ》も、艶《つや》のある髪の毛も、ほのかに香る爽《さわ》やかなフレグランスも、彼女の全てが恭平の五感を刺激する。

(勘弁してくれ……)

わかっている。恭平が一方的に意識しているだけで美弦は何も悪くない。

それでも、いくら心の中から追い出そうとしても、意識しないように心掛けていても、本能が美弦を求めてしまう。探してしまうのだ。

しかし恋人のいる女性を相手にこんなのは不毛でしかない。なんとかしなければと、この時の恭平は本気で思った。

だから父親に見合い話を持ちかけられた時、らしくもなく「行ってみよう」なんて思ってしまった。

（それに会うだけで父の顔が立つなら、これくらいはいいか）

相手女性の父親は大手金融機関Ａ銀行の頭取。Ａ銀行といえば御影ホテルとの関係も深く、仕事の集まりか何かで恭平も挨拶《あいさつ》程度なら交わしたことがある。

なんでもその時、頭取が恭平のことを気に入ったらしい。

それもあり、父親は「うちの娘と見合いをしてほしい！」と熱心に頼まれたのだとか。

御影社長個人の考えとしては、息子の結婚相手に口を出すつもりはないが、あまりに熱心に頼まれるものだから、「もしも今特定の女性がいないなら一度だけ会ってくれないか」と恭平に切り出したのだ。

『会ってみて気が合うようなら付き合えばいいし、違うと思ったならそれはそれで構わない』

その言葉に「一度くらいならいいか」と見合いを承諾した。

しかし見合い前の段階で、「頭取の娘と結婚することはないだろうな」とは思った。

何せ相手は大学四年生の二十二歳。十歳も年下だ。話が合うとはとても思えなかったし、向こうだって恭平を恋愛対象としては見ないだろう。

（でも、それでいい）

頭取の娘と深い関係にならずとも、この見合いをきっかけに美弦を忘れられるならば行く意味はある。

そして見合い当日。

年が明けて間もない一月初旬、恭平は都内の某会員制フレンチレストランで相手女性である園田桜子を待っていた。

初対面同士で完全個室というのはいかがなものかと思うが、先方に指定されたのだから仕方ない。頭取がいかに見合いに熱を込めているかが伝わってくる。

恭平の方はこの見合いを「きっかけ」程度にしか捉《とら》えていない分、先方との温度差は明らかだ。とはいえ、相手女性に失礼がない程度には振る舞おう。

しかしいざ対面してすぐ、その必要がないことを知った。

「最初に言っておきますが、私は他に好きな人がいるのであなたと結婚する気はありません。父がどうしてもと言うから来ただけです。それに、十歳も年上なんてありえないし、そもそも私は顔のいい男の人は嫌いですから」

互いに自己紹介を済ませるなり、桜子は不機嫌さを隠さず、そう言い放ったのだ。

初対面の相手に「嫌い」と言い放つ無礼さに、怒るより呆れた。

「わかった。なら帰ろう」

「えっ……？」

「顔が嫌いなら一緒に食事なんて苦痛でしかないだろ？　どうせなら料理は美味《おい》しく食べたい。最低限の礼儀も知らないお子様と過ごすのは時間の無駄だ。あと、言葉を返すようだが俺も君の顔は好みじゃない。最後に、この見合いは園田頭取が『どうしても』と言うから来ただけだ。帰っても俺にはなんの問題もない」

馬鹿にされたと感じたのか、桜子の頬に朱が走る。彼女は「信じられない」と唇を震わせ、恭平を睨《にら》んだ。

「女性に対してなんて失礼な人なの。ありえないわ、それでも年上ですか!?」

「大きな声を出さないでくれ、耳が痛い」

「なっ……！」

言葉を失う桜子に恭平は淡々と続ける。

「俺も女性に対してこんな物言いをしたのは初めてだ。でも先に『ありえない』振る舞いをしたのは君の方だろう。あいにく、そんな相手に対する礼儀は持ち合わせていないんだ」

そう言って席を立とうとすると、「待って！」と桜子がそれを引き止めた。

眉を顰《ひそ》める恭平に、桜子は顔をしかめたまま「ごめんなさい」と小さな声で謝罪する。

そして父親から「恭平が見合いをしたがっている」と聞かされていたこと、「三十歳過ぎの男が大学生を相手に見合いなんてありえない」と思っていたと話す。

「最初が肝心だと思ってああいう言い方をしたんです。まさか私の父の方からお願いしていたとは思わなくて……ごめんなさい」

だからといって他にも言い方があるだろうと思わなくもない。しかし謝れる程度の素直さは持ち合わせているようだ。

「事情はわかった。そういうことなら、この見合いは成立しなかったと互いの親に話せばいい。園田頭取には俺のことをどう伝えてもらっても構わない。性格が悪いとでも、顔が好みじゃないとでも話せばいいさ」

「……それはできません」

言われなくともそうする、くらいのことは言われると思っていたから、これには驚いた。

「できないって、どうして？」

「私に嘘をつくくらいだから、父がそう簡単にあなたのことを諦めるとは思えないからです」

「君には好きな人がいるんだろう？　ならそれを伝えればいい」

「無駄です。話したところで父が浩介さんを認めるとは思いません。それに私は一度『君とは付き合えない』と振られているんです」

好きな人こと「浩介さん」はA銀行に勤める一般行員らしい。

　確かに「御影ホテルの御曹司」という恭平の立場に魅力を感じているであろう頭取には、受け入れ難い相手なのかもしれない。

「だからって俺と結婚する気はないんだろ？　俺だってそのつもりはない。君はいったいどうしたいんだ？」

「毎週、私とこうして食事をする時間を作ってくれませんか？」

　意図がわからずに眉を寄せると、桜子は父が過保護であることに触れた上で言った。

　父親が恭平を気に入っているなら、桜子が恭平と会っている間は娘への干渉が緩くなるはず。それを利用して浩介との距離を縮めたいのだと。

「三ヶ月――いえ、一ヶ月で浩介さんを口説き落としてみせます。だから一ヶ月間だけ私に協力してくれませんか？」

　最初の無礼さが嘘のように「お願いします」と桜子は深く頭を下げる。だが「わかった」と簡単に答えるわけにはいかない。

「……口説き落とすって、君は一度振られているんだろう？　それに仮に落とせたとしても、どうやって頭取を納得させるんだ」

「振られたけど、諦めたとは言ってません。私がどれだけ好きなのかを伝えて振り向かせてみせます。それでもダメなら既成事実を作ってしまえばいい。そうすれば、父も納得せざるを得ないでしょうから」

「既成事実って……すごいことを考えるな」

桜子は「当然でしょう」と言わんばかりににこりと笑う。

「それくらい彼のことが好きなんです。──何をしたって、手に入れたいくらいに」

どうやらただのわがままお嬢様ではなかったらしい。

──欲しいから手に入れる。

そう言い切る桜子の姿は、美弦を忘れるために見合いに挑んだ今の恭平にとってはやけに眩《まぶ》しく感じた。同時に「好きだから」と突き進もうとする若さと勢いが羨《うらや》ましくもある。だから、恭平は桜子のお願いを聞き入れた。

恋人でも好きでもない相手に何ヶ月も時間を割《さ》くのはごめんだが、一ヶ月程度なら構わないだろう。

「わかった。これから一ヶ月間、週に一度会う時間を設《もう》けよう」

「本当ですか!?」

「ああ。でもそれ以上の協力はしないよ。頭取に俺と会うと嘘をついて『浩介さん』に会ったりするのはやめてくれ。巻き込まれるのはごめんだ」

冷たいかもしれないがこれだけは譲れない。

桜子の恋愛事に振り回されるのを受け入れられるほどのお人好しにはなれない。しかし桜子は「十分です」と言い切った。

この日から恭平は週に一度、桜子と食事をする間柄になった。

二回目に会った時、桜子は「二人で会えることになったのだ」と嬉しそうに報告した。三回目の時に「デートの約束をした」「毎日電話している」と聞いて彼女の行動力に驚かされたし、確実に距離を縮めていることに素直に感心した。

一方、恭平の方は相変わらずの日々が続いていた。

社内で美弦を見かければ相変わらず意識するし、いなければいないで彼女の姿を探してしまう。

見合いをきっかけに忘れられればいいと思っていたのはむしろ逆効果だった。「浩介さん」を振り向かせようと突き進む桜子を間近で見ているからこそ、「自分も行動してみようか」とふとした瞬間に思ってしまうのだ。

――もしも美弦と付き合えたら誰よりも大切にするのに。

――俺を見てほしい。

――彼女に触れたい。

そんなことばかり考えてしまう。

特に酷い時は「別れればいいのに」なんて思ってしまい、そんな最低なことを考える自分に辟易《へきえき》した。しかしそんな自分以上に最低な人間がいると知ったのは、見合いからちょうど一ヶ月経った二月初旬のことだった。

　この日は桜子と会う最後の日。

　一週間ぶりに会う桜子はこの上なく機嫌が良くて、その晴れやかな表情を見ただけで彼女の恋が成就したことがわかった。

「その様子だと『浩介さん』を口説き落とすのに成功したみたいだね。頭取も説得できたのか？」

「渋々ではあったけど、最終的には認めてくれました。浩介さんも父に『娘を傷物にした責任を取ってもらう』と言われたら断れなかったらしくて」

「傷物って……まさか本当に既成事実を作ったのか？」

「だって、そうでもしなければ婚約者がいる人とは結婚できないでしょう？」

　一瞬、理解が追いつかなかった。

『婚約者』『既成事実』

　その言葉から導き出される答えは一つしかない。

「……君は、恋人がいる男を寝取ったのか？」

　唖然とする恭平に、桜子は「そういうことになりますね」と肯定する。その瞬間、恭平は血の気が引いていくのがわかった。

「そうだ。私は会ったことないけど、相手の女性は御影ホテルの社員って言ってましたよ。まあ『元』婚約者ですし、もう関係ないですけどね」

浩介と婚約できたことがよほど嬉しいのか、『元』の部分をやけに強調する。

「俺は、恋人がいたなんて聞いていない」

「知っていたら協力してくれないと思いましたから」

桜子はあっさりと言い放つ。

その、まるで悪びれたところのない様子に一気に嫌悪感が押し寄せた。一ヶ月前、「何をしても手に入れたい」と話していた姿が途端に汚《けが》らわしく思えた。

「君は、自分が何をしたのかわかっているのか？」

「褒《ほ》められた行いではないのはわかってます。でも恭平さんが怒ることじゃないでしょう？　同じ会社というだけで、知り合いではないんですから」

「そういう問題じゃないだろう！」

人間として最低な行いをしておきながら、平然としていられる精神がわからない。

「――二度と俺に関わらないでくれ」

金輪際《こんりんざい》関わりを持ちたくなくて、この日を最後に恭平は桜子との関係を断った。

しかし、話はそれで終わらなかった。

それから間もなくして、「一条美弦が婚約破棄された」という噂が社内を駆け巡《めぐ》ったのだ。噂の中には尾ひれがついて真実かどうかわからないものもあったが、共通しているのは「元婚約者が銀行員だった」ということ。

（……まさか）

嫌な予感は当たった。

一向に噂が消える気配のない三月、恭平は食堂で美弦を見つけた。

自分が彼女に注目しているのと同様、他の社員も美弦のことを気にしていたのは傍目《はため》にもわかった。そんな中でも彼女は綺麗な所作で淡々と食事をしている。

凛《りん》とした姿勢やクールな表情は普段通りで、婚約破棄されて落ち込んでいるようには見えない。しかし恭平には彼女がいつもと違うことがすぐにわかった。

——笑顔がないのだ。

恭平は、美弦の美味《おい》しそうに食べる姿に一目で心惹かれた。しかし視線の先の彼女はまるで機械のように黙々と食事をしている。

その姿にたまらなく胸が痛くなった。あの無表情の下で、本当は泣いているのかもしれないと思うと切なくなって声をかけようとした時、恭平より先に別の男性社員が彼女の隣に座った。

（あれは確か、田原裕二。そうか、彼女と同じフランチャイズ事業部だったな）

以前一度だけ仕事で関わったことがある田原は、親しそうに美弦に声をかけている。

恭平は、二人に気づかれないように近くの席に背中を向けて座る。小さな声ではあるけれど会話が聞こえてきた。

「相変わらず注目の的だな」

「……いい加減、慣れました」

「しっかし浩介君もバカなことするよな。俺なら世間知らずでわがままなお嬢様なんて絶対にごめんだけど」

──やはり桜子の「浩介さん」は美弦の婚約者と同一人物だった。

知らなかったとはいえ、恭平は間接的に桜子の協力をしていたことになる。

ならば美弦が今傷ついているのは自分のせいでもあるのだ。そう思うと申し訳なくてたまらなくなる。

「……お前、大丈夫か？」

「もう終わったことですから」

「あー……今日は金曜日だし、『善』に飲みに行くんだろ？　やけ酒なら付き合うぞ。なんなら奢《おご》る」

「『善』には行きますけど、一人で飲みたいので大丈夫です」

そう言って美弦は先に食事を終えると、恭平に気づかないまま出て行った。

その後、恭平は田原との会話に出ていた『善』について調べた。

（居酒屋か）

今日、ここに行けば美弦に会える。

仮に会ったところで何を話したらいいのか、そもそも自分にそんな資格があるのか……午後の仕事をしながら何度も考えた。

それでも、これまで「恋人がいるから」と自分の気持ちにストップをかけて、見ているだけだった存在と初めて向き合えるかもしれない。彼女に自分の存在を知ってもらえるかもしれない。

そう考えたら、「会いたい」と思う気持ちを止めることはできなかった。

罪悪感を抱えながらも美弦の行きつけの居酒屋を訪れた。

案の定、美弦にとっての恭平は「見覚えがある」程度の認識だった。

自分に興味がないことは知っていたものの、少なからずショックを受けた。しかし会話を重ねるうちに、そんなことはすぐにどうでもよくなった。

初めて直接会話をする美弦は、想像以上に魅力的だったのだ。

仕事をがむしゃらに頑張るところも、モチベーションを上げるために綺麗でいようとする努力も、家族思いのところも、努力家なところも。彼女の全てが素敵だと恭平は思った。

しかし婚約破棄によって自信をなくした美弦は、自分のことを好きになる男なんていないと思い込んでいた。

そんなことないのに。君はこんなにも素敵な女性なのに。

（俺なら、不安に思う暇もないくらい大切にするのに）

ほろほろと涙を流す姿を見てたまらず涙を拭った。そうしながらも、これから先、彼女が傷つき、泣いた時に支えられる立場になりたいと心の底から望んだ。

『……あなたみたいな人と結婚する女性は、きっと幸せね』

その直後に美弦から発せられた言葉に箍《たが》が外れ、考えるよりも先にプロポーズした。

衝動的ではあったけれど、まぎれもない本心だった。

もしかしたら、二人で会話をした時から――いや、初めて見た時から、そう思っていたのかもしれない。

――もしも自分が結婚するなら、美弦以外にいないと。

翌朝、美弦が何も覚えていなかったことにはさすがに驚いたけれど、素面《しらふ》に戻った彼女を前にしても結婚の意思は変わらなかった。

むしろ美弦に触れる心地よさを知って、ますます想いは強くなった。

しかし当然ながら、美弦は「酔っていたから」「お互いのことを知らないのに結婚なんて」と動揺した。それを恭平はあの手この手で言いくるめた。

美弦は恭平を「落ち着いている」と言うけれど、あの時の自分はこれ以上なく必死だった。

美弦が求めているのは「結婚相手」であって恭平自身ではない。それでも構わない。

結婚生活を送りながら、好きになってもらえるように努力をするだけだ。

――美弦が好きだ。

浩介のことを考えなくなるくらい、身も心も甘やかして自分のものにしたい。

そんな本心を隠して、「女よけのための結婚だ」なんて言ったのは、美弦が恋愛を望んでいなかったから。

女性としての自信を失っている美弦に「実は一目惚れでした」と正直に言ったら、頷いてもらえないと思ったのだ。

それに桜子と知り合いであることを黙っていたのは、それを知ったら、きっと美弦は自分を受け入れてくれなかっただろうから。

卑怯《ひきょう》だと思う。それでもどうしても美弦が欲しかった。

(ごめん、美弦)

結婚生活を送りながら、心の中で数え切れないくらい謝罪した。

自分の手料理を美味《おい》しそうに食べる姿を見るたびに、情事の最中に甘い声で鳴くたびに、「恭平さん」と涼やかな声で名前を呼ばれるたびに、恭平はたまらなく幸せな気持ちになった。同時に黙っていることへの後ろめたさも感じた。

美弦が好きだ。誰よりも大切にしたいと、慈《いつく》しみたいと思う。

(俺が、美弦を幸せにする)

間接的にとはいえ、彼女を傷つけてしまったからこそ、もう二度と傷つかなくていいように、泣かなくて済むように、何者からも守ってみせると己に誓った。

「――それくらい、君のことを愛しているから」

◇

『愛している』

その言葉を最後に恭平の告白は終わった。

語り終えた彼は今、両手を膝の上で組んでじっと美弦を見つめている。きつく握られた拳《こぶし》や揺れる瞳からは、美弦の言葉を待っているのが痛いくらいに伝わってくる。きっと今、彼は不安なのだと思う。

恭平は話しながら何度も謝罪した。そんな彼の態度から、図らずも桜子に協力してしまった後悔が伝わってきた。

もしかしたら美弦がそれを許さないと思っているのかもしれない。

（そんなことないのに）

当時の恭平は浩介に婚約者――美弦がいたことを知らなかった。親切心で桜子に協力したただけだ。彼は何も悪くない。罪悪感を抱く必要は微塵《みじん》もないのだ。

だから美弦は「謝らなくていい」と伝えなければならない。

……そう思うのに、声が出ない。

偶然の出会いだと思っていた。

互いのメリットのために結婚したのであって、たとえどれほど肌を重ねても、彼が美弦に向ける感情は男女の愛とは違うと思っていた。

でも違ったのだ。

『帰国した恭平は、社内で偶然美弦を見かけて以来ずっと気になっていたが、当時の美弦には婚約者がいたため声をかけることはなかった。しかし行きつけの居酒屋で偶然美弦と出会う。そこで婚約破棄したことを知った恭平が美弦を口説いた』

あれは、作り話ではなく真実だった。

美弦が恭平を認識するずっと前から、彼は美弦を好きでいてくれた。欲してくれていたのだ。その事実に、「愛している」の言葉に、胸が詰まって感情が溢《あふ》れ出す。

――ああもう、だめだ。

泣くつもりなんてなかったのに、恭平の愛の深さに溺《おぼ》れそうになる。

「やっぱり俺のことを許せない？」

無言のまま涙目になる美弦を見た恭平が悲しそうに眉を下げる。

「違うわ」

「じゃあ、軽蔑した？」

「そうじゃなくて――」

　これ以上不安にさせてはだめだ。美弦は溢《あふ》れ出る感情を堪《こら》えるようにグッと拳《こぶし》を握り、恭平を見つめる。

「……恭平さんが私を好きなことに驚いたの」

　自分の気持ちを素直に伝えると、恭平の顔から不安が消える。かわりに驚愕《きょうがく》したように目を見開き、「まさか伝わっていないとは思わなかった」と小さくこぼす。

「かなりストレートに言葉や態度で表していたつもりなんだけどな」

　確かにその通りだが、てっきりそれが恭平の通常だと思っていた。そう答える美弦に、恭平は「美弦以外にあんな態度は取らないよ」と苦笑する。

「それじゃあ、俺のことを許してくれるのか？」

「許すも何も、初めから怒ってないわ。それどころか感謝したいくらい」

　美弦は「少し待っててね」とソファを離れると、リビングルームのチェストの引き出しを開けて結婚指輪の入った小箱を手に取った。

　そしてソファに座る夫のもとに戻ると、大きな手のひらにそっと小箱を載せる。ベルベット地のそれを受け取った恭平は大きく目を見開き、ばっと美弦の方を見た。

「美弦、これ――」

「誕生日プレゼント。開けてみて？」

恭平は驚愕《きょうがく》の表情のまま箱を開ける。

「結婚指輪……？」

「白石ジュエリーでお願いしたの。裏面を見てくれる？」

恭平は震える指先で指輪に触れる。美弦のものに次いで自分の指輪の裏面を見た彼が、そこに刻まれた刻印に息を呑んだのがわかった。

『all my love』

――私の愛の全て。

「今さらと思われても仕方ないと思ってる。でも今の私は、あなたとの結婚を誰にも隠したくない。――あなたを、愛しているから」

恭平の指からそっと指輪を受け取った美弦は、彼の左手の薬指にそれを嵌めて溢《あふ》れるほどの感謝の気持ちを伝える。

「私のために怒ってくれて、守ってくれて、ありがとう。『愛してる』と言ってくれて嬉しかった。私も恭平さんが大好きよ」

その瞬間、恭平は美弦の体を思い切り抱き寄せた。

突然の抱擁《ほうよう》に驚きながらも、美弦はそっと彼の広い背中に手を回す。

触れ合う胸からは彼の激しく鼓動する心臓の音が聞こえてきた。

ふと、耳元で何かを堪《こら》えるような声が聞こえる。

(恭平さん、泣いてる?)

彼が今どんな顔をしているかはわからない。しかし、彼の肩や美弦を閉じ込める腕がかすかに震えていた。そんな彼が口にしたのは、意外な言葉で。

「――妻が男前すぎて困る」

泣いているのをごまかすような小さな囁《ささや》きに、美弦は思わず噴き出した。

「恭平さんには敵わないわ」

「……君は俺を喜ばせる天才だな」

そうしてゆっくり抱擁《ほうよう》を解いた恭平の目はやはり赤かった。

恭平は、自分がされたように美弦の左手薬指に結婚指輪を嵌めると、今一度「愛してる」と愛の言葉を紡いだ。

見つめ合う二人の瞳は、互いに涙で潤《うる》んでいる。

今、彼の瞳に自分が映っていることが心の底から嬉しかった。

熱い眼差しを一身に受けていることが奇跡のように思えた。

「美弦」

瞳の中の自分が大きくなっていく。

そうしてゆっくりと瞼《まぶた》を閉じると、唇にそっとキスをされた。

初めは触れ合うだけの軽いキスが次第に激しさを増していく。

「ん……誕生日の、お料理を作ったの」

舌を絡め合う合間に囁《ささや》けば、「ありがとう。でも、後でいい」と悩ましいほど艶《つや》やかな声が返ってくる。

「今は、美弦を食べたい」

心の底から美弦を渇望するような声に、美弦は言った。

「……私も、あなたが欲しい」

久しぶりのキスは涙の味がした。

◇

寝室に移動した二人は、裸で重なり合うようにベッドに沈み込む。

「んっ……」

恭平に触れたい、触れられたい、彼の熱を感じたい。

躊躇《ためら》いも羞恥心《しゅうちしん》もない。ただ本能に導かれるまま深く口付けをする。

今この瞬間だけは美弦はただの雌になる。同様に激しい熱をぶつけてくる恭平もまた雄だった。でもそれでいい。だってこれが欲しかったのだ。

恭平は舌を奥まで差し込むと美弦の舌を絡め取る。互いの唾液が絡み合う音と荒い吐息が寝室に響く。まるで聴覚まで愛撫《あいぶ》されているような感覚に陥《おちい》った。

（もっと）

足りない。もっともっと、彼が欲しい。

恭平の逞《たくま》しい首に両手を回して上半身を浮かせる。

仰向けのまま恭平の舌を絡め取り、彼の薄くて形のよい唇を何度も食《は》んだ。すると恭平は美弦の負担を考えたのか、両手を妻の腰に添えると体を反転させる。

仰向けになった恭平は腰に座る美弦を見上げて微笑んだ。

その笑顔は眩《まぶ》しいくらいに綺麗で優しくて、悩ましいほどに艶《つや》っぽい。

「おいで」

熱を孕《はら》んだ甘くとろけるような声に、美弦はそっと彼の唇にキスを落とす。

今の自分はまるで蜜に吸い寄せられる蜂のようだ。味なんてしないはずなのに、角度を変えて交わす口付けは甘くて熱い。

「んっ……ふぁ……」

「美弦の口の中、甘い」

恭平も同じように感じているのが嬉しくて、さらにキスを深めたその時、お腹のあたりに熱い何かが押し付けられているのに気づく。

視線をそちらに向けると彼の塊《かたまり》がはっきり主張していた。

（わっ……）

天井《てんじょう》を向くほど反《そ》り返ったそれに心の中で息を呑む。もちろん今まで何度も見たことがあるし、触れたこともある。けれど、キスだけでここまで反応するなんて――

思わず恭平の顔に視線を向けると、彼は「二週間も美弦に触れていないから」と苦笑する。

「ニューヨーク滞在中、美弦にキスしたくて、触れたくて……抱きたくてたまらなかった」

夢にまで見るほど焦《こ》がれていた――そんなこと言われて嬉しくないはずがない。

「私も」

気づけば美弦は電話では言えなかった本心を口にしていた。

「『二週間なんてあっという間』なんて言ったけど、そんなことなかった。私も恭平さんに会いたかった。……こうして触れたいって、何度も思った」

――そう。ずっと、触れたかったのだ。

その思いに突き動かされるように美弦はゆっくり体を起こすと、恭平の足元に体を移動させる。そして両手でそっと昂《たかぶ》りに触れた。

「美弦？」

驚いて上半身を浮かせようとする恭平に構わず、美弦は先端にちゅっとキスをした。

直後、恭平がごくんと喉を鳴らしたのがわかったけれど、そのまま舐《な》め続ける。

「っ……そんなことしなくていいから」

彼から奉仕を望まれたことは一度もない。初めは「自分が下手《へた》だからだろうか」と凹《へこ》んだこともあったが、その理由はすぐに彼の口から明らかになった。

『俺とのセックスが気持ちいいと思ってもらえれば、それだけで十分嬉しいから』

底抜けに優しい彼は、自分の快楽よりも美弦を優先する。

つまり、されることが嫌いなわけではないのだ。

(でも、今日だけは)

恭平に気持ちよくなってほしい――美弦で感じてほしいのだ。

「私がしたいの。お願い、させて？」

上目遣いで微笑んでお願いすると、恭平の表情がピシリと固まる。直後、彼は片手で自分の目元を覆《おお》って低く呻《うめ》いた。

「そんな顔で言われて、断れるわけがないだろ……」

小悪魔がすぎる、という小言は聞き流し、美弦はそっと両手を竿《さお》に添えた。

皮の部分をゆっくりと上下に擦ると、「くっ」と恭平が吐息を漏らす。悩ましいほど艶《つや》っぽい声がもっと聞きたくて、美弦は手を動かしながら顔を彼の太ももの間に埋《うず》めた。

濡れる先端をペロリと舐《な》めて、口に含む。しかし凶悪なまでに大きなそれは、とてもじゃないが全部は口に収まり切らない。けれど離したくなかった。

もっと、もっと感じてほしいし、求めてほしい。

そんな感情が心の内側から湧き上がってくる。

「んっ、ぁ……」

「恭平さん、気持ちいい？」

途中、口を離して上目遣いで問えば、恭平は赤らんだ顔で「聞くな」とばかりに美弦を見返す。それは普段の彼からはとても想像できない姿だった。

セックスの時、余裕がないのはいつだって美弦なのに、今は恭平が乱れている……美弦の口淫に感じてくれているのだ。

その事実に、目の前の光景に、たまらなく胸がときめいた。

恭平を攻めるうちに段々と彼の感じるポイントがわかってくる。亀頭の部分を吸い上げるように舐《な》めながら片手で竿《さお》をしごき、もう片方の手で根元にある塊《かたまり》をやわやわと揉む。袋の中の玉が動く感触が面白くてそれを続けていると――

「んっ……!?」

直後、口の中の圧迫感が一気に増した。

「美弦っ……！」

あっと思った時には視界が反転していた。恭平が口から自らを引き抜くなり、美弦を押し倒したのだ。彼が達するまで続けるつもりだった美弦は、突然入れ替わった体勢に目を瞬《またた》かせる。

「恭平さっ――んんっ！」

名前を呼ぶより前に言葉は封じられた。美弦に覆《おお》い被さった恭平が唇を塞いだのだ。

「待っ、私まだ――」

「いくなら美弦の中がいい。――でもその前に、今度は俺に君を気持ちよくさせて」

反論は聞かないとばかりに恭平は美弦の舌を絡め取る。それだけでは終わらない。彼は呼吸ができないほど激しい口付けをしながら、右手で美弦の蜜口に触れた。

「あっ――！」

既にそこは濡れていた。ぷっくりと肥大した陰核を親指と人差し指でやんわりといじられた美弦は、たまらず声を上げる。けれど恭平は構わずそこをこねくり回しつつ、人差し指をつぷんと蜜口から侵入させた。

「……すごく濡れてる。俺のを舐《な》めながら感じてたのか？」

顔を上げた恭平は美弦の耳元でふっと囁《ささや》く。

自分のいやらしさを指摘されて、かあっと美弦の頬に朱が走る。先ほどまでは美弦が恭平を攻めていたのに、今やすっかり攻守が入れ替わっている。

「っ……！」

膣壁を指で擦られた瞬間、甘い痺《しび》れが背筋を駆け抜けた。

たまらずきゅっと唇を噛んで瞼《まぶた》を閉じる。

そうしてもどかしいほどの快楽に耐えている間も、恭平の攻めは続いた。

「あっ、そんな風に触ったら……！」

大きな左手のひらが美弦の胸を揉みしだく。豊かな質量を楽しむようにやんわりと下から掬《すく》い上げたかと思えば、ぷっくりと上を向く乳首の先端をつまみ上げる。

緩急をつけた触れ方に、もはや美弦は喘《あえ》ぐことしかできない。

「……本当に美弦は全部が甘いな」

食べてやりたくなる。

それを体現するように、恭平は触れていない方の胸の先端をぱくりと食べた。

ざらりとした温かな舌で乳首の先端をコロコロと転がす。

まるで飴《あめ》を舐《な》めるような舌使いで翻弄《ほんろう》された後、ちゅうっと痛いくらいに吸われた瞬間、体の中心が燃えるように熱くなる。

胸と秘部を、口と手で同時に攻め続けられた美弦の限界はすぐだった。

体の内側からもどかしいほどの熱が押し寄せ、悦楽《えつらく》の波に呑み込まれた。

脱力してベッドに横になり、乱れた呼吸を整えようとする。

けれど、久しぶりに達した体からは一向に熱が引いていかない。

むしろより敏感になって、素肌にシーツが擦れただけで蜜口からは愛液がとろりと溢《あふ》れてくる。

そんな美弦を見下ろしながら、恭平はベッドサイドにあった避妊具を手早く装着する。

目の前にあるそれは、間違いなく口の中にあった時よりも大きくなっていた。

「待っ……！」

達したばかりでまだ落ち着いていないのに――しかし恭平は「待たない」と言い切り、屹立《きつりつ》する先端を膣口に押し当て腰を落とした。

「ああっ……！」

圧倒的な質量が体の中に入ってくる。

一気に最奥《さいおう》まで貫かれた美弦はそれだけで達してしまった。

強烈なまでの快楽に小刻みに体を震わせる美弦を見下ろしながら、恭平は一瞬辛そうな顔をする。

「っ……久しぶりだから、きついな。――動くぞ」

次の瞬間、膣いっぱいにあった塊《かたまり》が一気に引き抜かれる。

けれどそれを寂しいと思う間もなく今一度ずぶりと突き刺されて、美弦は声にならない声を上げた。

（これ、だめっ……！）

子猫のような嬌声《きょうせい》を上げる美弦に向かって、恭平は容赦なく腰を動かす。そのたびにくちゅくちゅと愛液が混じり合い、いやらしい音を奏《かな》でた。

「熱っ……」

快楽を堪《こら》えるように恭平はクッと唇を噛む。

両手を美弦の顔の横について一心不乱に腰を動かす夫の額から、ぽたりと美弦の胸に汗が落ちた。

「んっ……あぁっ……！」

ただそれだけの刺激も、今の美弦には甘い毒になる。

恭平は腰を打ち付けながら、落ちた汗を右手で拭った。そして美弦の顔の横から両手を動かして、律動と共に揺れる乳房を鷲掴《わしづか》みにした。

双丘を揉みしだく手つきは腰つきと同じくらい激しいのに、とても優しい。

恭平は決して美弦を傷つけない。彼とのセックスはたとえどれほど激しくても、いつだって美弦に対する労《いたわ》りに満ちていた。

「美弦っ……！」

恭平は胸を攻めていた両手を美弦の膝裏に当てて、グッと抱え上げる。

下半身が持ち上がると必然的に二人が繋がる部分が視界に映った。

シーツが濡れそぼるほどの愛液を滴《したた》らせる蜜口を、大きくそそり勃つ塊《かたまり》が抜き差しする。その光景も、ぐちゅぐちゅと鳴る音も、あまりにいやらしくて眩暈《めまい》がしそうだ。それでもやめてほしいとは思わない。

むしろ、もっと、もっと、とさらなる刺激を求めて美弦は自ら腰を揺らす。

目の前がちかちかするような強烈な快楽に、本能に身を任せる。

──そして、上下に突き刺してくる先端が子宮口を突いた。

「ああっ、それ、や、いくっ……！」

いっちゃう、いっちゃうとうわ言のように漏らす美弦に、恭平は猛然と腰を打ち付ける。亀頭が子宮を激しく突いた瞬間、蜜口から透明な潮が噴き出した。

「ああっ……！」

びくん、と美弦の体が大きく跳ねる。同時に膣がきゅうっと恭平を締め付け、膣の最《さい》奥《おう》で薄い膜越しに欲望が放たれた。

──熱い。

体の中心に注《そそ》がれた熱だけではない。覆《おお》い被さるように重なる素肌から伝わる熱が、一身に注《そそ》がれる眼差しが、額に、頬に、唇に落とされる彼の唇が、熱くて愛おしくてたまらなくなる。

絶頂を迎えた二人は互いに見つめ合う。

「美弦」

眦《まなじり》に恭平の唇が触れて、美弦は初めて自分が泣いていることに気づいた。

涙が出るのは悲しい時だけではない。人は幸せでも泣けるのだと教えてくれたのは、他ならない彼だった。

「愛してるよ」

私も、という声は、静かに重なった唇によって呑み込まれる。

でも構わない。

想いを通じ合わせ、真に夫婦となった二人は、これからいつでも何度だって愛の言葉を交わすことができるのだから。

その後、二人は明け方まで抱き合った。

恭平は、出会いから今日まで胸に秘めていた美弦への想いを全てぶつけるように美弦を求め、愛し、慈《いつく》しんだ。

そんな夫の溢《あふ》れるほどの熱情を、美弦は何度も意識を飛ばしそうになりながら全て受け止めた。

触れて、交わって、一つになる。

愛する夫に貫かれながら、美弦は二人が溶けて一つになる感覚を知ったのだった。

エピローグ

『私も恭平さんが大好きよ』

心も体も結ばれ真の夫婦となったあの日以降、美弦は結婚を隠さなくなった。

左手の薬指に指輪があること、そして社内でも「御影美弦」にしたことで、御影本部長の噂の結婚相手が美弦であることは瞬《また》く間に社内に広がった。

田原には「どうして黙っていたんだ」とかなり驚かれたし、予想していた以上の嫉妬の嵐にも見舞われた。

針の筵《むしろ》具合は婚約破棄の時とは比べ物にならないほど凄《すさ》まじかったけれど、あの時のように美弦が傷つくことはなかった。

誰に何を言われようと恭平の妻は自分だけだし、何より愛されている実感があったからだ。

美弦は今まで通り自分の仕事を頑張ればいい。

桜子についてはあの後、彼女の父親である園田頭取から恭平に正式な謝罪があったらしい。後で恭平から聞いたところによると、園田頭取は土下座せんばかりの勢いで謝罪し、二度と娘を関わらせないことを誓ったという。

先方は美弦への謝罪も望んだが、美弦はそれを拒《こば》んだ。

浩介と桜子とは金輪際《こんりんざい》関わりたくなかったし、あの二人にも自分のことは忘れてほしかった。

美弦にとって、彼らはもう過去の人だ。

これから先は、恭平と共にたくさんの思い出を作っていく。

◇

九月。

美弦はこの日、恭平と一緒に彼の実家を訪れていた。改めて彼の家族と会うためだ。

父であり社長の御影雄一、母の御影優子、そして兄で副社長の御影斗真。

優子と会うのはこれが二度目だ。

雄一と斗真には、過去に営業成績優秀者の表彰式などで直接対面したことはあるけれど、「恭平の妻」として会うのはこれが初めてだ。

恭平の家族に会えるのは素直に嬉しい。しかし同時に緊張もした。

特に雄一は、恭平に桜子との見合いを勧めた過去がある。あくまで桜子の父が望んだことで雄一は乗り気でなかったらしいし、恭平も「父は君を歓迎してるよ」と言ってくれたものの、いざ実際に会って考えが変わったらと思うと不安だった。

恭平の言葉を疑っているわけではない。ただ、大好きな夫の家族だからこそ気に入られたいと思ってしまうのだ。しかしその不安はすぐに払拭《ふっしょく》された。

優子の時と同様に、雄一と斗真は美弦が思わず驚くほどの満面の笑みで迎えてくれたのだ。

特に雄一の喜びようはすごかった。

なんでも彼は妻の優子同様、ずっと娘という存在に憧れていたらしい。

開口一番「美弦さん、恭平と結婚してくれてありがとう」と言われた時は、不安になっていた自分を恥じたくらいだ。

「息子は息子でいいものだが、どうしても華やかさに欠けるからね。それに社会人になってからは、子供であると同時に部下でもあるからどうしても厳しくなる。だから美弦さんが恭平と結婚して、私の娘になってくれたことが本当に嬉しいんだ」

温和に微笑む雄一は、あまり恭平に似ていない。どちらかといえば兄の斗真と面差しが似ていて、どうやら御影兄弟は兄は父親似、弟は母親似らしい。

「それを言ったら美弦さんも部下ですよ。彼女は将来有望なうちの社員ですから」

そう言って苦笑するのは、兄の斗真。美弦にとっては義兄というより副社長の印象が強いため、そんな風に褒《ほ》められるとなんだか恐縮してしまう。

「こんなに可愛らしいお嬢さんが息子の妻で部下なんて、私は本当に幸せ者だ。君もそう思うだろう、優子」

「本当にその通りね」

義理の両親と義理の兄。揃って大歓迎の雰囲気に美弦は心の底からほっとした。そんな美弦の隣で、恭平は「みんなその辺で」とやけにテンションの高い自分の家族を苦笑しつつ窘《たしな》める。

「嬉しいのはもう十分伝わりましたから。あと、美弦は義理の娘である前に俺の妻ですよ」

「ちょっ、恭平さん!?」

まさかの自分の家族を牽制《けんせい》するような言い方にぎょっとする。恭平以外の皆も同じように思ったようで、代表した雄一が苦笑しながら息子を注意する。

「嫉妬深い男はモテないぞ、恭平」

「竜也みたいなことを言わないでください。だいたい、今のは父さんに向けて言ったんですよ。俺が美弦と結婚して、母さん以上に喜んでいたくせに」

「仕方ないだろう？　十年近く忘れられなかった子が息子と結婚して娘になるんだ。こんなに嬉しいことはないよ」

――今のはどういうことだろう。

（忘れられなかったって、私を？）

「美弦さんは覚えていないと思うが、十年前に私は君と会っているんだ」

「私にですか？」

十年前といえば、まだ大学生で地元にいた頃だ。御影ホテルの社長と顔を合わせる機会なんてどこにあったというのか。

「ああ。私の趣味の一つに世界各地の宿巡《めぐ》りがある。評判のいい宿に客として訪れるのが好きなんだ。見習うべきことがあれば、御影ホテルの経営にも活かせるからね。その一環で、十年前に『松の湯』にもお邪魔したんだ。その時、そこで働く君を見かけた。その時の君の働きぶりや接客態度がとても素晴らしくて、『若いのに偉いな』と随分と感心したのを今でもはっきりと覚えている。だから恭平の結婚相手が君と知って、本当に嬉しかったんだ」

意外すぎる事実に美弦は言葉もない。はっと隣に視線を向けると、恭平は「俺もこの間聞いたばかりなんだ」と肩をすくめる。

「父さんから松の湯で働く女の子の話を聞いたことはあったけど、俺もまさかそれが美弦とは思わなかった」

驚きのあまり声も出ない美弦に、雄一は「美弦さん」と穏やかに話しかける。

「恭平と結婚してくれてありがとう。私たちは心からあなたを歓迎するよ」

それに呼応するように、優子と斗真も優しい眼差しを美弦に向ける。

そんな家族の温かさに包まれた美弦は、心からの笑顔を浮かべて「ありがとうございます」と感謝した。


「……こんな偶然ってあるのね」

その日の夜、ベッドの中で美弦はしみじみと呟いた。すると恭平は「そうだな」と仰向けになる妻の頬にそっと触れた。

「でも俺は、偶然じゃなくて必然だと思いたい」

「必然？」

ああ、と微笑むその顔は底抜けに優しくて、温かい。

「父が言っていた子が美弦だったことも、美弦がうちに入社したことも、全てこうして俺と結婚するためだったんだって。君は俺のためにここにいて、俺は君のためにここにいる。そう信じたいんだ。実際はただの偶然の積み重ねだとしても、美弦に出会えたことが俺にとっては奇跡で、運命だと思っているから」

偶然ではなく必然。

自分との出会いが奇跡で、運命。

――こんなにも胸を震わせる告白を美弦は他に知らない。

運命の相手なんて存在しないと思っていた。

恋や愛なんて所詮は幻想で、ただの思い込みなのだとひねくれていた。

でも違ったのだ。なぜなら美弦は恋をして、愛を知った。

ただ一人、恭平という存在に。

「恭平さん」

「ん？」

微笑む夫の首に両手を回して、美弦は微笑み――

「愛してる」

そう言って、キスをしたのだった。

書き下ろし番外編

そして夜は更けていく

「それじゃあ、恭平の結婚を祝って——乾杯！」

「乾杯」

カウンターに隣り合って座った二人の男は杯《さかずき》を掲げる。

「かーっ、やっぱ熱燗《あつかん》はぬるいに限るな！」

「それは同感」

空になったお猪口《ちょこ》を片手に楽しげな声をあげる友人に同意し、恭平もまた杯《さかずき》を呷《あお》る。

ほどよい熱さの日本酒が喉を通る感覚がたまらなく気持ちいい。

そう感じる程度には自分はいい年齢の大人になったのだな、と何とはなしに思う。

普段は酒を飲んでもそんなことは考えないのに今日に限って違うのは、一緒に飲んでいる相手が子供の頃からの付き合いだからだろう。

白石竜也。

老舗《しにせ》宝飾店白石ジュエリーの次期代表でもあるこの男とはいわゆる腐れ縁というやつ

で、小学校から大学まで同じ学校に通い、その付き合いは今なお続いている。

互いにランドセルを背負っている時からの知り合いだからだろうか。

共に酒を飲んだことは数えきれないほどあるのに、竜也とこうして居酒屋にいるのがふとした時に不思議に思うことがある。

そんな恭平の内心など知りもしない竜也は、「もう手酌《てじゃく》でいいよな」と徳利《とっくり》を片手に好きに飲み始めている。この辺の気安さも付き合いの長さ故だろう。

「いい店だな、ここ。つまみも美味《うま》いし」

店内を見渡した竜也がぽつりと呟く。その手元にあるのは牛すじ煮込み。恭平も大好きな一品だ。

「もともとは美弦の行きつけの店なんだ。今は夫婦でよく飲みに来てる」

「へえ。でも夫婦で来たくなるのもわかる。雰囲気もいいし、マスターもいい人だしな」

しみじみといった様子の友人の言葉に恭平は一言一句同意した。

金曜日の夜ということもあり、居酒屋『善』の店内は満席で、マスターも終始忙しそうにしている。

それでも時々「恭平君、今日は美弦ちゃんと一緒じゃないんだ」「お友達を連れてきてくれてありがとう！　贔屓《ひいき》にしてくれると嬉しいな」などと話しかけてくれた。

それでいて恭平と竜也が会話をしている時は、「お待たせしました」とそっと注文した品をカウンターに置くだけで話の骨を折ることはしない。

この辺りの塩梅《あんばい》の良さや距離の絶妙さもこの店の魅力の一つだ。

「そういえば今日、美弦ちゃんは？」

「泊まりで出張中」

「あー、だから俺の誘いに乗ったのか。おかしいと思ったんだよな、あれだけ美弦ちゃんに骨抜きのお前が金曜の夜に俺と飲むなんて」

あながち間違いではない竜也の指摘に恭平は笑顔でごまかした。

『暇なら今夜飲まないか？　結婚祝いってことで奢《おご》ってやる』

そんな連絡が来たのは今日の昼間のこと。

美弦が帰宅予定であれば自宅で出迎えるつもりでいたが、あいにく関西出張中の彼女の帰りはどんなに早くとも明日の午前。

一人で過ごすなら竜也と飲むのもいいか、と恭平は二つ返事でＯＫして、この店を指定した。

竜也と会うのはレセプションパーティー以来だが、実際に顔を合わせてみれば「結婚祝い」と称したただの飲み会だ。

仕事終わりのサラリーマンで占められる店内で、ド派手な私服の竜也は浮いていなくもないが、本人が気にしている様子はないのでまあいいだろう。

「というか、何さらっと『美弦ちゃん』なんて呼んでるんだよ。人の妻を名前で呼ぶな」

一度目は聞き流したが二度目はない。

恭平はわりと真面目に言ったのだが、竜也は「はあ？」と呆れたように肩をすくめる。

「いいだろ、別に。毎回『お前の奥さん』とか言えってか？」

「そうは言わないが……」

ならいいだろ、と竜也は一蹴《いっしゅう》する。

「お前なあ。レセプションパーティーの時も言ったけど、嫉妬深い男はモテないぞ」

「好きだからこそ嫉妬もするし独占欲も湧くんだよ。これはかりはもう自然の摂理《せつり》だから仕方ない」

「何それっぽいこと言って開き直ってるんだよ。自分で『余裕がない』って言ってるのと同じじゃねえか」

「事実だしな。実際、初めて美弦を知った時から、彼女に対して余裕なんてこれっぽっちもないよ」

でもいいんだ、と恭平は苦笑する。

「そんな俺のことも美弦は好きだと言ってくれるから」

「うわあ……」

「なんだよ」

「いや、惚気《のろけ》がすごすぎて胸焼けがした。――マスター、熱燗《あつかん》もう一本ください！」

飲まなきゃやってられないとばかりの注文に、すぐに「はいよ！」と元気の良い声が返ってくる。そんな友人を横目に恭平はゆっくりと自分のペースで楽しんだ。

その後は互いの仕事の話や昨今の経済について、はたまた最近ハマっている動画や飼うなら犬と猫のどちらがいいか……等々、気の向くままにとり止めのない話をして時間は過ぎていく。

「なあ、恭平」

「ん？」

「結婚ってそんなにいいものか？」

竜也が切り出したのは、飲み始めて一時間ほどした頃だった。

「答えてもいいけど、どうせまた『惚気《のろけ》だ』とか言うんじゃないのか？」

「いいから。で、どうなんだ？」

「控えめに言って最高」

「……あっそ」

竜也は呆れたように小さく息をつく。

自分から聞いておきながらその反応はどうなのだろうと思わなくもないが、特に機嫌が悪そうではないので黙っておくことにする。

「結婚、なあ」

ぼそりと呟く竜也に恭平は口を開く。

「何、もしかして竜也も結婚するとか？」

「んなわけあるか。むしろその逆だっての」

竜也はぽつりぽつりと話し始める。

「……この歳になると一人暮らし歴も長いし、大抵のことは自分でできる。自分一人なら買いたいものも食いたいものも誰を気にすることなく自由にできるだろ？　そんな生活に慣れきっているのに、今さら他人と暮らすってのがどうにも想像できないんだよな」

「まあ、言わんとしていることはわかるよ」

「だろ？　そりゃ、俺も『結婚したい！』って思ったことはある。美弦ちゃんがお前の指輪を作った時なんかは特にな」

竜也は恭平の左手薬指に視線を向けて小さく笑む。

ちなみに美弦ちゃん呼びをやめさせることは諦めた。

まあ、竜也以外の男には許すつもりはないけれど。

「でもやっぱり、俺は他人と同居している自分がイメージできない。こんなこと言ってる限り結婚なんて一生できないんだろうけどな」

基本的には自信家な友人の自嘲する姿に、恭平は内心「意外だな」と思った。

友人の欲目かもしれないが、竜也はいい男だ。

整った顔立ちや生まれ持った華やかな雰囲気はもちろんのこと、性格もさっぱりしていて付き合いやすい。

気心の知れた恭平の前ではそれなりに口は悪くなるが、基本的にとても優しい男だ。

それは老若男女問わずで、学生の頃なんて電車の中で妊婦や老人に席を譲ったり、重い荷物を持っているのを見れば迷わず手伝ったりするのは日常茶飯事だった。

生まれや育ち、資産という面でも申し分ない。

そんな彼は当然のように女性からモテた。

多分、本人が本気で結婚したいと望めば明日にでもできるだろうほどに。

むしろそんな男が今日まで独身でいるのが不思議なくらいだ。

しかし、その理由を恭平は知らない。

竜也の歴代の恋人も、彼がどんな恋愛観をしているかもほとんど聞いたことがないし、話したこともない。付き合いが長いと言っても男同士なんてそんなものだ。

少なくとも美弦と出会う以前の恭平は竜也と恋バナなんてしたことがない。

だからこそ竜也にとっても美弦にベタ惚れの自分の姿は珍しくて仕方ないのだろう。

「――俺だって竜也と同じだよ」

どういうことだ？　と竜也は続きを促《うなが》した。

「俺も美弦と出会うまでは、誰かと結婚している自分なんてまるで想像できなかった。というか想像したこともほとんどない」

それに、と恭平は続けた。

「俺だって美弦と一緒に暮らし始めて、何もかも順調っていうわけじゃなかったしな」

「……そうなのか？」

恭平は頷く。

「食生活はもちろん生活スタイルだって人によって違うだろ？　それは俺と美弦も例外じゃない。別の家庭で育った人間同士が一つ屋根の下で暮らすんだ。当然、すり合わせも必要になってくる」

美弦と共に暮らし始めた当初はやはり気を遣うことも多かった。

どんな食べ物が好きか、苦手なものは何か。

朝は弱いのか、強いのか。今は静かにしていたいのか、話したい気分なのか。

自分に対して気を遣っていないか、のびのびと暮らせているのか。

あげ始めたらキリがない。

それでも、それらを「面倒だ」とか「嫌だ」とか思ったことはなかった。むしろその度に美弦についてまた一つ新しく知ることができたようで嬉しくさえあった。

好きだから。

大切だから。

「でも、そういうことを繰り返しながら次第に家族になっていくんじゃないか？　少なくと俺はそう思う」

そもそも結婚自体急いでするようなものではないと恭平は思う。

自分の場合は美弦がいた。

どうしても彼女が好きで、自分を見てほしくて、美弦が欲しくてたまらなかった。

とにかく必死だった。だからこそ結婚した今は毎日が幸せで仕方ないし、日々「結婚してよかった」と心から思っている。

「いつかそういう相手ができれば、自然と『結婚したい』と思うようになるよ」

だから別に焦る必要はないだろ、と恭平は締めくくる。

内心「少し語りすぎだろうか」とからかわれるのを覚悟したが、竜也の反応は意外なものだった。彼はお猪口《ちょこ》を片手に持ったまま、じっと恭平を見つめていたのだ。

「竜也？」

「恭平、お前……大人になったな」

「は？」

何を言っているのだ。とうに三十を過ぎた男同士、大人でなくてなんだというのか。

「いや、なんかしみじみとそう思った。――うん、そうだな。俺は俺のペースで行くか」

自分の中で落としどころが見つかったのか、どこかすっきりしたように竜也は頷く。

スマホが着信を告げたのは、その時だった。

恭平はカウンター下に置いた鞄《かばん》の中のスマホに手を伸ばす。

ディスプレイに表示されたのは、「美弦」の文字。

ちらりと隣に目をやれば竜也が無言で「どうぞ」と促《うなが》してくる。恭平は口パクで「悪いな」と告げると、着信に出た。

「もしもし、美弦？」

『あっ、恭平さん？　お仕事お疲れさまでした。今、大丈夫？』

「大丈夫だよ。美弦もお疲れ。どうしたの？」

『今、白石さんと「善」で飲んでるのよね？　もし白石さんさえよければご挨拶《あいさつ》だけでもしたいなと思ったの。結婚指輪も作っていただいたし』

「わかった、ちょっと待って。――竜也、美弦がお前に挨拶《あいさつ》したいって」

スマホを差し出すと竜也は「いいのか？」と目を丸くする。

恭平は苦笑しつつも頷いた。

自分が嫉妬深い自覚はあるし、竜也が美弦ちゃん呼びすることにあまり納得はいっていないが、さすがに自分の目の前で電話するのを拒絶するほど狭量ではない。

「後で文句言うなよ。――もしもし、白石です。美弦ちゃん？　ああ、ご丁寧にありがとう。……ははっ、そう言ってくれると俺も嬉しい。……うん、またぜひ恭平と一緒に店の方にも遊びに来て。――ああ、ありがとう。それじゃあ、恭平に代わるよ」

　ほら、とスマホを返される。

『恭平さん？』

「ああ。挨拶《あいさつ》はもう大丈夫？」

『ええ。楽しく飲んでるところに急に電話してごめんね』

「いや、むしろ美弦の声が聞けて嬉しい。というか、今すぐ会いたくなった」

　素直に伝えれば、電話越しに『もう』と照れた声が聞こえてくる。

『でも……私も早く恭平さんに会いたい。明日、なるべく早く帰るわね』

「嬉しいけど無理はしないで。駅まで迎えにいくから、午後は家でのんびりしよう」

『ありがとう。それじゃあ、おやすみなさい』

「おやすみ。――大好きだよ」

『っ……私も……大好き、です。じゃ、じゃあね！』

　最後は慌てた様子で電話が切れる。きっと今頃美弦はスマホを片手に顔を赤くしているだろう。そんな姿を想像しながらスマホを鞄《かばん》に戻す。

「恭平。お前、俺が隣にいるのをわかっててそれか？」

「それって？」

「『大好きだよ』って。普通、俺の前で言う？」

「何か問題でも？」

「……もういい。ここまでくるといっそ清々《すがすが》しいわ」

竜也はため息をこぼす。

「美弦はなんて？」

「結婚指輪をありがとう、とても気に入ってる。また今度店にも行かせてください、ってさ。いい子だよな、ほんと。お前にはもったいないよ」

「それは俺も同感」

本当に自分にはもったいないほど素敵な女性だと思う。

真面目に頷くと、竜也は改まった口調で「恭平」と名前を呼んだ。

「幸せになれよ」

「竜也……」

「あと、美弦ちゃんのことを大切にしてやれ」

ニヤリと笑う友人に釣られるように、恭平は「言われなくても」と頬を和《やわ》らげたのだった。

結婚間近にして裏切られ、婚約破棄されたOLの美弦《みつる》。ヤケになった彼女は酔った勢いで、初対面の男性と結婚の約束をしてしまう。その男性はなんと、自社の御曹司・御影《みかげ》恭平《きょうへい》だった！　青ざめる美弦に対し、恭平はこの結婚はお互いの利害が一致する契約だと話す。契約ならと了承した美弦だったが、恭平は美弦の心と身体を深すぎる愛で満たしてきて——!?　どん底から一転、スパダリ御曹司に愛され尽くす極甘新婚ラブ！

無料で読み放題
今すぐアクセス!
エタニティWebマンガ

B6判　定価：704円（10%税込）
ISBN 978-4-434-33594-5

父親の経営する会社が倒産し、極貧となった元お嬢様の凛《りん》は、苦労の末、大企業の秘書課へ就職する。ところがそこの新社長は、なんと、かつての使用人で初恋相手でもある葉月《はづき》だった！　複雑な気持ちのまま、彼の傍で働くことになった凛。その上、ひょんなことから彼専属の使用人として同居することに！　昔の立場が逆転…のはずが、彼の態度はまるで、恋人に向けるような甘いもので……!?

B6判　定価：704円（10%税込）　ISBN 978-4-434-25352-2

EB エタニティ文庫

肉食獣の熱愛に囚われる

エタニティ文庫・赤

今宵、彼は紳士の仮面を外す

結祈《ゆうき》みのり　装丁イラスト／蜂不二子

文庫本／定価：704円（10% 税込）

通勤バスで見かける優しげな男性に惹かれる陽菜《ひな》。幸運にも、あるパーティで彼と出会った彼女は蕩けるような一夜を過ごし、紳士的な彼にますます思いを募らせる。ところが彼の振る舞いは偽りだったと発覚！　彼を忘れようとするものの、彼が新しい上司として現れて——!?

※エタニティブックスは大人の女性のための恋愛小説レーベルです。ロゴマークの色で性描写の有無を判断することができます（赤・一定以上の性描写あり、ロゼ・性描写あり、白・性描写なし）。

詳しくは公式サイトにてご確認ください。
https://eternity.alphapolis.co.jp

携帯サイトはこちらから！

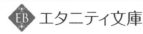

本書は、2022年9月当社より単行本として刊行されたものに、書き下ろしを加えて文庫化したものです。


この作品に対する皆様のご意見・ご感想をお待ちしております。

おハガキ・お手紙は以下の宛先にお送りください。

【宛先】

〒150-6019 東京都渋谷区恵比寿4-20-3 恵比寿ｶﾞｰﾃﾞﾝﾌﾟﾚｲｽﾀﾜｰ 19F
（株）アルファポリス　書籍感想係

メールフォームでのご意見・ご感想は右のＱＲコードから、
あるいは以下のワードで検索をかけてください。

アルファポリス　書籍の感想　検索

ご感想はこちらから

エタニティ文庫

カラダからはじめる溺愛結婚《できあいけっこん》
～婚約《こんやく》破棄《はき》されたら極上《ごくじょう》スパダリに捕《つか》まりました～

結祈《ゆうき》みのり

2024年4月15日初版発行

文庫編集－熊澤菜々子・大木 瞳
編集長－倉持真理
発行者－梶本雄介
発行所－株式会社アルファポリス
〒150-6019 東京都渋谷区恵比寿4-20-3 恵比寿ｶﾞｰﾃﾞﾝﾌﾟﾚｲｽﾀﾜｰ19F
TEL 03-6277-1601（営業） 03-6277-1602（編集）
URL https://www.alphapolis.co.jp/
発売元－株式会社星雲社（共同出版社・流通責任出版社）
〒112-0005 東京都文京区水道1-3-30
TEL 03-3868-3275
装丁イラスト－海月あると
装丁デザイン－AFTERGLOW
（レーベルフォーマットデザイン－ansyyqdesign）
印刷－中央精版印刷株式会社

価格はカバーに表示されてあります。

落丁乱丁の場合はアルファポリスまでご連絡ください。

送料は小社負担でお取り替えします。


ISBN978-4-434-33727-7 C0193